DIE STRELASUND-MORDE

Louise Stauf, geboren 1990 in der Nähe von Köln, studierte Germanistik, Französisch und Geografie in Bochum und in Lille. Neben dem Schreiben gilt ihre Leidenschaft dem Kickboxen und ihren beiden Hunden. Sie arbeitet als Lehrerin und lebt in Greifswald.

LOUISE STAUF

DIE STRELASUND-MORDE

Kriminalroman

emons:

© Emons Verlag GmbH
Cäcilienstraße 48, 50667 Köln
info@emons-verlag.de
www.emons-verlag.de
Alle Rechte vorbehalten
Umschlagmotiv: mauritius images/Stefan Dinse/
Alamy/Alamy Stock Photos
Umschlaggestaltung: Nina Schäfer, nach einem Konzept
von Leonardo Magrelli und Nina Schäfer
Umsetzung: Tobias Doetsch
Gestaltung Innenteil: DÜDE Satz und Grafik, Odenthal
Lektorat: Lothar Strüh
Druck und Bindung: sourc-e GmbH
Printed in Europe 2025
ISBN 978-3-7408-2576-8
Originalausgabe

Fünf Stockwerke Beton drücken auf die Erde
Über ihnen kreisen die Vögel, so weit weg von hier
Ich werd' hier bleiben, so lang, bis ich sterbe
Bin auf der Jagd nach Leben, kann nicht weg von hier.

Hinterlandgang, »Auf der Jagd nach Leben«

1

Nebel hing in den störrischen Zweigen der zu dieser Jahreszeit kahlen Ginsterbüsche. Es war windstill, jedoch schien es, als würde der kalte Ostseewind nur kurz innehalten, um dann wieder eisig an Bäumen und Büschen zu rütteln. Die alte Ziegelei lag in der Morgendämmerung ganz so, als schliefe sie noch. Zwischen der Ruine und dem Ufer schlängelte sich ein Trampelpfad entlang, der sich nach wenigen Metern im dichten Nebel verlor. Im Sommer konnte man von hier die Yachten und Segelboote erblicken, die weiß und friedlich auf dem Strelasund dümpelten. Doch im November glich die Halbinsel Devin einer unbewohnten rauen Tundra, die sich den Trockenrasenrücken lediglich von ein paar Schafen abknabbern ließ.

Links von der Ziegelei, zwischen ein paar besonders dichten Ginsterbüschen, erklangen plötzlich dumpfe schnelle Schritte, begleitet von einem sich durch den Nebel kämpfenden kleinen Licht. Nun gesellte sich auch ein rhythmisches Keuchen dazu, das keinen Zweifel daran ließ: Trotz der frühen Stunde wagte sich doch eine Menschenseele auf die Halbinsel. Das kleine Licht war die Kopflampe eines Joggers, der hier seine morgendliche Runde drehte.

Er war stämmig gebaut, und sein Bauch hüpfte bei jedem Schritt auf und ab. Sein stark gerundetes und vor Anstrengung rotes Gesicht war übersät mit Schweißperlen. Der Reißverschluss seiner grünen Laufjacke war weit heruntergezogen, darunter war ein weißes Shirt mit der Aufschrift »Oldenburg Marathon« zu erkennen. Der Läufer warf einen kurzen Blick nach rechts Richtung Ufer, dorthin, wo er gestern Morgen noch schemenhaft das dunkle Wasser des Strelasunds hatte erkennen können, doch heute schaute er lediglich gegen eine graue Nebelwand.

Er wandte sich wieder dem schmalen Weg zu, der sich parallel zum Uferrand an diesem entlangschlängelte. Ihm war ein wenig unbehaglich zumute, das schwarze Nichts, das ihn umgab, machte ihm Angst, doch er ballte die Hände mit den dicklichen Fingern zu kräftigen Fäusten und zog das Tempo an. Zu seiner Linken tat sich eine Anhöhe mit knorrigen Bäumen und struppigen Sträuchern auf. Ein Blick auf die Uhr verriet ihm, dass er fünfunddreißig Sekunden schneller war als gestern.

Gerade als er seinen Blick wieder auf den Weg richten wollte, um, beflügelt von seinem kleinen Erfolg, noch ein wenig schneller zu laufen, streifte der Lichtkegel seiner Kopflampe flüchtig den Uferrand des Strelasunds, und er wurde auf etwas aufmerksam. Direkt am Wasser und unterhalb eines wirr gewachsenen Bäumchens lag ein morscher Ast, den er im ersten Moment für den Arm eines Menschen hielt.

Er schmunzelte über seine ausgeprägte Phantasie und wollte sich zunächst wieder abwenden, doch ohne es zu wollen, verlangsamten sich seine Schritte nahezu mechanisch, als wolle sein Gehirn sichergehen, dass er mit dieser Einbildung doch falschlag. Er kniff die Augen zusammen und blieb ruckartig stehen. Sein Sehnerv hatte ihm keinen Streich gespielt. Der Ast war kein Ast, sondern ein Arm, der in eine dicke Jacke gehüllt war. Da lag jemand. Auf dem Bauch. Der Jogger schrie auf und sprang zurück, taumelte und landete auf dem Hintern.

»Hilfe«, stammelte er, während er versuchte, sich auf dem glitschigen Boden aufzurichten, dann schrie er es in den Nebel: »Hilfe!« Er versuchte, mit seinen dreckigen Händen das Handy aus der Tasche zu ziehen. Endlich bekam er es zu packen, doch es fiel ihm augenblicklich wieder aus der Hand. »Verdammt!«, presste er hervor, bückte sich, hob das Handy auf und schaffte es, den Notruf zu wählen. »Hallo, Polizei? Ja, hier liegt jemand.« Seine zitternde Stimme wurde leiser. »Ich glaube, er ist tot.«

2

»Scheiße!« Ira Würfel schreckte hoch, und beim Blick auf den Wecker überkam sie leichte Panik. Sie sprang aus dem Bett, hastete ins Badezimmer und zog ihre Schlafsachen noch aus, während sie auf der Toilette saß. Als sie die Dusche aufdrehte, stellte sie fest, dass über Nacht die Gastherme ausgefallen war. Wütend schlug sie mit der Faust gegen die nassen Fliesen und fluchte vor sich hin, während sie versuchte, die Brause von ihrem Körper wegzuhalten. Die Zeit schien zu rasen, und Ira begann, den Wasserstrahl langsam auf ihre Beine zu richten. Sie atmete heftig und schwenkte den Duschkopf nun über die Knie, dann über die Oberschenkel und ihren Intimbereich. Sie fühlte sich halb weggetreten, als sie ihren Körper in Windeseile einschäumte und schließlich fast unter Tränen alles wieder abwusch. Dann drehte sie zitternd den Wasserhahn zu, trocknete sich ab und betrachtete sich kurz im Badezimmerspiegel. Sie bemerkte, dass sie mit krummem Rücken dastand, und bemühte sich prompt, die Schultern nach hinten zu ziehen. Sechs Uhr fünfundvierzig. In einer Viertelstunde musste sie im Kommissariat sein. Ira sprang aus dem Bad und frottierte sich die Haare, während sie mit der rechten Hand nach einer Unterhose wühlte. In ihrem Kleiderschrank herrschte Chaos.

Draußen vor dem Fenster war es stockdunkel und neblig. Sie hielt kurz inne, seufzte und zog sich dann an. Der Hosenbund kniff ihr in den Bauch, als sie sich bückte, um zwei unterschiedliche Socken anzuziehen, doch es war keine Zeit mehr, das Outfit zu ändern. Letzter Stopp: Küche. Hier fand sie eine Banane, die überraschenderweise noch nicht zu matschig war, und steckte sie in ihren Rucksack. Nachdem sie sich notdürftig geschminkt hatte, zog sie ihren schwarzen Windbreaker an und stand schließlich um fünf vor sieben auf dem Gehweg.

Nachdem sie die Sarnowstraße hinter sich gelassen hatte und nun den Knieperdamm überquerte, kam auch ihr Kopf allmählich im Hier und Jetzt an, und sie atmete tief durch. Den Handy-Nachrichten, die sie über Nacht bekommen hatte, schenkte sie keine Beachtung und wischte sie weg. Zunächst musste ihr Vermieter erfahren, dass die Gastherme nach nur vier Wochen schon wieder defekt war.

Wie oft hatte sie gelesen, dass man niemals zwei Dinge auf einmal tun sollte. Zum Beispiel gehen und dabei Nachrichten tippen. Fernsehen und essen. Telefonieren und Instagram checken. Leider war sie erschreckend geübt darin, zwei Sachen gleichzeitig zu tun. Genau wie über das Chaos in Küche und Kleiderschrank ärgerte sie sich darüber und nahm sich immer wieder vor, achtsamer durchs Leben zu gehen. In der Regel erfolglos.

Fünfzehn Minuten später erreichte sie das unansehnliche blau-gelbe Gebäude. Missmutig drückte sie die Tür des Kriminalkommissariats auf. Drinnen war es angenehm warm, sie nahm die Kapuze vom Kopf.

Ihr Kollege Konstantin Tobler kam ihr bereits im Flur entgegen und übersprang jegliche Begrüßungsfloskel. »Gut, dass du da bist. Die Kollegen wurden nach Devin gerufen. Leichenfund. Sieht so aus, als wenn wir da mal vorbeischauen müssten.«

»Mord?« Ira riss die Augenbrauen hoch und sah ihn verständnislos an, was Tobler auflachen ließ.

Der Kriminaloberkommissar zuckte entschuldigend die Achseln. »Wieso hast du eigentlich so nasse Haare? Regnet es?«

Ira schüttelte nur den Kopf und winkte ab.

Tobler grinste sie wissend an. »Verstehe schon. Hast Glück, dass noch keiner deine Verspätung bemerkt hat.«

Sie folgte seinem Blick auf die Uhr. »Verspätung?« Ihre Antwort klang schnippischer, als sie es beabsichtigt hatte. »Wir haben doch erst kurz nach sieben«, fügte sie hinzu und versuchte dabei, sanftere Töne anzustimmen.

»Sieben Uhr zwölf«, korrigierte Tobler sie.

Ira verdrehte die Augen. »Wollen wir los?«, fragte sie ungeduldig, um der Zeitdebatte ein Ende zu setzen.

Er nickte und zog seinen Schal an. »Auf geht's.« Mit der linken Hand griff er feierlich nach dem Autoschlüssel, mit der rechten nach einer großen Thermoskanne.

Iras Laune hellte sich schlagartig auf. Ein Morgen ohne Kaffee war für sie eine höchst schlechte Voraussetzung für einen erfolgreichen Arbeitstag.

»Salbeitee«, sagte Tobler, der ihren sehnsüchtigen Blick bemerkt hatte, und hielt ihr die Thermoskanne großzügig entgegen.

»Na großartig«, murmelte sie und konnte ihre Enttäuschung nur schwer verbergen.

»Seit ich keinen Kaffee mehr trinke«, erklärte Tobler ungefragt und machte eine künstlerische Pause, »habe ich viel mehr Energie. Ein paar Tage Kopfschmerzen aushalten, das war's mit dem Entzug.« Die Art, wie er dies verkündete, erinnerte sie an amerikanische *motivational speaker*, die immer extra viele Pausen einbauten, um ihre Reden noch stärker wirken zu lassen. Lässig öffnete er die Autotür und ließ sich schwungvoll in den Fahrersitz gleiten.

Ira öffnete mit weitaus weniger Enthusiasmus die Beifahrertür des schwarzen Passats. »Wann ist der Notruf eingegangen?«, fragte sie.

»Um halb sieben. Ein Jogger hat die Leiche am östlichen Ende von Devin entdeckt. Labonde hat mich gebeten, mit dir hinzufahren.«

Ira nickte abwesend und schaute auf die Häuser, die nun in der trüben Morgendämmerung ebenso an ihr vorbeirauschten wie ihr Gedankenfilm. Seit zwei Monaten war sie nun in Stralsund und das hier ihre erste Leiche in Vorpommern. Sie merkte, wie Nervosität in ihr aufstieg. In Köln hatte sie als Kriminaloberkommissarin Dutzende Fälle mit Mord oder Totschlag erlebt. Die meisten hatte sie aufgeklärt, nur zwei waren ungelöst geblieben.

Ira erinnerte sich an die Fassungslosigkeit ihrer Kölner Kollegen, als sie ihnen von ihrer bevorstehenden Versetzung berichtet hatte. Was sie im Osten wolle, fragte sie einer, da gäbe es doch nur Platten und deprimierendes Grau. »Ossis verstehen keinen Spaß«, hatte ihr Ex-Kollege Hammermeyer zum Besten gegeben. In Stralsund angekommen war sie abermals auf Verwunderung darüber gestoßen, dass sie an die Ostsee gezogen war. Sogar den meisten neuen Stralsunder Kollegen erschien es schleierhaft, warum sie dem Rheinland den Rücken gekehrt hatte.

»Das Beste am Norden ist der Osten.« Das stand auf einer Postkarte, die im Flur ihrer Cousine Marleen in deren Greifswalder Wohnung hing. Für Ira stimmte alles an dieser Aussage. Oft hatte sie in Köln den Impuls gehabt, wie ein beleidigtes Kind aufzustampfen und ihren Kollegen zu entgegnen, dass Köln grau, hässlich und seelenlos sei. Aber sie hatte sich jedes Mal auf die Zunge gebissen, denn mit dem Groll kölscher Urgesteine war nicht zu spaßen.

Der Umzug nach Stralsund hatte sich für sie wie ein Befreiungsschlag angefühlt. Es war ihr vorgekommen, als könnte sie das erste Mal seit vielen Jahren wieder durchatmen. Zwar musste sie sich eingestehen, dass es hier nun auch grau und trostlos war, aber für Ira hatte der vorpommersche Spätherbst ein ganz anderes Flair als der rheinische.

»Kannst du da kurz ranfahren?« Ira riss sich selbst aus ihren Gedanken und deutete auf die Aral-Tankstelle, die wie eine Oase zu ihrer Rechten aufgetaucht war. »Aber ganz schnell«, mahnte Tobler. Ira lief hastig in den Shop und kam wenige Augenblicke später mit einem dampfenden Kaffee zurück.

Acht Minuten später, ein in Auflösung begriffener Plattenweg hatte sie noch heftig durchgeschüttelt, parkte Tobler den Wagen auf dem Parkplatz der Halbinsel Devin. Dort stand bereits ein Streifenwagen und neben dem ein dunkler BMW.

»Ist der Erkennungsdienst etwa schon da?«, fragte Ira.

»Scheint so. Wir sind halt etwas spät dran.«

Tobler musterte Ira und dann den halb vollen Kaffeebecher in ihrer Hand mit vorwurfsvoller Miene. Demonstrativ schaute sie weg, trank einen Schluck und löste dann ihren Zeigefinger, um in Richtung Wanderweg zu deuten. »Da lang?«

»Ja. Man hat mir den Standort geschickt.«

Der Weg war matschig, und Ira ärgerte sich, dass sie ihre weißen Sneaker angezogen hatte. Aber wie hätte sie beim Aufstehen auch damit rechnen können, dass sie zu so früher Stunde im Begriff sein würde, eine Leiche zu begutachten, die nur zu Fuß zu erreichen war? Tobler schritt mit seinen langen Beinen vor ihr her, und sie konnte ihm nur mit Mühe folgen. Er war mindestens einen Kopf größer als sie, knapp eins neunzig, schätzte sie.

Bisher hatte sie wenig über ihren neuen Kollegen erfahren. Er hatte goldblonde Locken, was ihm ein jungenhaftes Äußeres verlieh, und sie schätzte ihn auf Ende dreißig, höchstens jedoch Anfang vierzig.

Plötzlich drehte er sich so abrupt um, dass Ira erschrak. »Was machst du morgen Abend?«

Ira blieb irritiert stehen. »Nichts … glaube ich. Wieso?«

»Wir wollen was trinken gehen, Linda Klöckner, Carl Meyer und ich. Kommst du mit?«

Sie fühlte sich überrumpelt und legte die Stirn in Falten. »Lass uns erst mal abwarten, was uns hier bevorsteht. Sollte es tatsächlich ein Mord sein, dann will ich die wenige Freizeit, die mir bleibt, lieber schlafend verbringen«, entgegnete Ira und ärgerte sich augenblicklich darüber, ihm gleich diese schroffe Abfuhr erteilt zu haben.

»Na, überleg's dir. Wir können morgen noch mal drüber reden«, sagte er unbeeindruckt, drehte sich um und stapfte munter weiter. »Es muss hier gleich irgendwo sein.«

Der Nebel hatte sich gelichtet, und wenige Minuten später trafen die beiden Ermittler am Fundort der Leiche ein, wo sie von einem uniformierten Kollegen begrüßt wurden. »Dahinten liegt die Leiche.« Der Polizist deutete mit dem Kinn in Richtung eines Baumes, der am Ufer stand.»Eine Frau, zwischen zwanzig und dreißig Jahren alt.«

»Wer hat sie gefunden?«, fragte Ira.

»Der Mann heißt Vogt. Klaus Vogt. Er war hier joggen. Steht unter leichtem Schock, wir haben ihn noch nicht weiter verhört.«

»Das erledigen wir gleich«, sagte Ira und wollte sich bedanken, zögerte aber einen Moment zu lange, und so wandte sie sich betont nachdenklich ab und schaute zum Zeugen hinüber. Der Polizist reichte ihnen weiße Schutzanzüge. Der Fundort war bereits mit rot-weißem Band abgesperrt.»Hier kommt doch eh niemand vorbei, haben die etwa Angst vor Schaulustigen?«, fragte sie sarkastisch und mehr zu sich selbst als zu Tobler, der sowieso nicht zuzuhören schien.

»Na, dann lass uns mal die Leiche ansehen.« Tobler schlug mit beiden Händen auf die Außenseite seiner Oberschenkel. Der schafft es wirklich, alles feierlich aussehen zu lassen, dachte Ira fasziniert und sah ihm nach, wie er mit seinen großen Schritten auf die tote Frau zulief, die auf dem Bauch mit dem Kopf Richtung Wasser lag.

Er beugte sich über sie, zog sich Handschuhe an und begutachtete ihren Kopf.»Eindeutig ein Schlag auf den Hinterkopf.« Er schob einige ihrer blutverklebten langen braunen Haare zur Seite und musste sich dann abwenden.

»Sag bloß, du kannst kein Blut sehen!« Ira hatte sich lachend neben ihn gekniet und schaute ihn fassungslos an.

»Doch, kann ich. Bloß bei offenen Wunden und eingeschlagenen Schädeln wird mir immer etwas schlecht.« Toblers Stimme versagte, und er stand leicht wankend auf.

»Ab in die Rechtsmedizin, würde ich sagen. Weißt du, welcher Bestatter das hier macht?« Tobler nickte und entfernte sich erleichtert mit dem Handy in der Hand.

Ira begutachtete die Kleidung der Toten und besah sich auch ihre Hände. Ihre Nägel waren frisch lackiert, sie glänzten rosa. Auf den ersten Blick keine Spuren eines Kampfes, notierte sie sich. Die Tote trug eine hellblaue Daunenjacke mit großer Kapuze und einen karierten Schal, der immer noch akkurat um ihren Hals gelegt war. Unter ihrer engen Jeans blitzten schwarze Socken mit Glitzerfäden hervor, ihre Füße steckten in braunen Chelsea-Boots.

Die Tote hatte keine Tasche bei sich, und auch in der Jacke und Hose konnte Ira keine Papiere finden. Sie stützte sich auf ihre rechte Hand und tastete tief unter die Daunenjacke der Frau. Darunter schien die Tote auf dem Rücken eine dünne kleine Bauchtasche zu tragen, in der Ira etwas Hartes ertasten konnte. Sie schob die Jacke so gut es ging nach oben und versuchte, die Tasche so zu drehen, dass sie die dicke Plastikschnalle zu fassen bekam. Leise fluchend hing sie einige Augenblicke über der toten Frau und ärgerte sich, dass sie Handschuhe trug. Nach ein paar Versuchen gelang es ihr dennoch, den Gurt der Bauchtasche zu öffnen. Es klickte, und sie zog sie unter der Jacke hervor. Dann öffnete sie den Reißverschluss, der erst nach einigen ruckartigen Bewegungen nachgab. Heraus fiel ein dunkelblaues Nokia-Handy, ein Modell, das Ira seit mindestens fünfzehn Jahren nicht gesehen hatte. Nostalgische Gefühle überkamen sie, als sie das Handy in der Hand drehte und betrachtete.

Im Nu waren ihr die nervtötenden Klingeltöne wieder im Ohr, die diese frühen Handys typischerweise von sich gegeben hatten. »Badinerie« war in den Nullerjahren jahrelang ihrer gewesen. Sie fand in der Bauchtasche auch ein ungeöffnetes Kondom und ein altes zerknülltes Kaugummipapier, das akkurat um ein hartes Kaugummi gewickelt war. Das war alles, ansonsten war die Tasche leer. Verantwortungsbewusst, dachte Ira anerkennend und tütete die Sachen mitsamt der Tasche ein, das Handy jedoch behielt sie in der Hand. Sie versuchte, es einzuschalten, und ein kleiner verpixelter Teddy mit etwas in der Pfote, das mit viel Phantasie aussah wie ein Blumenstrauß, begrüßte sie, dann sollte sie die PIN eingeben.

Enttäuscht ließ Ira die Hand mitsamt dem Telefon sinken,

packte es schließlich ebenfalls in eine Plastiktüte und schaute zu den beiden Kollegen des Erkennungsdienstes hinüber, die in einigem Abstand den Boden untersuchten.

»Habt ihr hier schon etwas gefunden?«, rief sie ihnen entgegen.

Die Frau blickte auf und zeigte auf den Boden. »Ein paar Fußabdrücke, die verlaufen sich aber da vorne bei der Wiese.« Ira nickte ihr zu und stand langsam auf. Ihr fiel auf, dass sie sich noch gar nicht vorgestellt hatte. Sie ging auf die Frau zu und stellte sich unbeholfen neben sie. Die Kollegin vom Erkennungsdienst schaute sie an. »Ira Würfel mein Name. Ich bin neu im Kriminalkommissariat. Also seit zwei Monaten schon. Aber bisher mussten wir ja noch nicht zusammenarbeiten.«

Ira hoffte, dass sie nicht zu tapsig rübergekommen war, und zog prompt ihre Schultern zurück, um gerade zu stehen und Selbstsicherheit zu simulieren.

»Tanja Prümmer. Freut mich.« Die Frau lächelte ihr freundlich zu und strich sich eine braune Strähne aus dem Gesicht. Sie trug kurze Haare und eine schwarze Hornbrille, die ihr ausgezeichnet stand. Ihr souveränes Auftreten machte Ira verlegen.

»Na, ich mach denn mal hier weiter«, verkündete Tanja Prümmer und nickte in Richtung Wiese.

»Ja klar, ich auch. Bis gleich!« Ira hob robotermäßig die Hand und trat zwei Schritte zurück, dann drehte sie sich um und ging zurück zur Leiche, die geduldig auf sie gewartet hatte.

Bis gleich, wiederholte sie verärgert in ihrem Kopf. Als ob es gang und gäbe wäre, nach der Spurensicherung gemeinsam belegte Brötchen und Kaffee zu sich zu nehmen und sich dabei angeregt zu unterhalten. Natürlich würden sie sich nicht wiedersehen, höchstens beim nächsten Mordfall, und das war nicht gleich, sondern allenfalls irgendwann einmal. Ira atmete tief ein und fragte sich, wieso die Frau sie so nervös gemacht hatte.

Sie zückte ihr Smartphone, um die Leiche aus verschiedenen

Blickwinkeln zu fotografieren. Plötzlich hielt sie inne und ließ das Handy sinken. Sie ging einen Schritt auf die Leiche zu, kniete sich abermals neben sie und ließ ihre Hand behutsam über den Oberschenkel der Toten gleiten. Dabei blieben kleine Farbreste an ihrem Handschuh haften. Es war alte braune Farbe, und Ira vermutete, dass sie von verwittertem Holz stammen könnte. Sie tütete die wenigen Farbreste ein und ging dann zum Ufer des Strelasunds, wo der Jogger auf einem Stein saß, in eine Wärmedecke gehüllt.

»Ira Würfel, Kripo Stralsund. Kann ich Ihnen ein paar Fragen stellen?«

Der Mann schaute mit einem Blick auf, der an einen geprügelten Hund erinnerte, und nickte traurig.

»Sie haben die Leiche gefunden?«

»Ja. Ich war joggen, und auf einmal lag sie da.«

»Joggen Sie hier öfter?«

»Nur diese Woche. Ich bin in der Jugendherberge untergebracht.«

»Ach, Sie machen hier Urlaub?« Ihre Frage klang abwertender, als sie sie gemeint hatte. Der Mann, der sowieso schon völlig am Ende zu sein schien, tat ihr leid.

»Ja, ich wollte ein paar Tage an der Ostsee verbringen. Aber hier ist das Wetter leider genauso schlecht wie in Oldenburg.« Ein gequältes Lächeln huschte über sein Gesicht.

Ira bemühte sich, die Befragung trotz ihres aufkeimenden Mitleids professionell weiterzuführen. »Haben Sie die Tote vorher schon mal gesehen?«

»Na ja, ich kenne hier niemanden. Aber ich sitze ja nun schon eine Weile hier und hatte Zeit nachzudenken. Ihre Kollegen haben mich dasselbe gefragt. Vielleicht habe ich die Frau in der Jugendherberge gesehen, da sind einige junge Leute. Es lief dort auch eine mit einer hellblauen Jacke herum. Das fand ich auffällig, weil die Leute heutzutage eigentlich nur noch Braun oder Schwarz tragen. Aber das mit der Jacke kann natürlich auch Zufall sein.« Er zuckte entschuldigend die Achseln.

»Haben Sie etwas am Fundort angefasst?«

»Nein, ich bin gar nicht erst näher rangegangen. Das wollte ich mir nicht genau angucken.«

»Gut, Herr Vogt, ich danke Ihnen.«

Ira blickte sich suchend nach Tobler um, der sein Telefonat beendet hatte und gerade zu ihr und dem Zeugen zurückkam. Sie sagte mit gedämpfter Stimme zu ihrem Kollegen: »Wir sollten Vogt zurück in die Jugendherberge bringen. Er muss sich sicher erst mal erholen. Er meinte, es könne sein, dass die Tote ebenfalls dort untergebracht war.«

»Also erst mal dort alle befragen?«

»Ja. Die Jugendherberge liegt auf dem Rückweg. Vielleicht haben wir Glück, und sie ist dort wirklich bekannt.«

»Mach du das. Ich bleibe hier und warte, bis die Leiche abgeholt wird. Ich komme dann nach. Bestimmt können mich die Kollegen nachher mitnehmen.«

»Ist gut«, sagte Ira und bemühte sich abermals, ihre Schultern zurückzuziehen, um gerade zu stehen. Sie brachte dem männlichen Kollegen des Erkennungsdienstes ihre Spurensicherungsbeutel und gab Vogt dann zu verstehen, er möge ihr folgen.

3

Sie erreichten das Auto nach fünfzehn Minuten Fußweg. Ira öffnete Vogt die Beifahrertür, und mit leichtem Ächzen fiel der schwere Mann ins Polster. »Wir sind in fünf Minuten da«, sagte Ira. Verunsichert strich Klaus Vogt seine Laufjacke glatt und schaute angestrengt durch die Windschutzscheibe. Die feinen Steinchen unter den Reifen machten ein knarzendes Geräusch, als Ira den Wagen nebst Insassen wieder auf dem Plattenweg durchrütteln ließ. Die Jugendherberge tat sich nach anderthalb Kilometern zu ihrer Rechten auf. »Lauter Bungalows, interessant!« Ira staunte, als sie die renovierten Häuschen direkt am Strand sah. Vogt nickte zögerlich, unsicher, ob die Kommissarin eine Antwort erwartete, und zeigte ihr dann wortlos den Weg zur Rezeption. Das Gebäude stammte zweifellos aus DDR-Zeiten, jedenfalls schlussfolgerte Ira dies aufgrund der weißen Betonfassade, die typisch für die hiesige Architektur war.

Ira öffnete die Tür und schaute sich im Empfangsraum der Herberge um. An der rechten Wand hingen allerlei Flyer und Prospekte mit Tipps und Ideen für touristische Ausflüge in Vorpommern und auf Rügen. Auf dem Empfangstresen thronte eine Glückskastanie in einem türkisgrünen Blumentopf, die dringend Wasser brauchte. Auf dem Schreibtisch hinter dem Tresen lag ein aufgeschlagener Kalender mit einem offenen Füller. Es schien so, als ob jemand den Raum gerade erst verlassen hätte. Vogt stand schräg hinter Ira. »Soll ich mal draußen gucken, ob da jemand ist?«, fragte er höflich.

Ira wollte gerade abwinken, da ging die Tür des Empfangsraums auf, und ein großer dunkelhaariger Mann um die fünfzig trat ein. Er trug ein blau-grau kariertes Hemd und eine dunkle Regenjacke. Sein Haar war mit viel Gel zurückgekämmt. Es erinnerte an einen gepflügten Acker mit groben Furchen. Anscheinend war der Mann frisch rasiert, denn es umgab ihn eine Wolke von Aftershave, als er an Ira und Vogt vorbeiging.

»Guten Morgen!«, sagte er, nachdem er sich gesetzt hatte, freundlich in Iras Richtung und dann zu Klaus Vogt: »Hallo, Herr Vogt! Waren Sie etwa schon wieder laufen? Alle Achtung, das muss Ihnen erst mal einer nachmachen!« Ohne eine Antwort abzuwarten, setzte der Mann ein gekünsteltes Lachen auf. »Was kann ich für Sie tun?«

Ira zückte ihren Dienstausweis. »Ira Würfel, Kripo Stralsund.«

Der Mann hob erstaunt die Augenbrauen und lehnte sich zurück.

»Wir haben auf der Halbinsel Devin eine Leiche gefunden.«

»Und da kommen Sie zu mir?« Der Mann lachte verständnislos auf.

»Ja, genau! Kann ich Ihnen ein paar Fragen stellen?«

»Bitte«, antwortete der Mann gönnerhaft und schob den Drehstuhl näher an den Schreibtisch, um sich mit den Ellbogen abzustützen.

Ira begann mit dem Naheliegenden. »Wie heißen Sie?«

»Georg Förster. Ich leite diese Jugendherberge. Herbergsvater sozusagen«, erwiderte er und grinste selbstzufrieden. Ira notierte seine Aussage. »Herr Vogt hier hat heute früh die Leiche einer jungen Frau gefunden. Er hält es für möglich, sie hier in der Jugendherberge gesehen zu haben. Kennen Sie sie?« Die Kommissarin hielt Förster ihr Handy mit dem Foto unter die Nase, das sie von der Toten gemacht hatte.

Er betrachtete das Bild ausgiebig, schüttelte dann aber hastig den Kopf. »Wissen Sie, hier sind täglich so viele Menschen, und ich bin auch nicht immer mitten im Geschehen dabei. Aber vielleicht fragen Sie mal meine Kollegin Frau Müller.«

Er sprach ihren Namen »Müllä« aus, und Ira musste sich ein Grinsen verkneifen. An den vorpommerschen Schnack hatte sie sich noch nicht vollends gewöhnt.

»Gerne. Wo finde ich sie?«

»Ich rufe sie an. Ihr Dienst beginnt eigentlich erst in einer halben Stunde«, sagte Herr Förster mit einem flüchtigen Blick auf die Uhr und griff zum Telefonhörer. Das Leerzeichen ertönte ein paarmal, bis sich eine Frauenstimme meldete. »Hallo, Ute, hier ist Georg. Hier ist eine Frau von der Kripo, die dich sprechen möchte, nee, nee ... Du sollst nur sagen, ob du jemanden kennst, den sie sucht. Ich habe hier auch noch ein paar Papiere liegen, die du direkt abheften kannst ... Gut, denn bis gleich.« Er legte auf. »Sie ist auf dem Weg.«

»Ich warte draußen«, sagte Ira und zum bedröppelten Jogger gewandt: »Herr Vogt, Sie können erst mal gehen. Bleiben Sie aber bitte in der Nähe, falls wir noch weitere Fragen haben sollten.«

Vogt bedankte sich und verschwand. Wenig später traf Ute Müller ein. Nachdem Ira ihre Personalien aufgenommen hatte, zeigte sie ihr das Foto der Toten. Müller überlegte kurz, zögerte und sagte schließlich: »Die Jacke kommt mir bekannt vor. Warten Se mal, wir haben doch so 'ne Reisegruppe aus Bochum hier. Da war eine dabei mit so einer Jacke. Aber ob die das ist ...«

Sie zog die Mundwinkel nach unten und gab Ira das Handy zurück.

»Aus Bochum? Haben Sie eine Namensliste? Und wo sind die untergebracht?«

»Na, denn kommen Se mal mit.« Die Angestellte winkte Ira hinter sich her und steuerte auf die Rezeption zu. Förster kramte gerade in einer der Schubladen, als die beiden Frauen in den Raum traten. Dessen ungeachtet schob sich Ute Müller an ihm vorbei und nahm einen schweren Ordner aus dem Schrank. Ira behielt Förster im Auge, der sich nun ungelenk am Tresen vorbei zur Tür bewegte.

»Packen Sie bitte die Dinger da weg!« Er wedelte heftig mit der Hand in Richtung Schreibtisch, auf dem eine angebrochene Dose Erdnüsse stand.

»Ach Gott, die muss Benjamin da stehen gelassen haben«, sagte Ute Müller entschuldigend und griff hastig nach der Dose, verschloss sie mit einem Plastikdeckel und verstaute sie in einer der Schubladen.

»Sind Sie allergisch?«, fragte Ira den Herbergsleiter, der im Begriff war, den Raum zu verlassen.

»Und wie. Ich hab das Gefühl, es wird von Jahr zu Jahr schlimmer.«

»Das tut mir leid. Bleiben Sie doch bitte auch in der Nähe, Herr Förster. Sie wissen schon. Wegen der Fragen.«

»Na klar. Mach ich.«

Einige Augenblicke später hatte Frau Müller die Buchung der Reisegruppe gefunden. »Hier. Ein Lutz Zimmermann hat für die ganze Gruppe gebucht. Schon im Frühjahr. Es sind insgesamt sechzehn Leute. Die Namen habe ich nicht, weil es eine Gruppenbuchung war. Die sind alle in Mehrbettzimmern untergebracht. Nur Herr Zimmermann nicht, der wollte allein sein. Ich habe ihn die Nummer neun gegeben.«

Ihm, korrigierte Ira die Frau in Gedanken. Die Leute hier oben schienen verhältnismäßig oft den Dativ durch den Akkusativ zu ersetzen.

»Was machen die hier?«

»Na, die kommen von der Uni. Die wollen sich hier die Küste anschauen. Mehr weiß ich auch nicht.«

»Danke, Frau Müller. Ich gehe mal rüber zur Neun. Welche Richtung?«

Frau Müller deutete zu den Bungalowhäuschen auf der rechten Seite.

Draußen klingelte Iras Handy. Es war Tobler. »Ich bin hier erst mal fertig und schon auf dem Rückweg. Wie lief es bei dir?«

Ira erklärte ihm, was sie bisher herausgefunden hatte und dass sie im Begriff war, Lutz Zimmermann aufzusuchen. Sie einigten sich darauf, dass sie den Gast aus Bochum zu zweit befragen wollten. Sie legte auf und bemerkte, dass sie der Tankstellenkaffee auf leeren Magen zittrig gemacht hatte.

Im Auto kramte sie die Banane aus dem Rucksack, die mittlerweile braune Stellen bekommen hatte. Gierig biss sie ein großes Stück ab. Es war erst zwanzig nach acht, ein guter Zeitpunkt für eine kleine Pause, fand Ira. Die Sonne war aufgegangen, und die Wolken hatten sich nahezu verzogen. Sie streckte ihr Gesicht in die Sonne und schloss die Augen. Die ersten Gäste kamen aus ihren Bungalows und steuerten den Speisesaal an. Ira sah durch die großen Scheiben, dass eine blonde Frau gerade das Büfett auffüllte. Ihr kam ein Mann zur Hilfe, der einen dunkelbraun gelockten Dutt trug.

Ira hätte gut und gerne eine Weile so stehen bleiben und die kostbaren Sonnenstrahlen in sich einsaugen können, aber Tobler war schon da. »Tanja Prümmer war so nett, mich hier abzusetzen«, sagte er, während er auf sie zukam. »Die Leiche ist auf dem Weg in die Rechtsmedizin nach Greifswald. Ich habe die Staatsanwaltschaft schon informiert. Nach ersten Einschätzungen ist die Frau seit neun bis zwölf Stunden tot.«

Ira begann zu rechnen.

»Es muss gestern Abend zwischen neunzehn und zweiundzwanzig Uhr passiert sein«, unterbrach Tobler ihre Gedanken.

»Danke. Zu der Zeit ist wohl niemand mehr dahinten rumspaziert, der sie hätte finden können. Zumindest wird es schwierig werden, Zeugen zu finden. Da vorne ist Zimmermanns Bungalow.« Sie setzten sich in Bewegung und wollten gerade an seine Tür klopfen, da öffnete sich diese, und ein älterer Mann mit grauen Haaren und Brille trat heraus. Er erschrak, als er die zwei Polizisten vor sich sah.

»Entschuldigen Sie, wir wollten Ihnen keine Angst machen. Kripo Stralsund, wir müssen Ihnen ein paar Fragen stellen«, sagte Ira.

»Mir?« Auch Zimmermann schien darüber überrascht, dass er der Polizei in irgendeiner Weise behilflich sein könnte.

»Sind Sie Lutz Zimmermann?«

»Jaja, der bin ich«, antwortete er ungeduldig. »Was ist denn los? Ist etwas mit meiner Frau?« Er schaute sie an und wirkte beunruhigt.

»Soweit wir wissen, nicht. Es sei denn, Ihre Frau ist zwischen zwanzig und dreißig Jahren alt«, sagte Tobler und hielt seinen Notizblock parat.

Zimmermann schüttelte empört den Kopf. »Wie kommen Sie denn darauf? Meine Frau ist dreiundsechzig Jahre alt und in Bochum. Was ist denn hier los?« Er schaute Ira an, die sich nun mit einem Schritt vor ihren Kollegen stellte und die Befragung übernahm.

»Sie sind mit einer Gruppe aus Bochum hier, stimmt das?«

»Ja, ich bin mit meinem Geografie-Seminar hier. Morgen fahren wir weiter nach Rügen. Wir erkunden die Ökosysteme der Ostseeküste.« Er rückte wichtigtuerisch seine Brille zurecht, obwohl die sich keinen Millimeter bewegt hatte, seit sie ihn hier angetroffen hatten.

»Vermissen Sie seit gestern eine Studentin?«

»Nicht, dass ich wüsste. Wir sind gestern Nachmittag gegen halb sechs aus Stralsund zurückgekommen. Eine Studentin hat dort einen Vortrag über das Weltkulturerbe der Stadt gehalten, anschließend haben wir uns den Hafen angeschaut. Danach ist hier jeder seiner Wege gegangen. Das sind erwachsene Menschen, die müssen sich nicht bei mir abmelden.«

Ira zeigte ihm das Foto der Toten. »Ist das eine Ihrer Studentinnen?«

Herr Zimmermann beugte sich vor und wurde bleich. Seine Brille rutschte diesmal tatsächlich sichtbar herunter. »Ja«, sagte er leise und schaute die beiden ungläubig an. »Das ist Frau Ladwig. Verzeihen Sie, den Vornamen habe ich nicht parat, wir siezen uns. Sie hat gestern den Vortrag gehalten.« Geistesabwesend schob er abermals seine Brille zurecht und schaute sich das Foto noch einmal intensiv an. Ira und Tobler tauschten erleichterte Blicke aus. Sie hatten einen Namen.

»Wo hat sie hier geschlafen?«, fragte Ira.

»Da müssen Sie meine Studenten fragen, in die Zimmeraufteilung habe ich mich nicht eingemischt. Wir treffen uns um neun vor der Rezeption, da werden dann alle da sein. Manche lassen das Frühstück aus, um länger schlafen zu können.«

»Gut«, sagte Tobler, »wir warten.«

Um kurz nach neun war die Gruppe vor der Rezeption versammelt. Ira zählte dreizehn Studierende plus Zimmermann, der bereits seit zwanzig Minuten vor dem Gebäude wartete. Das Frühstück hatte er ausfallen lassen. Die Gruppe schien verunsichert, und einige schauten sich immer wieder zu den Bungalows um. »Ich zähle nur dreizehn von Ihnen. Können Sie mir sagen, wer fehlt?« Tobler wandte sich an eine rothaarige Studentin, die nervös schien und ihn besorgt mit ihren grünen Augen ansah.

»Jana und Maja.«

»Nachnamen?«

»Ach so, ja. Jana Bluhm und Maja Ladwig.«

Tobler notierte sich beide. Im selben Moment kam eine kurzhaarige blonde Frau auf die Gruppe zugelaufen. »Hab verschlafen, sorry!«, rief sie ihren Kommilitonen zu. Bevor diese die junge Frau begrüßen konnten, machte Tobler einen Schritt auf die Frau zu und fragte bestimmt: »Sind Sie Jana Bluhm?«

»Ja.« Die hochgewachsene Frau nickte erstaunt, wandte sich dann aber an die Gruppe. »Habt ihr Maja gesehen? Sie war nicht da, als ich aufgewacht bin.«

Ira horchte auf und stellte sogleich die nächste Frage. »Teilen Sie sich ein Zimmer mit ihr?«

Jana Bluhm nickte abermals. »Wir haben das einzige Zweierzimmer. Was ist denn passiert?« Mit nervösen Augen starrte sie in die Runde.

»Wann haben Sie Frau Ladwig das letzte Mal gesehen?«

»Gestern beim Abendessen. Wir sind um kurz nach sechs aus dem Speisesaal gegangen.«

»Was haben Sie danach gemacht?«

Jana Bluhm überlegte, dabei knetete sie nervös ihre Finger. »Ich habe mit Thomas – ich meine: Herrn Talk – und Herrn Sauer eine Serie geguckt. Was ist denn mit Maja? Wo ist sie?« Ihr Blick wanderte suchend umher.

»Das möchten wir gerne herausfinden. Wir haben …« Ira holte tief Luft. Sie wusste, dass sie jetzt besonders sensibel vorgehen musste. »Wir haben eine tote Frau auf der Halbinsel Devin gefunden.«

Verstohlen blickte sie zu Tobler hinüber, um eine Regung in seinem Gesicht zu erkennen. Sie hoffte auf ein kurzes Zunicken, eine Bestätigung, dass sie behutsam genug mit der jungen Frau sprach. Doch ihr Kollege schaute sie nicht an, sondern fixierte die Studentin mit zusammengekniffenen Augen und schien darauf zu warten, dass es endlich weiterging. Aus seiner Körperhaltung schloss Ira, dass er fror.

»Herr Zimmermann hat sie bereits identifiziert. Auch wenn es schwer für Sie ist, müssen wir Sie bitten, uns zu sagen, ob das auf dem Foto Ihre Kommilitonin Maja Ladwig ist.«

Damit hielt Ira der Studentin ihr Smartphone mit dem Foto der Leiche hin. Jana Bluhm senkte langsam ihren Blick und griff nach dem Handy. Ihr Gesicht wurde von ihrem kondensierten Atem umhüllt, und Ira nahm wahr, dass sich die Augen der Studentin mit Tränen füllten. Ihre Hand zitterte, als sie das Handy zurückgab.

»Ja, das ist Maja«, flüsterte sie kaum hörbar und mit brechender Stimme.

Iras und Toblers Blicke trafen sich, und diesmal nickten sie sich beide kurz zu.

»Frau Bluhm, wissen Sie, was Frau Ladwig im Anschluss an das Abendessen gemacht hat?«

Jana Bluhm starrte Ira an und wischte sich eine Träne von der Wange. »Sie wollte mit Frau Wermelskirchen spazieren gehen«, stammelte sie, »und Thomas, du wolltest doch nach der Serie noch dazustoßen.« Sie schaute einen großen Mann mit fransiger Vokuhila-Frisur und Augenbrauenpiercing an.

Ira folgte ihrem Blick. »Sie sind …?«

»Talk. Thomas Talk. Ja, ich war noch kurz mit Paula und Maja am Strand. Ich bin hier um halb acht losgegangen.«

»Was haben Sie dort gemacht?«

Talk grinste und senkte den Kopf. »Na ja, was man halt so macht. Entspannen.«

Ira und Tobler tauschten wissende Blicke. »Wie lange waren Sie am Strand?«

»Ich bin um halb neun zurückgegangen. Es war wahnsinnig kalt.«

Während sich Tobler Notizen machte, musterte Ira die Gruppe eindringlich und fragte dann nach Paula Wermelskirchen. Eine kleine krausgelockte Frau meldete sich mit leiser Stimme. »Sie waren die meiste Zeit des Abends mit Frau Ladwig zusammen. Stimmt das?«

»Ja, ich bin mit Maja um halb sieben zum Strand gegangen und um neun mit ihr zurückgekommen.« Die Stimme der Studentin zitterte, und Ira fiel ein winziges Tattoo in Form einer Träne unter ihrem rechten Auge auf. Schnell schaute sie an ihr vorbei, um die ohnehin schon nervöse Studentin nicht noch weiter zu verunsichern, und fragte dann: »Hat irgendwer von Ihnen Frau Ladwig nach neun Uhr noch gesehen?« Die Studenten schüttelten allesamt den Kopf.

»Wir haben uns hier getrennt, weil mein Bungalow da drüben liegt.« Paula Wermelskirchen zeigte hinter sich.

»War sie anders als sonst?«, fragte Ira. »Ist Ihnen etwas merkwürdig vorgekommen?«

Die Studentin verneinte. »Ich muss aber dazu sagen, dass ich sie kaum kenne. Wir haben auf dieser Fahrt das erste Mal miteinander gesprochen. Maja war, glaube ich, schon im zwölften Semester, ich bin erst im vierten. Wir haben uns vorher noch nie gesehen. Ich glaube, die meisten von uns kannten sie vorher nicht, oder?« Zustimmendes Nicken rundherum. »Ich bin jedenfalls davon ausgegangen, dass sie nach der Rückkehr vom Strand zurück zu Jana geht.«

Jana Bluhm reagierte sofort. »Ich bin um halb zehn schlafen gegangen, da war sie noch nicht wieder da!«

Ira runzelte die Stirn und sah die kurzhaarige Frau eindringlich an. »Und da haben Sie sich nicht gewundert?«

»Nein. Maja ist bisher jeden Abend später zurückgekommen, vorgestern sogar erst mitten in der Nacht um halb zwei. Dadurch bin ich aufgewacht. Seitdem schlafe ich mit Ohrstöpseln.«

»Gut. Ist Ihnen sonst noch irgendetwas aufgefallen?« Die Frage richtete Ira an die gesamte Gruppe.

Alle schüttelten nacheinander den Kopf, einige blickten dabei zu Boden. Der Dozent schaute seine Schützlinge flehend an, als wenn er sie dazu motivieren wollte, mit der Polizei zu kooperieren. Dann zuckte er mit den Schultern und machte ein entschuldigendes Gesicht, das den beiden Kommissaren gewidmet war.

»Sollte Ihnen doch noch etwas einfallen, melden Sie sich bitte. Wir sind dankbar für jedes noch so kleine Detail.«

Tobler klappte geräuschvoll und für Iras Geschmack etwas zu theatralisch den Notizblock zu. »Ihre Fahrt nach Rügen werden Sie wohl erst mal absagen müssen. Das tut mir sehr leid, aber wir brauchen Sie in den nächsten Tagen noch hier.«

Zimmermann nickte verständnisvoll.

»Können Sie uns bitte noch Frau Ladwigs Zimmer zeigen?«, fragte Tobler dann Jana Bluhm, die sofort bereitwillig voranging, um ihnen den Bungalow aufzuschließen.

Auch Ira folgte ihnen, doch sie drehte sich plötzlich noch einmal abrupt um und ging eilig auf die Studentengruppe zu, die begonnen hatte, vielstimmig über die Situation zu diskutieren.

»Haben Sie gestern in Stralsund auf Holzbänken gesessen? Um etwas zu essen oder dergleichen?«

Verwundert schauten sich die Studierenden an. Zimmermann trat einen Schritt vor. »Wir haben …« Er räusperte sich. »Wir haben eine Pause bei Burger King gemacht, mittags«, sagte er leise und schaute Ira reuevoll an, als sei das ein peinliches Eingeständnis. In Wirklichkeit war es Ira jedoch völlig egal, bei welcher umwelt- und ressourcenschädlichen Fast-Food-Kette die Gruppe gegessen hatte. Zumal sie selbst öfter während der Nachtschicht schwach wurde, wenn sie beim Burger King vorbeifuhren.

»Und haben Sie sonst irgendwo Pause gemacht, wo es Bänke gab? Braune Holzbänke, um genau zu sein?«

Zimmermann schaute sie ratlos an. »Wenn Sie wissen wollen, ob Frau Ladwig sich irgendwo hingesetzt hat, dann muss ich Sie enttäuschen. Ich weiß es nicht.«

»Danke.« Ira nickte ihm zu und folgte Tobler und Jana Bluhm, um das Zimmer der Toten zu begutachten.

Nachdem sie das Zimmer und Maja Ladwigs Gepäck durchsucht hatten, standen die Kommissare ernüchtert wieder auf dem Innenhof der Bungalow-Anlage. Sie hatten zwar ein Portemonnaie mit dem Ausweis der Toten gefunden, aber sonst nichts. »Immerhin können wir jetzt ihre Angehörigen informieren«, murmelte Tobler, und Ira erkannte an seinem gesenkten Blick, dass er enttäuscht war über den mageren Fund im Bungalow.

»Kannst du fahren?«, fragte sie ihn, um keine unangenehme Stille entstehen zu lassen und die morgendlichen Ermittlungen an dieser Stelle zu beenden. »Ich muss meine Schuhe ausziehen, die sind voller Matsch.«

Tobler zog eine Augenbraue hoch und schaute auf ihre Sneaker. »Wie hast du denn das angestellt?«, lachte er und nahm ihr den Autoschlüssel ab. Sie blickte auf seine Schuhe, die nahezu sauber geblieben waren.

Bemerkenswert, dachte sie verwundert. Waren sie doch denselben Weg gegangen. Sie spielte die Szene noch einmal in Gedanken ab. Er, einem Storch gleich, wie er mit langen Beinen den matschigen Pfad entlangstiefelte, und direkt dahinter sie, ein hektisch stampfendes Pony, das dem riesigen Vogel nur mit Mühe folgen konnte und daher keine Zeit hatte, dem Matsch auszuweichen.

Sie schlug ihre Schuhe mehrmals mit den Sohlen gegeneinander und stellte sie im Kofferraum auf eine Folie. Dann tippelte sie auf Zehenspitzen zum Beifahrersitz, wo ihr die unterschiedlichen Socken auffielen, die sie heute Morgen in der Eile angezogen hatte. Hastig versuchte sie, ihre Füße tief im Fußraum zu verstecken, und streckte sich, um ihre Beine noch länger zu machen, bis ihre Knie gegen die Unterseite des Handschuhfachs stießen. Nach einem unauffälligen Blick nach links registrierte sie erleichtert, dass Tobler sie nicht beachtet hatte, sondern den Rückspiegel justierte und losfuhr.

»Und? Was denkst du?«, fragte Tobler.

Noch nicht viel, schoss es Ira durch den Kopf. »Erst mal bin ich froh, dass wir wissen, wer die Tote ist, daran besteht ja wohl kein Zweifel mehr. Aber diese Studenten … Ich weiß ja nicht. Zum Beispiel Thomas Talk.« Sie betonte die ersten Buchstaben des Vor- und Nachnamens besonders stark. »Wie der gerochen hat! Eine wandelnde Hanfplantage!«

»Der Name sieht geschrieben übrigens noch bescheuerter aus. Thomas Talk.« Diesmal sprach Tobler den Namen englisch aus, und Ira konnte sich ein Lachen nicht verkneifen. »Einfach krass, dass manche Eltern es durchziehen, ihre Kinder so zu nennen«, ergänzte er.

»Na ja«, sagte Ira, »vielleicht ist er ja verheiratet und hat seinen Namen geändert.«

»Dann muss der alte Name aber wirklich schlimm gewesen sein.«

Ira lachte kurz auf, jedoch mehr, um Tobler einen Gefallen zu tun, als dass sie es wirklich lustig fand, und sie hielt die kurze unangenehme Pause, die darauf folgte, tapfer aus. Dann lenkte sie das Gespräch wieder auf die Zeugen. »Aber jetzt mal ehrlich, die gehen zum Entspannen an den Strand? Bei Dunkelheit und acht Grad? Im Leben nicht«, rief sie aus und schüttelte energisch den Kopf.

»Das habe ich mir auch sofort gedacht. Da stimmt was nicht«, antwortete Tobler in geheimnisvollem Ton und trommelte mit den Fingern gegen das Lenkrad, während sie vor einer Ampel warteten.

»Der Chef, oder sagen wir: der Herbergsvater, wie hieß er noch gleich …?« Ira kramte ihren Notizblock hervor. »Ah ja, Georg Förster. Der war auch seltsam. Hat sich ertappt gefühlt, als ich mit dieser Angestellten Ute Müller in die Rezeption zurückkam und er gerade in einer Schublade gekramt hat. Die sollten wir mal im Auge behalten.«

»Talk und Förster? Gute Idee. Sag mal, macht es dir was aus, wenn wir kurz bei mir anhalten? Ich glaube, ich habe das Badezimmerfenster offen gelassen«, fragte Tobler und beschleunigte, nachdem die Ampel wieder auf Grün gesprungen war.

»Kein Problem. Wenn ich deine Toilette benutzen darf? Der Kaffee ...«

4

Konstantin Tobler wohnte in einem hellrosafarbenen Altbau in der Schillstraße, direkt in der Stralsunder Innenstadt. Er parkte den Wagen schräg gegenüber, und als ob sie es vorher eingeübt hätten, öffneten die beiden Kommissare zeitgleich ihre Tür und stiegen synchron aus dem Passat. Ira holte ihre dreckigen Sneaker aus dem Kofferraum und zog sie hastig an.

Die reich verzierte hölzerne Eingangstür war blau-weiß gestrichen und hatte sich wie jeden Winter verzogen. Tobler musste sich dagegenwerfen, um sie zu öffnen. Er wohnte im zweiten Stock, und Ira bestaunte die gediegene Schönheit des historischen Treppenhauses. Der Boden knarzte, und das blaue Geländer war wie die Tür und der Boden aus Holz. Zwar blätterte an manchen Stellen die Farbe ab, aber das verstärkte nur die Aura.

Am unteren Treppenabsatz war das Geländer schneckenförmig geformt. Ira verspürte den Drang, genau dort ihre Hand anzusetzen, um dann mit den Fingern das gesamte Geländer bis in den zweiten Stock entlangzufahren. Sie hatte einmal gelesen, dass man so Achtsamkeit üben könne. Eine Technik der modernen Self-Care, hatte sie gelesen. Kann ja nicht schaden, dachte sie und legte die Hand auf das glatte Geländer. Tobler nahm zwei Treppenstufen auf einmal, und wieder fiel es Ira schwer, ihm zu folgen.

»Autsch!« Sie ließ ihre rechte Hand zurückschnellen und hielt sich den Ringfinger.

»Splitter. Nicht so schlimm«, murmelte sie betont gleichgültig, als sie Toblers besorgten Blick wahrnahm. In Wahrheit tat ihr der Finger so weh, dass sie am liebsten laut aufgeschrien hätte.

Tobler sperrte die Tür auf und geleitete Ira mit einer großzügigen Geste in die Wohnung. Sie beeilte sich, ihre schmutzigen

Schuhe akkurat auf der Fußmatte abzustellen. Auch egal jetzt, dachte sie, als sie ihre Füße mit den verschiedenen Socken sah. Im Flur knarzte der Boden besonders heftig, weshalb Ira sich bemühte, sachte aufzutreten. Tobler schob sich an ihr vorbei zu einer Tür, hinter der sie das Badezimmer vermutete.

»Na, hab ich es doch gewusst!«, rief Tobler nahezu triumphierend aus, als er das geöffnete Fenster erblickte und mit einem gewaltigen Schritt das Badezimmer betrat. Währenddessen warf Ira einen Blick ins Wohnzimmer, das eine angenehme Gemütlichkeit ausstrahlte. Im Bücherregal, das beinahe die Hälfte der Wand verdeckte, stand eine Vielzahl an Büchern und DVDs, und ganz unten lagen Hanteln mit verschiedenen Gewichten.

Ein Bord über den Hanteln, zwischen Kochbüchern, diversen Brettspielen und einem abgegriffenen Würfelbecher lag ein angefangenes Malen-nach-Zahlen-Bild, dessen Motiv aus der Entfernung nicht zu erkennen war. Ira schaute ungläubig in Richtung Badezimmer: Ein Mann von gut vierzig Jahren, der nach Zahlen malte? Sie presste die Lippen aufeinander und starrte auf den Boden, um nicht lachen zu müssen. Sie konnte es kaum glauben.

Sein Kopf erschien in der Badezimmertür. »Du kannst rein.«

Ira riss sich zusammen und verschwand im Badezimmer. Ihre Blase war kurz vorm Platzen. Sie zog ihre Hose und den Slip herunter, setzte sich auf die Klobrille und atmete erleichtert aus. Während sie pinkelte, schweifte ihr Blick durch das fremde Bad. Von überbordender Deko schien ihr Kollege nichts zu halten, nur ein paar Kakteen standen in bunten Töpfen auf dem Fensterbrett, was dem Raum eine freundliche und lebendige Atmosphäre verlieh.

Die Kommissarin begutachtete ihren Ringfinger und entdeckte den kleinen Splitter, den sie sich während ihrer Achtsamkeitsübung im Treppenhaus eingefangen hatte. Sie versuchte mehrfach, aber erfolglos, den Splitter mit bloßen Fingern zu fassen zu bekommen. Ob sie Tobler nach einer Pinzette fragen sollte?

Wie lange saß sie hier nun schon? Sie spülte, wusch sich eilig die Hände und öffnete die Badezimmertür. Vor ihr stand Tobler und wedelte mit etwas vor ihrer Nase. »Brauchst du die?« Er lächelte und reichte Ira eine silberne Pinzette. »Oh«, machte sie verlegen und strich sich eine imaginäre Strähne hinters Ohr. »Danke.«

»Sag Bescheid, wenn du Hilfe brauchst.«

Ira fühlte plötzlich Scham. Unter keinen Umständen wollte sie eine peinliche Situation heraufbeschwören, in der ihr Tobler die Hand festhielt und mit zusammengekniffenen Augen den Splitter aus ihrem Finger entfernte. »Geht schon«, sagte sie abwinkend und verschwand ein zweites Mal im Bad. Natürlich schaffte sie es nicht, den Splitter herauszuholen, doch sie entschied, dass Tobler ihr auch keine große Hilfe sein würde: Das winzige Holzstück war mittlerweile abgebrochen und nicht mehr zu packen.

Unverrichteter Dinge kam sie in den Flur zurück. »Er ist raus«, log sie und gab ihm die Pinzette zurück. Er legte sie zu ihrer Verwunderung in eine Schale, die auf einem Schränkchen neben der Haustür stand. Ein seltsamer Aufbewahrungsort, dachte sie, doch sogleich fiel ihr wieder das Zahlenbild im Wohnzimmer ein, und das relativierte den ungewöhnlichen Platz für das kleine Werkzeug.

»Na, Gott sei Dank. So ein eingewachsener Splitter kann nämlich richtig wehtun und sich entzünden«, mahnte Tobler und öffnete die Wohnungstür.

»Passiert dir das öfter?«, fragte Ira und schlüpfte hinter ihm hinaus ins Treppenhaus.

»Ständig«, gab Tobler zurück und deutete mit vielsagendem Blick auf das abgenutzte Geländer.

Sie beeilten sich, noch vor elf Uhr wieder im Kommissariat zu sein. Ihr Chef Dietmar Labonde erwartete sie schon. »Da sind Sie ja! Wo waren Sie denn?«

Tobler blieb vor seinem Chef stehen. »Bei der Toten in Devin, so wie Sie es mir heute früh aufgetragen haben. Frau Würfel ist mitgekommen, das hatten Sie ja gewünscht.«

Labonde zog die Nase hoch und nickte dann schmatzend, den Blick auf den Boden gerichtet. »Ja, natürlich. Danke, Herr Tobler. Und Frau Würfel: Viel Spaß mit Ihrem ersten Fall hier bei uns! Hoffen wir mal, dass Sie ihn schnell aufklären können.« Labonde nickte noch einmal und klatschte dann in die Hände, bevor er sich mit schnellen Schritten entfernte.

»Was für ein Wirbelwind«, sagte Ira, und Tobler lachte. »Der möchte seine Schäfchen beisammenhalten. Wenn man ihm das Gefühl gibt, dass man alles unter Kontrolle hat, dann lässt er einen gewähren. In zwei Jahren geht er übrigens in Rente«, sagte Tobler und öffnete die Tür seines Büros.

»So alt sieht er gar nicht aus«, wunderte sich Ira.

»Na, er ist jetzt einundsechzig. Macht viel Sport und ernährt sich nahezu vegan. Und niemals Kaffee.«

Ira ignorierte Toblers Neckerei und zog sich einen Drehstuhl heran. »Ich informiere die Kripo in Bochum. Die sollen der Familie der Toten Bescheid geben«, sagte sie bestimmt.

Tobler nickte. »Ist gut. Ich kümmere mich um Talk und Förster«, antwortete er und schaltete seinen Computer an.

Eine halbe Stunde später hatte Ira die Bochumer Kollegen telefonisch informiert und mit ihnen verabredet, dass sie die Angehörigen der getöteten Maja Ladwig kontaktierten. Dann hatte sie begonnen, ein Protokoll dieses Morgens in den Rechner zu tippen. Nun stand sie mit einer schwarzen Kaffeetasse vor ihrem Schreibtisch und starrte geistesabwesend auf die Tastatur.

Plötzlich riss ein lautes »Bingo!« Ira aus ihrer Tagträumerei. Sie sah, wie ihr Kollege mit seinem Salbeitee in die Luft prostete und dann mit zusammengekniffenen Augen den Bildschirm fixierte. Als er ihren fragenden Blick bemerkte, winkte er sie zu sich und drehte den Bildschirm so, dass sie auch Einblick in die Ergebnisse seiner Nachforschungen erhielt. »Sind beide aktenkundig«, stellte Tobler stolz fest.

Ira setzte sich neben ihren Kollegen. Es fiel ihr schwer, dessen übertriebene Freude nachzuvollziehen. »Na ja, das heißt ja erst mal nichts«, sagte sie.

»Thomas Talk ist siebenundzwanzig Jahre alt, gebürtiger Ibbenbürener und hat zwei Anzeigen wegen Vermummung und Widerstand gegen die Staatsgewalt auf Demos in Köln und Hamburg kassiert«, las Tobler vor. »Bei der einen griff noch das Jugendstrafrecht, da war er zwanzig. Bei der anderen war er schon fünfundzwanzig. Beide Male verurteilt und mit Geldstrafe davongekommen.«

Ira gab sich betont unbeeindruckt. »Okay, klingt erst mal harmlos. Was ist mit Förster?«

»Der ist fünfundvierzig, kommt aus Wismar und hatte mal ein Restaurant in Rostock, da hat er ordentlich Steuern hinterzogen, ist aber schon zehn Jahre her. Sonst steht hier nichts.«

Ira schnaubte gelangweilt, und auch Tobler schien nun weitaus weniger begeistert von seinem Fund als noch vor ein paar Minuten.

»Vielleicht sollten wir –«

Gerade als Ira den Satz begonnen hatte, riss ihr Kollege Carl Meyer die Tür auf und unterbrach sie. »Die Rechtsmedizin ist in der Leitung. Wer kommt rüber?«

»Kannst du nicht einfach durchstellen?«, fragte Ira entgeistert und schaute Tobler an, der jedoch bereits aufgestanden war und Meyer aus dem Büro folgte. Sie schüttelte den Kopf und setzte sich zurück an ihren Schreibtisch, um den Bericht weiterzuschreiben. Immer wieder wurde sie dabei von Nachrichten auf dem Handy abgelenkt.

Ihre Cousine Marleen schrieb ihr, sie wolle sie abends zum Essen einladen, in der Chatgruppe ihrer Kölner Freundinnen wurde über ein Geburtstagsgeschenk für die gemeinsame Freundin Carmen sinniert, und ihr Bruder Leo informierte sie, er habe den Keller ihres Vaters ausgemistet und sie solle ihr Okay geben, dass ihre Sachen entsorgt werden könnten. Gestresst sagte sie Marleen zu und ignorierte die Diskussion um ein passendes Geschenk für Carmen, ebenso antwortete sie ihrem Bruder nicht, sondern überlegte angestrengt, welche Sachen noch bei ihrem Vater im Keller lagerten.

Ira sprang in ihren Gedanken vom Bericht zum Handy mit den Nachrichten, die alle eine Antwort erwarteten, und wieder zurück zu der toten Studentin. Sie stand auf, um sich einen weiteren Kaffee einzuschenken. Mit der dampfenden Tasse schlenderte sie durch den Raum. Dann stellte sie sich seufzend ans Fenster.

Die kahlen Bäume und schnörkellosen Gebäude waren wie in eine graue Decke gehüllt, von Weitem vernahm sie den Lärm einer Baustelle. Wie so oft drängte sich ihr die Frage auf, ob sie mit ihrem Umzug nach Stralsund die richtige Entscheidung getroffen hatte.

Doch bevor sie sich in dieser ihr wohlbekannten energieraubenden Grübelei verlieren konnte, hörte sie hinter sich plötzlich Toblers Stimme. Sie erschrak.

»Maja Ladwig ist gestern Abend zwischen einundzwanzig und zweiundzwanzig Uhr gestorben, ganz wie wir vermutet haben«, führte er aus, während Ira eilig zurück zu ihrem Schreibtisch ging. »Und die Todesursache ist auf jeden Fall der Schlag auf den Hinterkopf gewesen.«

»War sie sofort tot?«

»Vermutlich.«

Sie nickte. »Wir sollten unbedingt noch mal zur Jugendherberge fahren. Es muss doch irgendwer etwas gesehen haben«, sagte sie und biss auf ihrem Kugelschreiber herum. »Sie kannte hier niemanden. Also liegt es nahe, dass ihr Mörder –«

»… oder ihre Mörderin«, ergänzte Tobler besserwisserisch.

»Oder ihre Mörderin, ja, danke, dass der oder die sie gekannt hat. Oder zumindest ein wenig über sie wusste, denn anscheinend kannte sie ja von den Studenten niemand wirklich gut. Oder es war ein impulsiver Mord von einem Fremden, aber aus welchem Grund sollte sie um die Uhrzeit noch dahinten gewesen sein, und wer würde ausgerechnet dort auf sein nächstes

Opfer warten?« Ira bemerkte einen veränderten Ausdruck in Toblers Gesicht und stockte. »Was ist?«

Tobler stand mit verschränkten Armen und einem süffisanten Lächeln vor ihr. »Ich habe dir noch nicht alles erzählt. Der Rechtsmediziner hat noch mehr herausgefunden.«

Ira wurde ungeduldig. Tobler hatte etwas an sich, was sie wahnsinnig machte. Sie atmete tief ein und fragte dann betont sachlich: »Und was?«

Tobler setzte sich auf seinen Stuhl und schlug die Beine übereinander. »Maja Ladwig hatte vor ihrem Tod Sex.«

Ira wurde sofort hellhörig. »Wann? Unmittelbar davor? Hat man Spermaspuren gefunden?«

»Den genauen Zeitpunkt konnte man mir nicht sagen. Aber es wurden minimale Spermaspuren gefunden, die darauf hinweisen, dass der Geschlechtsverkehr nicht gestern stattfand, sondern eher am Tag zuvor.«

»Werden die Spuren jetzt abgeglichen?«

»Ja. Aber es wäre schon ein Riesenglück, wenn wir den Mann, der mit ihr geschlafen hat, damit identifizieren können. Ich denke eher nicht, dass der in der Datenbank gespeichert ist.«

»Aber immerhin eine weitere Spur«, sagte Ira und ergänzte nach einem Blick auf die Uhr: »Wollen wir noch mal hin? Es ist jetzt halb eins, wir könnten vorher etwas essen und die Studenten alle einzeln befragen. Es wäre sicher nicht verkehrt, auch die Mitarbeiter und anderen Gäste einzubeziehen.«

Tobler gab ihr mit zwei hochgereckten Daumen zu verstehen, dass er ihren Vorschlag guthieß, und sie einigten sich auf ein Mittagessen in »Susi's Kantine«.

Ira hasste zwar den fälschlich gesetzten Apostroph, dem man gefühlt an jeder Straßenecke begegnete, doch Susis Essen war in Ordnung, und selbst der sonst so auf seine Gesundheit bedachte Tobler kehrte dort ab und zu ein, also konnte es nicht allzu schlecht sein. Sie setzten sich an einen Tisch direkt am Fenster. Der kleine Imbiss war gut besucht, die Hauptkundschaft machten zwei Gruppen Handwerker und eine Familie mit drei Kindern aus. Eine Frau am Tresen trank Bier.

Ira bestellte Limonade und den Matjessalat, der immer im Angebot und verlässlich gut war, und Tobler nahm die tagesaktuellen Kartoffeln mit Rahmspinat und Rührei, dazu ein stilles Wasser. »Absolutes Kinderessen, ich liebe es«, tat er kund und rieb sich die Hände voller Vorfreude, als er das dampfende Essen vor sich sah. Ira musste lachen. Manchmal mochte sie ihren Kollegen trotz seiner Macken und war insgeheim froh, dass sie den Fall gemeinsam hatten übernehmen müssen.

»Das ist auch so eine Sache, die ich aus Köln nicht kenne«, sagte sie und blickte sich um.

»Was denn?«, fragte er aufmerksam, während er eine Kartoffel auf der Gabel balancierte und ihrem Blick durch den Raum folgte.

»Na, diese Kantinen mit Mittagstisch. Hier oben gibt's die überall, und sie sind seltsamerweise immer gut besucht.«

»Sicher ein Überbleibsel. Für mich ganz normal, ich kenne das gar nicht anders. Die gibt es sogar in den kleinsten Dörfern«, sagte Tobler, und Ira meinte, eine Prise Stolz in seiner Stimme heraushören zu können. »Wieso hast du dich eigentlich versetzen lassen?«, fragte er plötzlich und für Ira völlig unerwartet und schaute sie so direkt mit seinen blauen Augen an, dass sie verlegen wegblicken musste.

Sie schluckte den Bissen hinunter, der sicherlich noch ein paar Kaudurchgänge hätte vertragen können, und ärgerte sich, dass seine Frage sie so aus dem Konzept gebracht hatte.

»Ich hasse Großstädte. Köln hat mich irre gemacht. Ich wollte das schon lange, habe mich aber nie getraut.« Ira blickte nach unten. »Als meine Beziehung letztes Jahr in die Brüche ging, wollte ich einfach nur noch weg aus Köln.«

»Und wieso hierher? Hätte es nicht gereicht, nach Bonn zu ziehen oder nach Münster? Das sind doch auch kleinere Städte, wenn ich nicht irre?«

Ira lächelte und schaute Tobler nun ebenfalls direkt in die Augen. »Gute Frage. Ich weiß es nicht genau. Es ist so ein Gefühl. In Nordrhein-Westfalen ist alles so gedrängt, man hat das Gefühl, man wird erdrückt. Und immer, wenn ich in den letzten Jahren hier oben bei meiner Cousine war, habe ich mich entschleunigt gefühlt. Die frische Luft und die Leere genossen. Die Leute hier lassen einen auch einfach in Ruhe.«

Tobler lachte und hakte weiter nach. »Aber was ist mit deinen Freunden? Deiner Familie? Ist das nicht total schwer, die so hinter sich zu lassen?«, fragte er und trank einen Schluck Wasser.

»Ja, klar. Aber ein paar Leute kannte ich schon von meinen Besuchen hier bei meiner Cousine. Ich wollte es einfach ausprobieren und mich nicht später ärgern, dass ich mich nie getraut habe, aus meiner Komfortzone herauszukommen«, sagte Ira. Sie hoffte, dass er sich mit dieser Antwort zufriedengeben würde und sie das Thema wechseln konnten.

Tobler nickte einige Male stumm vor sich hin. »Nee, find ich gut. Wirklich«, sagte er schließlich und schob sich eine große Ladung Rührei mit Spinat auf die Gabel.

»Und du, wolltest du nie weg aus Stralsund?«

»Nee«, schoss es aus ihm heraus. »Mal in den Urlaub fahren, ja, aber für immer weg?« Tobler zog die Mundwinkel nach unten und schüttelte den Kopf. »Das kann ich mir nicht vorstellen.«

Anschließend schwiegen sie und verließen schließlich gestärkt die Kantine, um noch einmal zur Jugendherberge zu fahren. Dort im Innenhof erkannte Ira ein paar der Studierenden, die sie schon am Morgen der Befragung gesehen hatte. Sie wollte auf sie zugehen, doch Tobler steuerte geradewegs auf die Rezeption zu, weshalb sie beschloss, ihm zu folgen.

Hinter dem Empfangstresen saß Ute Müller und telefonierte. Tobler musterte die Flyer an der Wand, so wie es Ira am Morgen ebenfalls getan hatte, und wartete wohl darauf, dass Müller das Gespräch beendete. Als sie den Hörer aufgelegt hatte, begrüßte

sie Tobler, und ihr Gesicht hellte sich auf, als sie Ira erkannte.
»Ach, Sie sind's schon wieder«, sagte sie freundlich.

»Hallo, Frau Müller. Wir müssen hier leider noch ein paar Befragungen machen«, erwiderte Ira und gab Tobler zu verstehen, dass er ab hier übernehmen könne.

Er nickte und wandte sich der Frau zu. »Können Sie uns sagen, wer von den Mitarbeitern gestern Abend am längsten hier war?«

»Na, da muss ich auf den Schichtplan schauen«, antwortete Müller. »Um neun ist immer die letzte Schicht vorbei, danach ist Bereitschaft. Gestern Abend waren Benjamin Stolz und Karina Halvorsen hier.«

»Können wir sie befragen?«

»Benjamin hat heute frei. Aber Karina ist hier. Die macht gerade die Zimmer fertig. Ich rufe sie an.«

Einige Momente später öffnete sich die Tür, und Karina Halvorsen trat ein. Sie hatte lange blonde Haare, und Ira erkannte sie als die Frau wieder, die das Frühstücksbüfett im Speisesaal vorbereitet hatte. Ira begann zügig mit der Befragung. »Wir ermitteln im Mordfall von Maja Ladwig, die Gast in der Jugendherberge war. Sie haben sicher schon davon gehört.«

Karina Halvorsen nickte betroffen. »Ja. Furchtbar. Georg hat es uns eben erzählt. Er meinte schon, dass Sie sicherlich noch einmal zurückkommen würden.«

»Haben Sie gestern Abend eine Frau mit hellblauer Daunenjacke gesehen? Allein oder mit jemand anderem?«

»Ich weiß nicht, ob Ihnen das hilft, aber um kurz nach neun wollte ich nach Hause fahren, musste aber bei der Gabelung dort hinten absteigen, weil meine Kette abgesprungen war. Da habe ich eine dunkelhaarige Frau mit blauer Jacke in Begleitung eines Mannes gesehen.«

»Sind Sie sicher?«, hakte Ira nach.

Die Frau nickte zaghaft. »Es war dunkel, aber am Anfang, wo noch ein paar Häuser stehen, ist der Plattenweg beleuchtet. Ich musste rechts entlang, die beiden gingen links mit dem Rücken zu mir auf dem Plattenweg Richtung Halbinsel. Ich habe mir nichts weiter dabei gedacht und bin nach Hause gefahren. Jetzt frage ich mich natürlich, was die beiden abends im Dunkeln im Naturschutzgebiet wollten.« Karina Halvorsen senkte ihre Stimme und schaute die Kommissare nervös an.

»Zeigen Sie uns bitte genau, wo Sie die beiden gesehen haben«, sagte Tobler und öffnete eilig die Rezeptionstür. Ohne sich von Ute Müller zu verabschieden, traten die Kommissare mit Karina Halvorsen auf den Innenhof hinaus und steuerten den Ausgang an. Plötzlich klingelte Toblers Handy. Der hob mit genervtem Blick entschuldigend eine Hand und entfernte sich mit dem Handy am Ohr ein Stück von Ira und Frau Halvorsen.

Während die zwei Frauen warteten, beobachtete Ira die Studenten, die auf den Holzbänken im Innenhof saßen und sich unterhielten. Sie wollte gerade die Bänke näher inspizieren, da kam Tobler aufgeregt zu ihr zurück. »Ira«, sagte er atemlos, obwohl er kaum zehn Meter gegangen war, »das war Carl.« Er schaute sie mit erschrockenen Augen an.

Ira war verwirrt. »Ja und?«

»Die Bochumer Kollegen haben im Kommissariat angerufen. Sie haben gefragt, ob wir mit Sicherheit sagen können, dass die Tote Maja Ladwig ist.«

Verdutzt schaute Ira ihren Kollegen an und sagte mechanisch auf, was sie heute bereits mehrere Male heruntergerattert hatte: »Ihre Identität wurde mehrfach bestätigt, und wir haben ihren Ausweis gefunden. Wir können sicher sein, dass die Tote Maja Ladwig ist.«

Tobler lenkte sofort ein. »Das habe ich Carl auch gesagt. Es gibt da aber ein Problem.« Er machte eine kurze Pause und atmete tief ein. »Maja Ladwig ist seit Wochen in einer psychiatrischen Klinik in Dortmund. Die Bochumer Kollegen haben es überprüft.«

Ira starrte Tobler an und merkte, wie ihr Herz schneller zu schlagen begann. »Maja Ladwig ist nicht tot?«

Tobler schüttelte den Kopf.

»Und …« Ira rang nach Worten. »Und wer ist dann unsere Tote?«

Tobler starrte eindringlich zurück. »Ich weiß es nicht.«

5

Kurz vor Mitternacht stand Ira müde vor ihrer Haustür und schloss sie kraftlos auf. Es war kalt, und sie war das letzte Stück gerannt, um sich warm zu halten. Im Hausflur roch es nach gebratenen Zwiebeln, und obwohl sie gerade gegessen hatte, überkam sie Appetit, als sie das Treppenhaus bis zum vierten Stock hinaufstieg. Sie öffnete und hängte den Schlüssel an den schief hängenden Nagel, den sie bei ihrem Einzug provisorisch in die Wand geschlagen hatte und der sich bei fast jeder Benutzung aus dem ausgeleierten Loch löste. Auch an diesem Abend fiel er mitsamt dem Schlüsselbund scheppernd auf den Boden. Genervt hob Ira die Schlüssel auf, ließ sie achtlos ins Schuhregal fallen und schenkte dem auf dem Boden liegenden Nagel keine Beachtung.

Sie ging in die Küche und öffnete den Kühlschrank. Dort fand sie neben einem Glas Senf und einer alten Packung Käse, dessen Scheiben an den Rändern bereits hart und farblos geworden waren, ein Glas Magerquark, das sie seufzend herausnahm und mit Ahornsirup vermengte. Auf dem Weg ins Wohnzimmer trug sie in der einen Hand ihren Abend-Snack und in der anderen ihr Handy, auf dem sie nun die ungelesenen Nachrichten zu lesen begann. Ohne vom Handy aufzublicken, setzte sie sich aufs Sofa und begann, den Quark zu löffeln.

Während sie aß, ließ sie den vergangenen Tag Revue passieren. Nachdem Tobler und sie die Vernehmung von Karina Halvorsen abgebrochen hatten und entmutigt ins Kommissariat zurückgekehrt waren, hatten sie von Neuem begonnen nachzuforschen, wer die Tote von Devin sein könnte. Tobler hatte mehrfach mit der Bochumer Polizei telefoniert, die nun unter Hochdruck herauszufinden versuchte, wer in der Ruhrgebietsstadt in den letzten Tagen als vermisst gemeldet worden war.

Ira hatte sich an das benutzte Kaugummi erinnert, das sie

in der Bauchtasche der toten Frau gefunden hatte, und den Erkennungsdienst angewiesen, sich bei neuen Erkenntnissen und DNA-Übereinstimmungen umgehend bei ihr zu melden. Nachdem sie das Tagesprotokoll abgetippt hatten, war Ira zu ihrer Cousine Marleen nach Greifswald gefahren, viel später als abgemacht, und hatte dort mit ihr zu Abend gegessen. Um halb elf war sie zurück nach Stralsund gefahren. Nun saß sie auf ihrem Sofa, müde und erschöpft und mit dem unguten Gefühl, dass der Mordfall sie und ihre Kollegen länger beschäftigen würde, als sie zu Anfang geglaubt hatten. Als sie ihr karges Abendmahl beendet hatte, ging Ira zurück in die Küche, um sich ein Glas Wasser zu holen.

Ihr war kalt, als sie mit einem Glas Leitungswasser in der Hand das Thermostat im Wohnzimmer kontrollieren wollte. Unterwegs fiel ihr ein, dass die Gastherme morgens ausgefallen war. Eine Rückmeldung des Vermieters hatte sie noch nicht erhalten. Tränen stiegen ihr in die Augen, die ein Produkt aus Wut, Müdigkeit und kalter Heizung waren.

Eine Weile stand sie mit hängenden Schultern vor dem Thermostat, dann besann sie sich, zog entschlossen die Nase hoch, hob den Kopf, bemühte sich, mit geradem Rücken dazustehen, und machte schließlich kehrt, um in der Küche den Wasserkocher aufzusetzen und sich mit ihren Wärmflaschen ins Bett zu legen.

Ira hatte kaum das Licht ausgeschaltet, da klingelte ihr Handy. Genervt tastete sie mit der Hand auf ihrem Nachttisch, und mit einer ungeschickten Bewegung beförderte sie dabei das vibrierende Telefon zu Boden. Sie warf die Decke zurück und begann augenblicklich zu frieren, als sie sich ächzend nach dem Handy bückte und den Bildschirm so drehte, dass sie mit angestrengt zusammengekniffenen Augen sehen konnte, wer sie zu so später Stunde anrief.

Es war eine unbekannte Nummer. Ira schob den grünen Hörer auf dem Display zur Seite, um den Anruf entgegenzunehmen. »Ira Würfel«, sagte sie fragend und wartete auf eine

Antwort. Es raschelte kurz, dann meldete sich eine Frauenstimme. »Ah, Moment, ich muss noch eben … Warten Sie …« Die Stimme entfernte sich, war aber nach einigen Momenten wieder deutlich zu hören. »So, jetzt habe ich es. Tanja Prümmer hier. Ich hoffe, ich habe Sie nicht geweckt?« Ira war überrascht, die Stimme der Kollegin vom Erkennungsdienst zu hören, setzte sich aufrecht hin und schüttelte überflüssigerweise den Kopf. »Nein, nein, ich war noch wach. Gibt es etwas Neues?«

»In der Tat. Ich komme gerade aus dem Labor und bin auf dem Rückweg nach Stralsund. Haben Sie noch Lust auf einen Kaffee?«, lachte Tanja Prümmer und wartete auf eine Antwort von Ira, die verwundert auf ihrem Bett saß und sich langsam am Kopf kratzte.

»Ähm, Kaffee nicht unbedingt, aber klar, wir können uns treffen. Ich wollte eh noch nicht ins Bett«, log sie und stand auf, um die Deckenlampe anzuschalten.

»Prima, ich bin in zwanzig Minuten am Hafen. Kennen Sie die Kneipe ›Zum Alten Schimmel‹?«

»Nein, aber die finde ich schon.«

»Gut, bis gleich!«

»Bis gleich!«, antwortete Ira, doch Tanja Prümmer hatte schon aufgelegt. Iras Müdigkeit war mit einem Mal verflogen, als sie sich anzog, ihre Haare in einen Dutt legte und ein wenig Make-up auftrug.

Sie hielt kurz inne, um abzuwägen, ob sie zu aufgetakelt aussah, im nächsten Moment wunderte sie sich, dass es ihr wichtig war, beim Treffen mit ihrer Kollegin gut auszusehen. Eine leichte Nervosität machte sich in ihr breit. Tanja Prümmer hatte heute Morgen am Tatort einen bleibenden Eindruck bei ihr hinterlassen, jedenfalls hatte Ira im Laufe des Tages einige Male an sie denken müssen. Während sie ihre schwarzen Schnürstiefel anzog, fragte sie sich, weshalb ihre Kollegin sich um diese Uhrzeit mit ihr in einer Kneipe treffen wollte. War die Begegnung am Ende auch für sie mehr als nur ein kollegialer Austausch gewesen? Und war die Ermittlung nur ein Vorwand gewesen, um Ira zu einem Treffen zu überreden?

Sie verwarf eilig den Gedanken, löschte das Licht im Flur und öffnete die Haustür.

Zehn Minuten später stand sie vor dem »Alten Schimmel«. Es nieselte, und da sie fror, hatte sie ihre Kapuze tief ins Gesicht gezogen und trat mit verschränkten Armen von einem Fuß auf den anderen. Im Inneren der Kneipe konnte Ira hinter den beschlagenen Fenstern schemenhaft Menschen am Tresen und an den Tischen erkennen, die sich zuprosteten und sich unterhielten. Ihre dumpfen Stimmen waren auch von draußen zu vernehmen.

Plötzlich bemerkte Ira Schritte hinter sich. Noch bevor sie sich umdrehen konnte, hörte sie die Stimme von Tanja Prümmer.

»Schön, dass es geklappt hat. Wollen wir reingehen?«

Ira schnellte herum und sah in das lächelnde Gesicht ihrer Kollegin, die größer wirkte als noch heute Morgen am Tatort.

»Ja, gern«, antwortete Ira und war sich plötzlich unsicher, ob sie die kurzhaarige Frau siezen oder duzen sollte.

Diese nahm ihr die Entscheidung sogleich ab. »Ich bin übrigens Tanja. Das macht es vielleicht einfacher.«

Ira spürte Tanjas Hand auf ihrer Schulter. Erleichtert nickte sie. »Ira.«

»Freut mich. Nach dir, Ira.«

Tanja hatte die schwere Kneipentür bereits geöffnet, jetzt schoben sich die beiden Frauen an engen Stühlen vorbei zur Bar, an deren linker Seite noch zwei Hocker frei waren. Nachdem sie ihre Jacken unterhalb des Tresens aufgehängt und sich gesetzt hatten, sah Ira sich etwas verlegen in der Kneipe um.

»Was trinkst du?«, fragte Tanja, während sie die auf dem Tresen liegende Karte studierte.

»Ein Stralsunder«, antwortete Ira in Richtung des Barkeepers, ohne einen Blick auf die Karte zu werfen.

Stattdessen musterte sie ihre Kollegin von der Seite, die das Getränkeangebot nun zum zweiten Mal umgedreht hatte und dabei immer wieder die Lippen schürzte. Auch dieses Mal fiel Ira die elegante Brille auf, die Tanjas hübschem Gesicht den passenden Rahmen schenkte. Ihr Blick wanderte an Tanjas Kinn und Hals hinunter und blieb am hervorstehenden Schlüsselbeinknochen hängen. Ihre Kollegin war nicht dünn, einzig ihre Handgelenke und Finger, ihr Hals und der Kieferknochen sowie das Schlüsselbein, das Ira weiterhin wie gebannt anstarrte, waren sehr zart gebaut. Ihre Hüften waren wiederum recht ausladend, und die kräftigen Beine kamen in der engen Jeans gut zur Geltung. Ira merkte, wie ihr Herz schneller zu schlagen begann. Was für eine wahnsinnig attraktive Frau, dachte sie, teils neidvoll, teils mit einem fremden Gefühl des Verlangens.

»Ist was?«

Ira blickte erschrocken in Tanjas Gesicht. Ihre Kollegin hatte sich ihr zugewandt und schaute sie auffordernd an.

»Nein. Alles gut«, entfuhr es Ira, während sie hastig ihren Blick wieder auf Tanjas Beine richtete.

»Deine Hose gefällt mir.«

Tanja schaute überrascht an sich herunter.

»Tatsächlich? Die habe ich letztens in einer Verschenkebox gefunden. Die sind in den letzten Monaten überall in den Straßen aufgetaucht, und ich finde dort ständig ein paar Schätze.«

»Cool.« Ira nickte und lächelte dankbar dem Barkeeper zu, der in diesem Moment eine Flasche Stralsunder Pilsner vor ihr abstellte. Dann wandte er sich Tanja zu.

»Tanja. Schön, dich zu sehen. Was nimmst du?«

»Ein Weizen.«

Der Barkeeper setzte einen erstaunten Blick auf, während er ein frisches Glas aus dem Regal nahm. »Weizen? Heute keinen Rosé?«

Tanja winkte ab. »Nee. Viel zu kalt.« Sie schüttelte sich demonstrativ und deutete mit dem Kopf nach draußen.

»Also gut, ein Weizen.«

»Danke«, erwiderte Tanja und wollte sich gerade wieder Ira zuwenden, da drehte sie sich noch einmal zu dem Mann hinter dem Tresen. »Ach so, Niko … versuch heute bitte nicht, mich wieder wegen Julius zu bearbeiten. Für mich ist die Sache beendet, da kannst du auch nichts mehr dran ändern, bester Freund hin oder her.«

Ira horchte auf. Irgendetwas an dem Satz ließ in ihr eine freudige Hoffnung aufkommen. War ihre Kollegin Single? Hatte sie gerade erst eine Beziehung beendet? Sie hielt perplex inne. Wieso stellte sie sich diese Fragen und vor allen Dingen: Was erhoffte sie sich von ihnen? Selbst wenn Tanja Single war, war sie offenbar an Männern interessiert. So wie Ira selbst. Eigentlich. Bis heute Morgen.

Ira merkte, wie ihre Handinnenflächen zu schwitzen begannen, und wischte sie hektisch an ihrer Hose ab.

»Ihr kennt euch?«, fragte sie rasch, um sich von ihrem Gedankenkarussell abzulenken.

»Ja, Niko kenne ich schon ewig.« Tanja machte eine wegwerfende Bewegung mit der linken Hand. »Wir haben mal zusammen Geschichte in Greifswald studiert. Ich habe aber nach zwei Semestern abgebrochen und bin zur Polizei. Er hat weiter studiert und sogar eine Promotion begonnen.«

»Und jetzt arbeitet er hier und versucht, sich in dein Liebesleben einzumischen?«, fragte Ira ungelenk und hoffte inständig, dass die Frage nicht zu übergriffig war.

»Ja.« Tanja verdrehte die Augen. »Ich hatte mal was mit seinem besten Freund aus Rostock. Julius. Wir haben uns vor ein paar Monaten hier in der Kneipe kennengelernt.« Den letzten Teil hatte sie Ira zugeflüstert, da Niko wieder an ihren Teil des Tresens zurückkam, um das Weizenbier abzustellen. Sie war dabei so nahe gekommen, dass Ira den Duft ihrer Kleidung riechen konnte. Oder war es ihr Shampoo? Auf jeden Fall roch es gut, stellte Ira fest und war fast enttäuscht, als Niko sich wieder entfernte und Tanja sich gerade hinsetzte, um das Gespräch in einer normalen Lautstärke wieder aufzunehmen.

»Und jetzt versucht er mich fast jedes Mal, wenn ich hier bin, zu überreden, dass ich mich wieder bei Julius melde.«

»Aber du willst nicht?« Ira hatte ihre Fassung wiedergewonnen.

»Nee. Das waren ein paar nette Wochen, aber es wurde mir langweilig. Na ja. Jetzt haben wir schon ganz schön viel über mein Privatleben geredet, dabei kennen wir uns doch erst seit …«, Tanja schaute auf ihre Armbanduhr, »… acht Minuten?« Sie lachte auf, und auch Ira lachte, richtete dabei aber ihren Blick auf den Boden.

»Was wolltest du mir denn eigentlich mitteilen?«

Tanja nahm einen großen Schluck Weizenbier und stellte das Glas geräuschvoll auf dem Tresen ab.

»Richtig. Zurück zum Wesentlichen.« Sie räusperte sich. »Erst mal sind wir darüber informiert worden, dass die Tote wohl nicht Maja Ladwig ist, wie zunächst angenommen. Aber das weißt du sicher schon.«

Ira nickte.

»Dann haben wir sie und ihre Kleidung noch mal untersucht und dabei DNA-Spuren entdeckt.«

»Ja, das hat mir Tobler schon gesagt. Sogar Spermaspuren!«

»Genau, ja. Aber es wurde noch andere DNA gefunden.«

»Andere? Mann oder Frau?«

»Von einem Mann. Am Schal und an der Jacke.«

Ira stellte ihr Bier auf den Tresen und schaute Tanja überrascht an. Wie konnte es sein, dass sie eine Tote beneidete? Augenscheinlich hatte diese in einem kurzen Zeitfenster intimen Kontakt mit zwei verschiedenen Personen gehabt. Seit Ira in Stralsund lebte, hatte sie nur ein einziges, ernüchterndes Date mit einem Grundschullehrer gehabt, der sie mit seinem Gerede über Indien und Permakultur gelangweilt hatte. Nach zwei Stunden und vier hochprozentigen Drinks war das Gespräch jedoch immer weniger quälend geworden, und selbst die Monologe und die bunten Barfußschuhe ihres Gegenübers hatten sie nicht mehr gestört. Sie hatte Lust auf Sex verspürt, und als sie torkelnd aus der Kneipe gekommen waren, hatte sie ihn gefragt, ob sie noch mit zu ihm kommen könnte.

Nach einer durchwachsenen Nacht (Ira hatte sich immerhin abgewöhnt, Orgasmen vorzutäuschen) hatte sie ihm versichert, sie würde sich bestimmt wieder melden, und sich dann auf den Weg nach Hause gemacht. Er tat ihr leid, doch gemeldet hatte sie sich nicht. Erst als er nach drei Tagen schrieb, er würde sich gerne wieder mit ihr treffen, hatte sie ihm umständlich erklärt, sie wäre momentan nicht bereit für mehr. Das stimmte nicht. Natürlich wollte sie mehr, sie sehnte sich nach einer Affäre und allem, was immer sich daraus entwickeln würde, doch eben nicht mit Stefan, dem selbstverliebten Musik- und Mathelehrer einer Rügener Grundschule.

Iras Blick fiel erneut auf Tanjas Beine. Um sich von ihnen abzulenken, wandte sie sich wieder ihrem Bier zu und erkundigte sich, ob der Mann, dessen DNA-Spuren an der Toten gefunden worden waren, in der Datenbank zu finden sei.

Tanja nickte geheimnisvoll. Mit ihren dunkelbraunen Augen schaute sie Ira eindringlich an. »Er heißt Pontus Ericsson und ist polizeilich bekannt. Drogen, Diebstahl und eine versuchte Vergewaltigung.«

»Schwede?«

»Ja. Aus Göteborg. Mehr wissen wir bisher nicht. Aber wie es scheint, war er bis vor Kurzem hier in Stralsund. Ihr solltet morgen mal in Göteborg anrufen.«

Ein wenig pikiert über den Rat nahm Ira die Info zur Kenntnis. Natürlich würde sie dort anrufen. Sie nickte nur gleichgültig und hoffte, damit Lässigkeit auszustrahlen. Sie wollte Tanja das Gefühl geben, dass sie keine Hilfe bei ihrer polizeilichen Arbeit benötigte.

Sie setzte sich gerade hin, räusperte sich kurz und nahm dann das Gespräch wieder auf. »Was hat die Tote denn hier gemacht? Die war doch sicher nicht nur wegen der Exkursion hier. Auf einer Exkursion hat man doch normalerweise nicht zweimal intimen Kontakt zu fremden Männern?«

»Ja, seltsam«, sagte Tanja. »Wenn wir nur wüssten, wer sie ist, wie sie heißt und wo sie herkommt. Vielleicht ist sie hier aufgewachsen und nur für das Studium in den Ruhrpott gezogen?«

»Aber wieso macht sie dann eine Exkursion ausgerechnet in die Region, aus der sie kommt? Da fährt man doch eher mit nach Lappland oder in die Karpaten.«

»Aus finanziellen Gründen vielleicht?«

Ira nickte und setzte nachdenklich die Flasche an ihre Lippen.

»Und wenn sie ihren Mörder nicht kannte? Eine Tat im Affekt?«, fragte Tanja, und Ira spürte den Blick, mit dem sie ihr Gesicht fixierte.

»Daran haben Tobler und ich auch schon gedacht.« Ira war es wichtig, ihren Kollegen zu erwähnen, um Tanja zu zeigen, dass sie beide bereits als Team gute Vorarbeit geleistet hatten. »Aber das ist doch auch eher unwahrscheinlich. Es gäbe ja keinen Grund für einen Täter, ohne Ziel zum äußersten Ende der Halbinsel zu gehen, ohne zu wissen, ob dort eine junge Frau vorbeikommt. Es war kalt, dunkel und schon spät, da geht niemand, nicht einmal ein Psychopath, davon aus, ausgerechnet an einem solch abgelegenen Ort sein nächstes Opfer zu treffen.«

Tanja lachte. »Stimmt, daran habe ich nicht gedacht. Die Denkarbeit überlasse ich wohl lieber euch und bleibe bei der Spurensicherung.«

»Sie muss sich mit jemandem verabredet haben«, sagte Ira und setzte eine wichtige Miene auf.

»Yes, Sherlock«, erwiderte Tanja und grinste, was Ira wieder nervös auf den Boden blicken ließ.

Nach einer kurzen Pause nahm Ira das Gespräch wieder auf. »Die wichtigste Frage bleibt: Wieso nimmt die junge Frau unter falschem Namen an der Exkursion teil? Das ist doch völlig irre. Hoffentlich melden sich die Bochumer Kollegen morgen. Die müssen doch langsam mal herausgefunden haben, wer die Frau ist. Daraus ergibt sich vielleicht, wieso sie die Identität von dieser Maja Ladwig angenommen hat.«

Die beiden Frauen philosophierten noch einige Minuten weiter über den Mordfall und wandten sich dann anderen Themen zu. Ira erfuhr, dass Tanja allein lebte und aus Schwerin kam, Ira erzählte von ihrem Umzug aus Köln. Sie bestellte ein weiteres Bier, und je mehr sie trank, desto entspannter wurde sie. Tanja war ihr sympathisch, auch wenn sie ihre dominante Art herausfordernd fand und diese sie verunsicherte. Immer wieder drängte sich ihr der Gedanke auf, wie es wäre, Tanjas volle Lippen zu küssen, und jedes Mal verwarf sie die Vorstellung rasch wieder, bemüht, ihre Aufmerksamkeit auf das Gespräch zu lenken.

»Noch eins?« Tanja deutete mit dem Kinn auf Iras fast leere Bierflasche.

Ira schaute auf die Uhr, die hinter Tanja an der Wand hing. Fast eins.

»Nee, ich glaube, ich muss ins Bett«, antwortete sie bedauernd. Sie hätte gerne die ganze Nacht mit Tanja an der Bar gesessen, doch wusste sie, dass sie dann am nächsten Morgen nur schwer aus dem Bett kommen würde. Ihr klangen bereits Toblers mahnende Worte im Ohr.

Tanja gab ihr zu verstehen, dass auch sie müde war, und winkte Niko, den Barkeeper, heran.

Während sie ihren Geldbeutel aus der Manteltasche zog, fragte sich Ira erneut, ob Tanja die Information über Pontus Ericsson nicht auch am nächsten Morgen im Kommissariat hätte überbringen können. Dann hätte sie es so oder so erfahren, schließlich war das keine exklusive Geheiminformation, sondern ein wichtiger Punkt in der Aufklärung ihres Mordfalles.

»Kurzer Besuch heute«, kommentierte Niko, während er, ohne aufzublicken, das Wechselgeld für Ira aus seinem Portemonnaie herausfischte.

»Ja, wir müssen morgen wieder früh raus«, antwortete Tanja monoton und griff nach ihrer Jacke. »Bis denn, Niko, schönen Feierabend!«

Ira folgte Tanja aus dem »Alten Schimmel«. Sie schien es eilig zu haben, also wollte Ira die Verabschiedung kurzhalten, um sie nicht unnötig aufzuhalten.

»Na dann«, sagte Tanja und zog sich ihre schwarzen Handschuhe an. »Mein Fahrrad steht da an der Laterne.« Ihre Kollegin deutete zum Hafen.

Schon wieder diese Unsicherheit. War das eine Aufforderung, sie zu begleiten? Oder sollte Ira sich besser gleich hier verabschieden?

»Ich muss da lang.« Ira zeigte in die Gasse, die sich links neben der Kneipe in der Dunkelheit verlief. Sie hoffte, damit den richtigen Nerv getroffen zu haben.

»Hast du keine Angst allein?«

Ira schüttelte den Kopf. »Ach was. Ich bin gleich zu Hause.«

»Okay. Schön war's, Ira. Danke für den Abend. So was habe ich noch mal gebraucht.«

Als Tanja eine Hand auf Iras Schulter legte, meinte Ira, ihren festen Griff im ganzen Körper zu spüren. Der wohlduftende Geruch ihrer Kleidung stieg ihr abermals in die Nase.

»Fand ich auch. Komm gut nach Hause.« Mit einem schüchternen Lächeln richtete Ira ihre Handtasche und löste sich behutsam aus Tanjas Berührung.

Zu Hause angekommen, zog sich Ira eilig aus, putzte sich mit letzter Kraft die Zähne und legte sich, ohne sich abzuschminken, ins Bett. Die Wohnung war ausgekühlt, deshalb kuschelte sie sich in ihre Decke neben die mittlerweile nur noch lauwarmen Wärmflaschen und knipste das Licht aus. Kurz nachdem sie die Augen geschlossen hatte, vibrierte ihr Handy. Sie atmete entnervt auf und griff nach dem Smartphone. Auf dem Bildschirm leuchtete eine Nachricht von Tanja. Schlagartig begann Iras Herz, wie wild zu klopfen. Als sie die Nachricht las, musste sie lächeln.

Ein Zaunpfahl reicht dir wohl nicht. Nächstes Mal winke ich mit dem Scheunentor. Hätte mich gefreut, wenn du noch mitgekommen wärst. Schlaf gut.

6

»Hörst du mir zu?« Tobler stand ungeduldig vor seiner Kollegin und wartete auf eine Antwort. Ira fuhr sich hektisch durch das offene Haar. »Ja, natürlich«, entgegnete sie und setzte ein empörtes Gesicht auf. Es war kurz nach sieben, und die beiden Kollegen standen sich im Büro mit ihren Tassen gegenüber. »Gut«, fuhr Tobler bestimmt fort. »Es gibt Neuigkeiten. An der Toten sind DNA-Spuren von einem weiteren Mann gefunden –«

»Pontus Ericsson«, platzte es aus Ira heraus, und Tobler ließ seine Teetasse verblüfft sinken.

»... worden«, beendete er seinen Satz. Dann fragte er verwundert: »Sag mal, woher weißt du denn das jetzt schon wieder?«

Ira rieb sich die rechte Hand am Oberschenkel. Der Splitter aus Toblers Treppenhaus saß noch immer fest in ihrem Finger. Dieser war mittlerweile leicht angeschwollen und schmerzte. »Ich war gestern noch mit Tanja Prümmer was trinken. Da hat sie es mir erzählt«, sagte sie, um einen gleichgültigen Ton bemüht.

»Tanja Prümmer? Wie kommst du denn zu der?« Tobler schien überrascht.

Ira erzählte ihm, wie sie gestern ihre gemeinsame Kollegin vom Erkennungsdienst kennengelernt und sich mit ihr im »Alten Schimmel« verabredet hatte. Die Details ließ sie aus. Tobler musste nicht unbedingt erfahren, dass sie sich zu der Kollegin des Erkennungsdienstes hingezogen fühlte und diese offenbar ebenfalls versucht hatte, Ira Signale zu senden. Tanjas Nachricht vom vorigen Abend waberte immer noch in Iras Kopf umher. Bisher hatte sie noch nicht reagiert, und je länger sie wartete, desto unmöglicher erschien es ihr, eine adäquate Antwort zu formulieren.

Toblers Aufmerksamkeit verlagerte sich auf Iras rechte Hand.

»Was ist?«, fragte er, nachdem er zugesehen hatte, wie Ira immer wieder ihren Ringfinger an der Jeans rieb und ihn schließlich zwischen ihre Lippen presste und daran saugte. »Ist das der Splitter-Finger?«

Peinlich berührt schüttelte Ira den Kopf und zog den Finger aus dem Mund, verschränkte die Hände hinter ihrem Rücken und suchte nach einer schnellen Ausrede, um von der Splitter-Lüge abzulenken.

In diesem Moment bewahrte ein Telefonklingeln sie vor einer Antwort. Sie ging zum Schreibtisch und nahm den Hörer hastig in die Hand. »Ira Würfel, Kriminalkommissariat Stralsund«, rief sie ihrem Gesprächspartner ein wenig zu laut entgegen.

»Polizei Bochum, Mausolf hier«, tönte eine tiefe Stimme zurück.

»Guten Tag, gibt es etwas Neues?« Ira hatte sich gesetzt und lauschte gebannt. Dabei formte sie mit den Lippen lautlos das Wort »Bochum« und deutete mit einer übertriebenen Geste auf den Hörer. Tobler nickte.

»Frau Würfel, wir wissen, wer Ihre Tote ist. Ihr Name ist Katrin Simonis. Sie wurde gestern in Bochum-Langendreer von ihrer Mitbewohnerin als vermisst gemeldet. Frau Simonis ist … verzeihen Sie, *war* Studentin, siebenundzwanzig Jahre alt, in Ravensburg geboren. Mit den Eltern besteht kein Kontakt, die haben wir schon befragt. Der Vater liegt im Hospiz in Ulm, und die Mutter sagt, sie hätte seit drei Jahren nichts mehr von ihrer Tochter gehört. Aber die Mitbewohnerin hat uns mitgeteilt, dass Frau Simonis in den Urlaub fahren wollte, sich aber seit mehr als achtundvierzig Stunden nicht gemeldet hat. Sie hat sie anhand des Fotos erkannt. Ich gebe Ihnen Frau Ameens Nummer, dann können Sie sie direkt kontaktieren.«

»Frau Ameen ist die Mitbewohnerin?«

»Ja, Hiba Ameen«, erwiderte Mausolf und fügte emotionslos hinzu: »Klingt nicht deutsch, aber keine Angst, sie hat einen deutschen Pass. Da habt ihr im Osten doch sonst sicher ein Problem mit. Haben Sie etwas zum Notieren?«

Ira zuckte bei den Worten des Bochumer Kollegen zusammen. Verstohlen schaute sie zu Tobler hinüber, der wieder an seinem Schreibtisch saß und konzentriert einen Bleistift anspitzte. Sie schüttelte den Kopf, als wollte sie Mausolfs Worte ungeschehen machen, kramte einen Notizblock hervor und begann, die Zahlen mitzuschreiben, die Mausolf ihr diktierte.

»Und Sie sind sicher, dass es diesmal wirklich die richtige Person ist?«

»Sicher sein kann man sich nie, wie man bei Ihnen gemerkt hat«, lachte der Mann laut in den Hörer. Als keine Reaktion von Ira kam, räusperte er sich und fuhr mit ernster Stimme fort: »Ja, Frau Würfel. Nicht nur Frau Ameen hat sie identifiziert, auch ihre Eltern. DNA-Proben sind auch schon eingeschickt. Frau Simonis' Haarbürste, wenn Sie es genau wissen wollen. Wurde extra von der Mitbewohnerin vorbeigebracht. Das Ergebnis kommt direkt zu Ihnen in die Zone, ihr habt da drüben doch mittlerweile auch Internet, oder?« Der Mann gluckste.

Witzig, dachte Ira, schluckte aber einen Kommentar hinunter.

»Danke, Herr Mausolf.«

»Dieter.«

»Äh, ja. Auf Wiederhören.«

Ohne das Telefonat zu kommentieren, setzte Ira Tobler kurz und knapp über den Inhalt des Gesprächs in Kenntnis und fügte schließlich hinzu: »Wird dieser Pontus Ericsson schon gesucht?«

»*You betcha*«, antwortete Tobler mit übertrieben amerikanischem Akzent, zwinkerte ihr zu und zielte dabei mit seinen zu Pistolen geformten Zeigefingern auf Ira. Sie schüttelte den Kopf. Was für ein Spinner, dachte sie.

»Wir müssen auch unbedingt mit Maja Ladwig sprechen. Ich hätte den Kollegen gerade direkt auf sie ansprechen sollen«, sagte Ira, die sich über sich selbst ärgerte.

»Ich kann ihn gleich noch mal anrufen«, kam es von Tobler.

»Nicht nötig. Ich mache das schon«, entgegnete Ira hastig. Sie wollte nicht riskieren, dass Tobler in den Genuss kam, mit Mausolf zu sprechen, und sich darin bestätigt sehen würde, dass Wessis Arschlöcher waren.

Fast hätte sie die ausstehende Nachricht an Tanja Prümmer vergessen, doch als sie sich ihrem Schreibtisch zuwandte, fiel ihr Blick auf das Smartphone, das sie wiederum ebenfalls anzustarren schien, als wolle es sagen: »Nimm mich in die Hand und lies dir Tanjas Nachricht zum hundertvierunddreißigsten Mal durch.« Ira seufzte. Sie legte das Handy mit dem Bildschirm nach unten auf den Schreibtisch und schob einige lose Papiere darüber. Dann nahm sie den Telefonhörer und wählte Hiba Ameens Nummer.

Lange brauchte Ira nicht zu warten, denn obwohl es noch sehr früh war, meldete sich die junge Frau aus Bochum-Langendreer sofort.

»Frau Ameen? Hier ist Ira Würfel, Polizei Stralsund. Ich hoffe, ich habe Sie nicht geweckt.«

»Mein Gott. Gut, dass Sie anrufen.« Die Frau schien erleichtert. »Ich bin schon seit Stunden wach. Es ist so schrecklich. Wissen Sie schon, wer Katrin getötet hat?« Die noch bis vor wenigen Sekunden ruhige und helle Stimme ihrer Gesprächspartnerin brach bei dieser Frage, und Ira konnte ein leises Schluchzen vernehmen.

Sie war unsicher, ob sie auf die emotionale Regung eingehen sollte, entschied sich aber, das Gespräch professionell weiterzuführen. »Frau Ameen, Katrin Simonis war Ihre Mitbewohnerin, stimmt das?«

Kurzes Schluchzen, dann Zustimmung.

Ira fuhr fort. »Wussten Sie, dass sie im Rahmen ihres Geografie-Studiums auf eine Exkursion an die Ostsee gefahren ist?«

»Nein. Sie hat nie von einer solchen Exkursion erzählt.« Hiba Ameen hatte sich wieder gefangen. »Überhaupt hat sie seit Monaten keine Vorlesung mehr besucht, war viel feiern und unterwegs. Vor einer Woche hat sie mir erzählt, dass sie in den Urlaub fahren wollte. Alles recht spontan, ganz verstanden habe ich es nicht. Aber sie hatte schon ein Fährticket und eine Unterkunft.«

»Wohin wollte sie?«

»Schweden.«

Ira horchte auf.

Eilig winkte sie Tobler heran und zeigte ihm die Notizen, die sie sich während des Telefonats gemacht hatte. Der zog die Augenbrauen hoch und verschwand mit dem Zettel hinter seinem Computerbildschirm.

»Ist sie allein gereist? Wollte sie jemanden besuchen?«

»Nicht, dass ich wüsste. Sie hat nicht viel erzählt. Und es schien mir fast so, als wollte sie auch nicht zu viel verraten. Es klang alles etwas geheimnisvoll. Sie hat mich sogar kurz vor der Abreise gebeten, niemandem zu erzählen, dass sie wegfährt. Als ich nachgefragt habe, meinte sie, sie wolle nicht, dass ihre Eltern mitkriegen, dass sie nicht mehr zur Uni geht und stattdessen mitten im Semester in den Urlaub fährt. Anscheinend war ich die Einzige, die überhaupt wusste, dass sie nach Schweden wollte. Und da ist sie nie angekommen ...« Die Stimme der jungen Frau wurde wieder leiser, und Ira merkte, wie sie versuchte, die Fassung zu bewahren.

Um sie abzulenken, stellte Ira ihre nächste Frage. »Kennen Sie eine Maja Ladwig?«

»Nein, der Name sagt mir nichts.«

»Hat Frau Simonis sonst irgendwen erwähnt in den letzten Tagen? Haben Sie telefoniert?«

»Hmm ...« Eine kurze Pause entstand. »Das letzte Mal haben wir vor vier Tagen telefoniert. Danach hat sie nicht mehr geantwortet. Bei dem Gespräch hat sie mir unter anderem erzählt, dass sie auf einem Zwischenstopp in Stralsund sei und in ihrem Hotel einen Mann, Gregor oder so, kennengelernt habe.«

»Was hat sie Ihnen über den Mann erzählt? Bitte versuchen Sie, sich zu erinnern. Jedes Detail kann hilfreich sein.« Ira presste angestrengt den Hörer gegen ihr Ohr, so fest, dass sie ihren eigenen Puls hören konnte.

»Sie war ganz hin und weg von ihm. Sie sind sich auch nähergekommen.«

»Hatten die beiden Sex?«

»Ja.«

Ira klopfte mit ihrem Bleistift auf den Stapel Papier, der über ihrem Handy lag. An die Nachricht von Tanja dachte sie schon längst nicht mehr.

»Halt, nicht ›Gregor‹!«, hörte Ira in dem Moment ihre Gesprächspartnerin rufen. »Georg! So hieß der Mann. Georg.«

Georg. Georg Förster, schoss es Ira durch den Kopf. Sofort erschien ihr die Rezeption der Jugendherberge vor ihrem geistigen Auge – und hinter der Rezeption mit gegelten Ackerfurchen im Haar Georg Förster. Der Herbergsvater, der sich bereits beim ersten Verhör auffällig verhalten hatte. Im Hotel hatten die zwei sich zwar nicht kennengelernt, aber ansonsten schien es für Ira wenig Zweifel zu geben, dass Katrin Simonis und Georg Förster sich tatsächlich getroffen hatten und intim miteinander geworden waren. Plötzlich hatte Ira es eilig, das Telefonat zu beenden.

»Fällt Ihnen sonst noch etwas ein?«

»Ich weiß nicht, ob das relevant ist, aber sie wollte nach dem Urlaub das Studium abbrechen und nach Berlin gehen. Sie hatte schon seit Anfang des Jahres keine Lust mehr auf Bochum.«

Würde ich auch so machen, wenn ich Gefahr liefe, an der Uni mit zwei unterschiedlichen Namen angesprochen zu werden, schoss es Ira durch den Kopf. Sie notierte auch diese vorerst letzte Auskunft der Bochumer Studentin, bedankte sich und legte auf. Tausende Fragen schossen ihr durch den Kopf. Wozu all der Aufwand? Was konnte so wichtig gewesen sein, dass die junge Frau dafür ihr ganzes Leben umkrempelte? Außerdem mussten sie dringend mit Maja Ladwig sprechen.

Doch vorher hatte Ira noch etwas anderes vor. Sie sprang auf, krallte sich ihre Schlüssel und nahm den Mantel vom Haken.

Toblers Kopf erschien hinter seinem Bildschirm. Fragend schaute er Ira an.

»Versuch mal bitte, über die Bochumer Kollegen Kontakt zu Maja Ladwig aufzunehmen.« Ihr selbstauferlegter Ost-West-Versöhnungsauftrag war mit einem Mal vergessen. Tobler richtete sich auf und hob den Arm, um sie aufzuhalten.

»Ich habe da noch was herausge…«, rief er Ira hinterher, doch sie hörte ihn nicht mehr.

Er seufzte in den leeren Raum und ließ sich wieder in seinen Bürostuhl fallen. Er war erst seit einer halben Stunde im Büro, und seine Kollegin war ihm bereits das zweite Mal ins Wort gefallen und hatte ihn mit seiner frisch errungenen Information allein gelassen. Er kratzte sich am Kopf und wunderte sich über diese neuartigen Gepflogenheiten. Dann nahm er den Telefonhörer in die Hand und rief im Bochumer Kommissariat an.

7

Wenige Minuten später stand Ira bereits an der Ampel unweit des Kommissariats und wartete darauf, dass diese grün wurde. Die Stadt schien gerade aufzuwachen. Im Wohnhaus neben ihr zog eine ältere Frau mit schlecht blondierten Haaren die Rollos hoch und schaute mit ernstem Blick auf die Straße. Ira folgte ihrem Blick in Richtung eines muskulösen Mannes, der seinen Chihuahua in den angrenzenden Park führte.

Es war noch dunkel und neblig, und so wie in den letzten Tagen konnte Ira auch heute Morgen kaum zehn Meter weit sehen.

Sie ahnte, dass der trübsinnige und lange Winter gerade erst begonnen hatte und sie die nächsten Monate eisern in seiner Hand halten würde. Vielleicht würde sie, so sinnierte sie, während sie auf die Ampel starrte, es aber dennoch schaffen, einige Male in der Woche zum Strand zu fahren, um dort spazieren zu gehen. Sie hatte von ihrer Cousine Marleen gelernt, dass man Achtsamkeit auch beim Gehen üben konnte. Man müsse sich nur vorstellen, mit jedem Schritt und bei jeder Berührung der Füße mit dem Boden imaginäre Blumen zu pflanzen. Das würde laut Marleen auch im Büro gut funktionieren oder beim Einkaufen. Bisher hatte ihre innere Unruhe Ira jedoch von regelmäßiger Meditation und Entspannungsübungen abgehalten, und selbst kleine Achtsamkeitsübungen im Alltag fielen ihr weitaus schwerer, als sie es sich vorgestellt hatte. Der schmerzende Finger erinnerte sie seit gestern minütlich daran.

Ira passierte die Aral-Tankstelle, an der sie sich gestern Morgen unter dem strengen Blick von Tobler einen Kaffee geholt hatte, und fuhr dann weiter zur Halbinsel Devin.

Die Tür der Rezeption war verschlossen. Ira trat einen Schritt zurück und blickte sich um, in der Hoffnung, den Herbergsvater zu sehen, um ihn zur Rede stellen zu können. Doch alles um sie lag noch verschlafen im Nebel, und abgesehen von den unter ihren Schuhen knirschenden Steinchen blieb es still.

Sie begann, um die Rezeption zu schlendern, beäugte dabei die Fenster mit den zugezogenen Vorhängen und ging dann weiter in Richtung der Bungalows, in denen die Studenten untergekommen waren. Fröstelnd verschränkte sie die Arme vor der Brust.

So ähnlich hatte sie gestern Abend vor dem »Alten Schimmel« gestanden, als sie sich von Tanja verabschiedet hatte. Was würde sie ihr antworten? Ira blieb stehen und schaute in die kahlen Äste einer mächtigen Buche, die in der Mitte des Platzes stand.

Wäre sie gerne mit Tanja mitgegangen? Der Gedanke daran ließ sie unfreiwillig schmunzeln, und wieder begann ihr Herz schneller zu schlagen.

Ich muss ihr antworten, gleich nachdem ich hier fertig bin, nahm sie sich vor und atmete entschlossen aus. Wasserdampf stieg dabei aus ihrem Mund, und sie versteckte ihr Gesicht bis zur Nasenspitze unter ihrem Schal. Jetzt musste sie sich erst mal um ihren Mordfall kümmern.

Mit beiden Händen in den Jackentaschen ging sie am Bungalow des Bochumer Professors Lutz Zimmermann vorbei. Dort brannte bereits Licht, doch Ira hielt es nicht für notwendig, ihn erneut zu befragen. Jedenfalls noch nicht. Vielleicht würde er sowieso früher oder später mit neuen Aussagen den Kontakt zu ihr suchen.

Es war Viertel vor acht, und die Sonne versuchte, sich langsam ihren Weg durch den Nebel zu erkämpfen, doch es blieb dämmrig.

Ira ließ die Hütte des Professors links neben sich liegen und ging an weiteren Bungalows vorbei.

In dem Nebel sahen die kleinen Gebäude alle gleich aus. Ira blieb schließlich wahllos beim dritten Bungalow stehen und schlich sich ein wenig näher heran. Die Gardinen des seitlichen Fensters waren beiseitegeschoben, vorsichtig trat sie an die Hauswand heran.

Von dort hatte sie einen guten Blick auf das Innere des Bungalows: zwei Hochbetten, die im rechten Winkel zueinander standen, ein Tisch und vier Stühle, auf denen sich Klamotten türmten. Drei der vier Betten waren belegt, die Studenten schienen zu schlafen, obwohl das Deckenlicht angeschaltet war. Ira wunderte sich kurz über den guten Schlaf der jungen Männer, dann ließ sie ihren Blick weiterwandern. Auf dem Fensterbrett hatten die Studenten leere Colaflaschen und einen Aschenbecher mit einem zur Hälfte gerauchten Joint abgelegt.

Alles klar, ging es ihr durch den Kopf. Daher also der gute Schlaf.

Sie beugte sich weiter nach vorne, um einen noch besseren Eindruck vom Innenleben des Bungalows zu erhalten, und war froh, dass Tobler nicht dabei war. Er hätte sie mit Sicherheit daran erinnert, dass zielloses Herumschnüffeln allenfalls alten Damen vorbehalten war, die Miss Marple spielen wollten, nicht aber einer ausgebildeten und gestandenen Kriminalkommissarin.

Angestrengt schaute sie sich an der Wand lehnend und mit verdrehtem Kopf im Bungalow um. Da drehte sich plötzlich die Person im oberen Bett ruckartig um und sah in ihre Richtung. Es war einer der Bochumer Studenten.

Ira sprang zurück und drückte sich schwer atmend mit dem Rücken gegen die Wand.

Sie schloss die Augen, und ohne einen Mucks von sich zu geben, schickte sie ein Stoßgebet zum Himmel. Hoffentlich hatte er sie nicht gesehen.

Als sie die Augen wieder öffnete, schauderte sie. Sie war nicht allein. Vor einer Hecke stehend erkannte sie schemenhaft einen jungen Mann mit Vokuhila-Frisur und einem verwegenen Lächeln auf den Lippen. Neben ihm stand eine Frau.

»Kann ich Ihnen helfen? Suchen Sie etwas?«, fragte der Mann selbstgefällig und ging einen Schritt auf sie zu.

»Wie lange stehen Sie schon hier?«, erwiderte Ira und stellte sich trotz ihres rasenden Pulses aufrecht vor ihr Gegenüber, in der Hoffnung, ihre Beklemmung zu verbergen.

Der Mann zuckte mit den Schultern. »Ich war nur drüben beim Waschraum. Dann wollte ich mal sehen, wie lange Sie brauchen, um mich zu bemerken.« Er kaute ein Kaugummi und fixierte Ira mit einem provokanten Lächeln.

»Aha. Ist das Ihr Bungalow?«

»Jo.«

»Sind Sie immer so früh wach? Ihre Kollegen scheinen früh nicht so gut auf die Beine zu kommen.«

»Wie man's nimmt.«

Ira verdrehte die Augen. »Gut. Sie wissen sicher, weshalb ich hier bin. Ist Ihnen noch etwas eingefallen, das uns helfen könnte im Mordfall?«

»Nee.«

»Danke.« Ira löste sich aus seinem Blick und fixierte seine Begleitung.

»Und Sie waren zufällig auch im Waschraum?«

Die Studentin schüttelte hektisch den Kopf, das Tränentattoo auf ihrer Wange wurde dabei von einer Strähne freigelegt. Sie schien gehofft zu haben, Ira würde sie nicht bemerken.

»Na schön. Ist *Ihnen* denn vielleicht noch etwas eingefallen, das Sie mir mitteilen möchten?«

»Nein«, antwortete die junge Frau leise und schaute auf den Boden.

Seufzend machte Ira einen Schritt nach vorne und ließ die beiden stehen, ohne sich zu verabschieden.

»Wollen Sie sich nicht meinen Namen notieren? Das macht ihr Bullen doch immer«, rief der junge Mann ihr hinterher.

Ira drehte sich um.

»Nicht nötig, Herr Talk. Aber sagt Ihnen der Name Katrin Simonis etwas?«

Ohne sich zu rühren, stand Thomas Talk an der Stelle, wo Ira ihn stehen gelassen hatte, und dachte betont angestrengt nach. »Nee. Aber ich bin auch ziemlich schlecht mit Namen. Wie war Ihrer noch mal?«

»Ira Würfel. Melden Sie sich ruhig im Kommissariat Stralsund, wenn Sie noch Infos haben, die wichtig sein könnten. Sie beide!«

Thomas Talk nickte ihr mechanisch zu und sah Ira nach, die nun entschlossen zurück zum Empfangsgebäude ging. Kurz bevor sie dort ankam, zückte sie ihren Notizblock. Wie hatte die Studentin mit dem Tattoo doch gleich geheißen? In ihren Notizen vom gestrigen Tag fand sie nach kurzem Suchen den Namen.

Paula Wermelskirchen.

Ira kritzelte einige weitere Notizen zu dem Namen und staunte darüber, dass sie auch diesmal bereits nach wenigen Aufzeichnungen die Blätter ihres Notizblocks ohne Struktur und in völliger Anarchie vollgeschrieben hatte. Sie hatte heute Morgen einen Blick auf Toblers Block werfen können und gesehen, dass er jeden einzelnen Stichpunkt akkurat notiert und sogar mit Pfeilen und Unterpunkten versehen hatte. Iras Block glich dagegen einem Schlachtfeld.

Plötzlich hörte sie Schritte hinter sich. Erneut fuhr Ira hastig herum. Sie ärgerte sich sogleich über ihre Schreckhaftigkeit und bemühte sich, dem Mann, der ihr jetzt gegenüberstand, selbstbewusst gegenüberzutreten.

»Herr Förster!«, rief sie überrascht aus und räusperte sich.

»Guten Morgen, Frau ...«

»Würfel. Ira Würfel.«

Georg Förster nickte kaum merklich.

»Haben Sie einen Augenblick? Ich muss Ihnen noch ein paar Fragen stellen.«

»Tja, wissen Sie, eigentlich passt es gerade nicht. Ich habe heute Morgen so viel zu tun, wir sind knapp besetzt, und ich muss beim Frühstücksbüfett aushelfen.« Er schaute Ira bedauernd an und machte Anstalten, an der Kommissarin vorbeizugehen.

»Na, dann begleite ich Sie. Dauert nicht lange.«

»Gut, wie Sie meinen.«

Er rauschte an Ira vorbei, und sie folgte ihm mit großen Schritten, um den Anschluss nicht zu verlieren.

Der Frühstückssaal war noch leer. Durch die offene Tür zur Küche konnte Ira sehen, wie Karina Halvorsen, die Dame, die sie gestern bereits interviewt hatten, und ein junger Mann mit lockigem Dutt das Frühstücksbüfett vorbereiteten. Ira beschloss, die Chance zu nutzen und dem Lockenkopf ein paar Fragen zu stellen. Es handelte sich um Benjamin Stolz, den Studenten, der am Abend des Mordes gemeinsam mit Karina Halvorsen die Spätschicht gearbeitet hatte.

Seine wenig hilfreichen Antworten notierte sie und leierte ihre gewöhnliche Floskel herunter, dass er sie doch bitte kontaktieren möge, sollte ihm noch etwas einfallen, dann wandte sie sich Karina Halvorsen zu, die gerade eine Wurstplatte herrichtete.

»Frau Halvorsen, wir wurden ja letztes Mal unterbrochen, als Sie uns erzählt haben, was Sie am Abend von Frau Simonis' Verschwinden beobachtet haben. Ist Ihnen noch etwas eingefallen, das wichtig für uns sein könnte?« Ira verdrehte bei der Frage gedanklich die Augen. Bereits am zweiten Ermittlungstag konnte sie ihr eigenes Geseier schon nicht mehr hören.

Die blonde Frau schüttelte den Kopf. »Nein, nachdem ich die zwei Personen, von denen eine diese auffällig blaue Jacke anhatte, Richtung Halbinsel habe weggehen sehen, bin ich nach Hause gefahren. Es war windig, ich wollte so schnell wie möglich ins Warme.«

»Verständlich.« Ira nickte ihr zu. »Können Sie sich erinnern, wie die zweite Person ausgesehen hat? Sie sagten ja, es sei ein Mann gewesen?«

»Ja, es war ein Mann. Aber er hatte eine Kapuze auf und war auch sonst dunkel gekleidet. Es tut mir leid, dass ich Ihnen keine genaueren Angaben machen kann.«

»Schon okay«, sagte Ira und lächelte die Frau an.

Karina Halvorsen lächelte zurück und wandte sich wieder der Aufschnittplatte zu, auf der sie eine rosarote Salamischeibe liebevoll zwischen zwei Radieschenröschen drapiert hatte. Ira riss sich von dem unappetitlichen Wurststillleben los und blickte sich nach Georg Förster um, schließlich war sie hauptsächlich seinetwegen hergekommen. Er wuselte im Frühstückssaal umher. Sie fixierte ihn und atmete leise energisch aus. Dann schritt sie zielstrebig in den Saal und auf ihn zu.

Eine Hand auf ihrer Schulter hielt sie zurück. Karina Halvorsen stand hinter ihr.

»Ja, bitte?«

»Verzeihung, ich …« Die Mitarbeiterin sah sie mit einem Mal nahezu flehend an. »Mich lässt der Gedanke einfach nicht los, dass es meine Schuld war, dass die Studentin gestorben ist. Ich habe sie anscheinend als Letzte gesehen, und es kam mir ja sogar seltsam vor, dass sie da in der Dunkelheit mit einem Mann Richtung Einöde geht. Aber ich hab nichts unternommen. Wenn ich anders reagiert hätte, wäre sie vielleicht noch am Leben …« Verzweifelt schaute sie an Ira vorbei.

Die versuchte nun, die richtigen Worte zu finden. »Nein, Frau Halvorsen, es ist nicht Ihre Schuld«, brachte sie hervor. Da muss noch mehr kommen, zwang sich Ira. »Wissen Sie, im Nachhinein ist man immer schlauer. Aber man kann sich ja nicht ständig in die Leben fremder Personen einmischen. Sie haben alles richtig gemacht. Immerhin konnten Sie uns sagen, dass sie eventuell mit jemandem unterwegs war. Das hilft uns schon sehr.« Aufmunternd legte Ira ihre Hand auf Karina Halvorsens Oberarm.

Die lächelte gequält und nickte. »Okay … danke.« Damit drehte sich die blonde Frau abrupt um und ging mit hängendem Kopf zurück zu ihren Salamischeiben.

Jetzt aber. Ira machte abermals einen Schritt auf Georg Förster zu, der gerade dabei war, eine der riesigen Bananenpflanzen zu gießen, die am Fenster standen.

»Hätten Sie vielleicht noch eine Minute?«

Er schaute hinter der Staude hervor. »Wenn es sein muss, bitte sehr«, antwortete der Mann mit den übermäßig gegelten Haaren und zeigte auf einen Stuhl.

»Ich habe mit der Mitbewohnerin der Toten telefoniert«, begann Ira und fixierte Georg Förster. Keine Reaktion.

»Wussten Sie, dass sie gar nicht Maja Ladwig hieß, sondern Katrin Simonis?«

»Ach! Nein, das wusste ich nicht. Aber Sie wissen ja, dass es eh eine Gruppenbuchung von dem Dozenten war, deshalb ist es uns ziemlich egal, wie die Leute heißen. Maja ... Katrin, Hauptsache, die Leute zahlen!« Er lachte laut.

»Hmm, verstehe. Die Mitbewohnerin hat uns erzählt, dass Katrin Simonis eine Affäre hier in Stralsund gehabt haben soll.«

»Wie schön für sie.«

Was für ein Ekel, dachte Ira.

»Mit einem Georg. Sie heißen auch Georg. Zufall?« Ira war von ihrer eigenen Verhörmethode überrascht. Vielleicht weil Georg Förster ihr so unsympathisch war? Sie wusste, dass er log. Er verbarg etwas, und sie wollte es unbedingt herausfinden.

»Bin ich der einzige Mann in Stralsund, der Georg heißt? Kommen Sie, Frau Würfel, das ist aber ziemlich schlecht für eine Kriminalkommissarin.« Er lachte abfällig und schüttelte den Kopf.

»Natürlich nicht. Sie sagen also, dass Sie Maja Ladwig beziehungsweise Katrin Simonis nicht gekannt haben und auch keinen intimen Kontakt zu ihr hatten?«

»Genau das behaupte ich. Darf ich jetzt gehen?«

»Wo waren Sie denn vorgestern Abend?«

»Zu Hause.«

»Kann das jemand bezeugen?«

»Leider nein. Meine Frau ist gerade auf Mallorca. Mädelsurlaub.«

»Und hat Sie jemand gesehen, der bezeugen könnte, dass Sie zu Hause waren? Nachbarn, Pizzalieferant ... irgendwer?«

»Nein. Ich habe die Wohnung nicht verlassen.«

Ira schaute ihn bedauernd an.

»Jaja, ich weiß, was Sie mir jetzt sagen wollen. Ich kann's aber nicht ändern. Es gibt keine Zeugen. War's das?«

Sie nickte. Ihr Gegenüber stand auf und schob den Stuhl geräuschvoll zur Seite. Dann wandte er sich ab und steuerte die Küche an.

»Ach so, Herr Förster! Eine Sache noch. Was ist eigentlich aus Ihrem Restaurant in Rostock geworden?«

Georg Förster blieb stehen und drehte sich langsam um.

»Was hat mein Restaurant damit zu tun?«, fragte er mit eiserner Miene.

»Nichts direkt. Aber Sie sind der Polizei ja bereits wegen Unehrlichkeit aufgefallen.« Ira hoffte, ihn mit dieser Taktik einschüchtern zu können. »Ich bitte Sie jetzt ein letztes Mal, dass Sie uns alles sagen, was Sie wissen. Ehrlich währt am längsten.«

Mein Gott, dachte sie und musste innerlich schmunzeln. Sie klang wie ihre eigene Oma.

Georg Förster schnalzte mit der Zunge, und hätten die beiden draußen gestanden, hätte es Ira nicht gewundert, wenn er vor ihr ausgespuckt hätte.

8

»Was ist das denn für ein Arschloch?«

Tobler stand vor seinem Schreibtisch und knallte den Hörer auf das Telefon, verfehlte es jedoch und legte den abgerutschten Hörer genervt auf seinen Platz zurück. Mit rotem Kopf starrte er Ira an, die sich ein Grinsen nicht verkneifen konnte.

»Mausolf?«

Tobler verdrehte die Augen. »Konntest du mich nicht vorwarnen? Ein Wessi, wie er im Buche steht: arrogant, überheblich ...«

»Ich weiß, ich weiß. Konntest du denn etwas erreichen?«

Tobler atmete tief ein. »Ja. Wir haben die Nummer der Dortmunder Psychiatrie. Maja Ladwig weiß allerdings noch nicht, dass wir mit ihr reden möchten.«

Ira schaute auf die Uhr. Es war Viertel vor zehn, und erst jetzt bemerkte sie ihren knurrenden Magen. »Hast du schon gefrühstückt?«, fragte sie ihren Kollegen, dessen Gesichtsfarbe sich wieder normalisiert hatte.

»Nee. Komm, lass uns erst mal zum Bäcker«, sagte er seufzend und platzierte den Zettel mit der Telefonnummer auf Iras Schreibtisch.

Ira wunderte sich über Toblers Ambitionen, ein gekauftes Frühstück zu sich zu nehmen, da er sonst immer minutiös darauf achtete, lediglich seine selbst geschmierten Vollkornstullen im Kommissariat zu verspeisen.

Ihr Kollege schien ihre Gedanken zu lesen und winkte müde ab. »Keine Zeit gehabt. Wollen wir?«

Mit zwei belegten Mohnbrötchen, einer Zimtschnecke für Tobler und einem Kaffee für Ira kamen die beiden Kommissare zwanzig Minuten später zurück ins Büro.

Tobler setzte sich an den runden Tisch, der vor dem offenen Fenster stand und eigentlich nur noch mehr Platz im sowieso schon engen Büro wegnahm. Genutzt wurde der Tisch lediglich für die raren Essenspausen, doch Ira hatte sich bisher noch nicht getraut, den Vorschlag zu machen, den Tisch aus dem Büro zu entfernen.

Sie schloss fröstelnd das Fenster und sah dabei draußen einen zerzausten Hund, der einem von seiner Besitzerin geworfenen Stock hinterherrannte. Ira musste unweigerlich grinsen. Der Hund erinnerte sie an den ihres Vaters, der zwar mittlerweile schon zehn war, aber noch immer voller Freude Bälle und Stöcke apportierte und ihren Vater und seine Freundin auf Trab hielt.

»Solange die nicht kläffen, sind die schon okay.« Tobler hatte sich hinter sie gestellt und beäugte ebenfalls den tollenden Hund, der nun mit seinem Frauchen Fangen spielte.

»Stell dir mal vor, ein Hund im Kommissariat! Das wär doch toll«, sagte Ira verträumt.

»Im Leben nicht. Das ganze Büro würde stinken, und wer geht mit der Töle Gassi?«

Ira seufzte genervt. Es überraschte sie gar nicht, dass Tobler nichts von Hundehaltung hielt. Dass Tiere in Schulen und am Arbeitsplatz sehr heilsam sein konnten, würde ihn auch nicht von seiner Meinung abbringen.

»Sag mal, was ist eigentlich mit heute Abend?«, fragte Tobler mit vollem Mund, ohne weiter auf die Hundediskussion einzugehen. Er schien durch die Zimtschnecke allmählich seine gute Laune zurückzugewinnen.

Ira legte die Stirn in Falten. Was sollte mit heute Abend sein?

»Wir wollten doch was trinken gehen. Hatte dich gestern gefragt.«

Ira merkte, wie sich Nervosität in ihr breitmachte. Langsam setzte sie sich neben ihren Kollegen. Stimmt. Tobler hatte sie in Devin auf dem Weg zur Leiche gefragt, ob sie mitkommen wolle. Ein Treffen mit den Kollegen, die sie noch gar nicht richtig kannte? Selbst mit Tobler kam es ihr komisch vor, nach der Arbeit ein Bier trinken zu gehen.

»Was ist los? Ihr Rheinländer seid doch normalerweise die offenherzigen und kontaktfreudigen Menschen, ganz anders als wir Ostsee-Banausen«, sagte Tobler lachend.

»Ach, ich gehe einfach nicht so gern in Kneipen, und ich brauche meinen Schlaf gerade wirklich dringend.«

Tobler musterte sie verständnislos. »Aber mit Tanja Prümmer triffst du dich auf ein Feierabendbier?«

Ira biss verlegen von ihrem Brötchen ab und suchte aufgeregt nach einer passenden Antwort. *Tanja.* Sie wusste nicht, ob Tobler mit seinen Nachfragen oder der Gedanke an die Kollegin vom Erkennungsdienst ihr Herz höher schlagen ließ.

Sie seufzte. »Okay, okay, ich komme mit. Wo geht ihr denn hin?«

»In den ›Alten Schimmel‹.«

Na super. Ira lächelte Tobler gequält an. War das die Stammkneipe der Stralsunder Polizei? Da hatte sie es in Köln einfacher gehabt. Was, wenn Tanja heute Abend auch dort war? Sie hatte ihr noch immer nicht geantwortet, und je länger sie damit wartete, desto unangenehmer wurde die Vorstellung, ihre Kollegin dort zu treffen. Es war nicht so, dass sie sie gar nicht wiedersehen wollte. Im Gegenteil. Ira hatte sich bereits ausgemalt, wie ein zweites Treffen wohl ablaufen würde, und die Vorstellung hatte ihr mehr als gefallen. Aber so ein Treffen würde natürlich erst zustande kommen, wenn Ira ihr endlich antworten würde. Und sollte es tatsächlich stattfinden, dann doch bitte nicht in Begleitung ihrer Kollegen.

»Cool, Ira. Ich sag dir noch Bescheid, um wie viel Uhr.«

Ira reckte einen Daumen hoch, während sie den letzten Bissen von ihrem Mohnbrötchen hastig in den Mund steckte und aufstand, obwohl sie noch kaute. Auch etwas, wovon in der Achtsamkeits-Bubble bei Instagram dringend abgeraten wurde: sich keine Zeit fürs Essen zu nehmen und, was noch viel schlimmer war, sich während der Mahlzeiten mit anderen Dingen zu beschäftigen.

Iras Algorithmus knallte ihr ständig neue Influencer-Videos zu achtsamem Essen, Dankbarkeitsübungen und Entschleunigungstipps vor die Nase. Aber außer die Filmchen nach wenigen Sekunden weiterzuscrollen, um dann am Ende mit Erschrecken feststellen zu müssen, dass schon wieder zwanzig völlig unproduktive Minuten vergangen waren und ihre Handgelenke schmerzten, hatten ihr die Selbstoptimierungs-Hilfestellungen bisher rein gar nichts gebracht. Jedes Mal, wenn sie abends zu Hause auf dem Sofa versuchte, sich zu entspannen, und eine kurze Meditationsübung begann, brach sie sie nach wenigen Minuten genervt ab und stand auf, um an den Kühlschrank zu gehen oder auf ihr Handy zu gucken. Es half alles nichts. Sie konnte sich nicht entspannen, zumindest nicht, wenn sie es sich aktiv vornahm.

»Du isst ganz schön schnell«, kam es jetzt auch noch trocken von Tobler.

Ira hörte auf zu kauen. Es überkam sie ein ausgesprochen unbehagliches Gefühl der Scham, und reflexartig verzog sich ihr Mund zu einem nervösen Lächeln.

»Ja, manchmal passiert mir das«, antwortete sie kurz angebunden, drehte sich schnell auf ihrem Stuhl mit dem Rücken zu Tobler und starrte mit aufgerissenen Augen auf ihre Tastatur. Das war einer der Kommentare, die sie seit Jahren schon in eine Schockstarre der Peinlichkeit katapultierten.

»Du redest so laut«, »Du bist zu nervös« und »Du isst zu schnell« waren nur einige der Bemerkungen, die sie sich im Laufe der Jahre von ihrer Familie und Bekannten hatte anhören müssen, und jetzt fing Tobler auch noch damit an.

Ira atmete tief durch und wartete tapfer, bis sich das Schamgefühl weit genug verflüchtigt hatte. Dann griff sie nach dem Telefonhörer und wählte die Nummer, die Tobler akkurat auf einem Zettel notiert und ihr auf den Schreibtisch gelegt hatte.

Sie war froh, dass ihr Kollege nicht derjenige war, der in der Dortmunder Psychiatrie anrief, würde er sich doch wieder nur über seine unmöglichen Gesprächspartner aus Westdeutschland aufregen.

Es dauerte eine halbe Ewigkeit, bis jemand abnahm und eine sehr hohe Frauenstimme sich meldete.

Ira stellte sich kurz vor und kam gleich zur Sache. »Ich müsste mit Ihrer Patientin Maja Ladwig sprechen.«

Die Frau schien sofort zu wissen, weshalb Ira anrief.

»Ach, die Geschichte in Stralsund. Wirklich schrecklich, was da passiert ist. Aber ich fürchte, dass Frau Ladwig gerade nicht in der Lage ist, mit Ihnen zu reden. Aber immerhin haben wir eine Schweigepflichtentbindung, die uns erlaubt, mit Ihnen über Frau Ladwigs Zustand zu reden.«

Und darüber soll ich mich jetzt freuen, dachte Ira und bemerkte, wie ihr Puls wieder hochfuhr. Sie musste sich bemühen, der Frau, die sich als Pflegerin vorgestellt hatte, zuzuhören. Die erzählte monoton etwas von einer »akuten polymorphen drogeninduzierten Psychose« und dass sich Maja Ladwig aktuell in Behandlung mit sehr enger Beobachtung befinde. Ira verstand die Hälfte aufgrund der medizinischen Fachbegriffe nicht und wurde ungeduldig.

»Hören Sie, ich verstehe Sie natürlich, aber wir ermitteln in einem Mordfall. Können Sie nicht eine Ausnahme machen?«

»Es tut mir leid«, kam es energisch von der Pflegerin. »Frau Ladwig hat Wahnvorstellungen und ist akut suizidgefährdet. Sie muss erst mal stabilisiert werden, bevor ein Kontakt zur Außenwelt hergestellt werden kann.«

»Und?«, flüsterte Tobler ihr von seinem Schreibtisch aus zu und sah sie fragend an.

Ira schüttelte resigniert den Kopf.

»Wann kann ich mich wieder melden?«

»Vielleicht in ein bis zwei Wochen.«

»Ich danke Ihnen. Auf Wiederhören.« Sie legte auf und sah Tobler für einige Augenblicke stumm an.

»Drogeninduzierte Psychose …«, wiederholte sie schließlich und schob nachdenklich ihren Unterkiefer zur Seite.

»Denkst du das, was ich denke?«, fragte Tobler, und Ira musste sich trotz ihrer Enttäuschung ein Grinsen verkneifen. Schon wieder dieses Detektiv-Gehabe ihres Kollegen. Aber, so schlussfolgerte sie, sie dachten vermutlich wirklich das Gleiche. »Wenn wir Glück haben, finden wir in Katrin Simonis' Sachen oder beim Bungalow etwas, was unseren Verdacht erhärtet.«

»Und mit ›etwas‹ meinst du Drogen?« Ira wollte sichergehen, dass sie tatsächlich in die gleiche Richtung dachten.

»Ganz genau. Wir haben das Gelände der Jugendherberge ja noch gar nicht abgesucht.«

»Und wir müssen an diesen Pontus Ericsson rankommen. Das kann doch kein Zufall sein, dass seine DNA bei ihr gefunden wurde? Die Drogengeschäfte zwischen den Niederlanden und Skandinavien florieren ja seit einiger Zeit. Letztens wurde erst wieder ein Kölner Ehepaar in Schweden dabei erwischt, wie es Amphetamine aus Amsterdam geschmuggelt hat. Ist halt leicht verdientes Geld. Was, wenn Katrin Simonis sich ihr Studium damit finanziert hat?«

»Ja, das ist durchaus möglich«, sagte Tobler. »Die Mitbewohnerin hat doch sicher mitbekommen, ob sie öfter diese Reisen unternommen hat. Ich rufe sie noch mal an.« Tobler drückte sich mit seinen Füßen vom Boden ab und rollte schwungvoll zurück an seinen Schreibtisch.

Während er telefonierte, recherchierte Ira alle Vorfälle, bei denen Drogenkuriere auf dem Weg nach Skandinavien erwischt worden waren. Es waren einige. Teilweise von Familienvätern durchgeführt, von Ehepaaren und auch von Studenten.

»Sie ist regelmäßig nach Schweden gefahren«, verkündete Tobler, als er das Gespräch mit Hiba Ameen beendet hatte. Ira horchte auf. War das Zufall, oder hatten diese Fahrten nach Skandinavien tatsächlich etwas mit Drogengeschäften zu tun? Sie ertappte sich dabei, wie sie nervös an ihrem Ringfinger zupfte. Der Splitter saß noch tief. Sie versuchte, ihn herauszuziehen, was natürlich erfolglos blieb.

»Angeblich, um ihr Schwedisch zu verbessern und Freunde zu besuchen, die sie im Erasmus-Semester kennengelernt hat.«

»Angeblich ... Sie hat ihrer Mitbewohnerin entweder nicht die Wahrheit über ihre Reisen gesagt, oder Frau Ameen lügt. Ich glaube aber, wir sind auf der richtigen Spur. Fassen wir mal zusammen: Sie hat eine andere Identität angenommen, was ein leichtes Spiel war, denn Maja Ladwig ist momentan überhaupt nicht zurechnungsfähig und mit einer drogeninduzierten Psychose weggesperrt. Dann hatte sie DNA-Spuren von einem Schweden an ihren Sachen, der ebenfalls wegen Drogen polizeilich bekannt ist. Und, was ich noch gar nicht bedacht habe«, Ira erinnerte sich plötzlich an den Brustbeutel der Toten, »sie hatte dieses uralte Nokia-Handy dabei. Das schreit doch danach, dass sie etwas mit Drogen zu tun hatte.«

Tobler hatte genug gehört und war schon wieder in Telefonierlaune. »Ich rufe jetzt in Göteborg an«, annoncierte er vorfreudig und tippte hastig auf seine Tastatur ein.

Belustigt lauschte Ira, wie Tobler sich bei seinem skandinavischen Gesprächspartner auf Schwedisch vorstellte. Seine Stimme klang plötzlich seltsam hoch, und obwohl Ira selbst kein Wort Schwedisch sprach, konnte sie ahnen, dass das, was Tobler da von sich gab, weit entfernt von einer flüssigen Konversation war.

Sie hörte, wie der schwedische Kollege ziemlich schnell ins Englische wechselte, vermutlich, um das Telefonat nicht unnötig in die Länge zu ziehen. Tobler, der sich davon nicht beirren ließ, klammerte sich noch für einige Momente an seine Schwedisch-Fetzen, verhaspelte sich jedoch immer öfter und gab schließlich auf. Sein Englisch war tatsächlich besser, als Ira erwartet hatte. Die Unterhaltung der beiden Kommissare verlief ab diesem Punkt deutlich geschmeidiger, und Ira bekam die Quintessenz des Gesprächs aufgrund der Lautstärke, mit der sich die Kollegen unterhielten, von ihrem Schreibtisch aus mit.

Pontus Ericsson saß seit drei Wochen in Untersuchungshaft

in Göteborg. Auch nach mehrmaligem Nachfragen Toblers war sich der schwedische Kollege sicher: Zum Zeitpunkt des Mordes war der tatverdächtige Ericsson nicht in Stralsund gewesen, sondern hatte in seiner Zelle randaliert und ihn höchstpersönlich bespuckt und als *jävla skithög* bezeichnet.

Als Tobler zum vierten Mal nachhaken wollte, drehte Ira sich um und gab ihm zu verstehen, er solle fünfe gerade sein lassen. Tobler gehorchte.

»*Jävla Skithög.* Das kannte ich noch nicht«, murmelte er amüsiert, als er den Telefonhörer auflegte. »Pontus Ericsson sitzt hinter schwedischen Gardinen.«

Na klar, den Witz hatte er sich nicht verkneifen können, dachte Ira und musste lachen, jedoch vor allem, weil ihr Kollege sich so herzhaft über seinen eigenen Kalauer amüsierte.

Ira dachte nach. Vielleicht hatte die Tote Pontus Ericsson auf einer ihrer letzten Reisen getroffen und nicht zwingend vor ihrer Ermordung. Die DNA-Spuren konnten auch von einer Begegnung vor einigen Wochen oder Monaten stammen. Sie seufzte laut. Ihre einzige Spur war im Sande verlaufen.

»Ah, ›teuflischer Scheißhaufen‹!« Tobler kicherte, während er auf seinem Handy herumtippte und ihr den Bildschirm mit einer Übersetzer-App entgegenhielt, auf dem Ira nichts erkennen konnte. »Diese Schweden immer mit ihren kreativen Beschimpfungen.«

9

Ira war zu früh. Es war Mittwochabend um neunzehn Uhr dreißig, und der »Alte Schimmel« war wie am Vortag brechend voll. Klar, wenn das die einzige Möglichkeit ist, hier in Stralsund ein Bier zu kriegen, dachte Ira abfällig und sah sich nach ihren Kollegen um. Sie hatte tatsächlich die Verabredung nicht abgesagt, sondern sich zu Hause nach einem kurzen Powernap für den Kneipenabend fertiggemacht.

»Ira, huhu! Hier sind wir!« Sie drehte sich um und sah im Dunkeln Tobler eifrig winkend am Hafenkai stehen. Er stand neben den Kollegen Carl Meyer und Linda Klöckner, die gerade ihre Fahrräder anschlossen. Ira lächelte und ging ihnen ein Stück entgegen.

Sie war müde, ihr kurzes Schläfchen hatte genau das Gegenteil seines eigentlichen Zwecks bewirkt und sie noch matter gemacht, doch sie versuchte, dies tapfer zu überspielen. Tobler sollte nicht denken, dass sie die Energie aufgebracht hatte, mit Tanja Prümmer bis in die Puppen Bier zu trinken, ihn und die gemeinsamen Kollegen aber lieber gegen ihr Sofa, eine Tüte Chips und ihre aktuelle Lieblingsserie »Fargo« eintauschen wollte.

Sie begrüßten sich, und Ira fiel auf, dass sie mit ihrer Kollegin Linda noch nie länger als fünf Minuten in einem Raum verbracht, geschweige denn geredet hatte. Sie nahm sich fest vor, das heute Abend zu ändern, und hielt ihren Kollegen die schwere Kneipentür auf.

Im Innern der Kneipe war es warm und stickig. Ira zog sich hastig ihre dicke Jacke aus und scannte unauffällig den Raum. Nach einem zweiten Blick auf die voll besetzten Barhocker entspannte sie sich zunehmend. Tanja schien nicht hier zu sein.

Tobler hatte den einzigen freien Tisch in einer Ecke am Fenster gesichtet und steuerte ihn sogleich an. Ohne zu zögern, fragte er das Pärchen am Nachbartisch, ob es den dritten Stuhl brauche, der als Ablage für die winzige Clutch der Frau diente. Sichtlich genervt griff diese nach ihrer glitzernden Handtasche und legte sie umständlich zwischen ihren Weißwein und sein Weizenbier auf den Tisch. Noch ein abfälliger Blick, dann durfte Tobler sich den Stuhl nehmen.

»Ich schmeiße die erste Runde!«, meldete er in feierlicher Tobler-Manier, als auch die anderen sich auf die harten Holzstühle gesetzt hatten.

Die erste Runde? Wie lange wollte er denn bleiben? Ira bemühte sich, ihre Gesichtszüge nicht entgleisen zu lassen, und orderte folgsam ein Radler bei der jungen Studentin, die rastlos ihre Runden drehte und bei den Gästen eine Bestellung nach der anderen entgegennahm.

»Was ist denn hier los?«, wollte Ira wissen und schaute sich verwundert um.

»Happy Hour«, antwortete Linda und schaute auf die Uhr. »Noch genau zwanzig Minuten, dann kosten die Cocktails wieder acht statt fünf Euro.«

»Ist jeden Mittwoch«, ergänzte Carl. »Die Studenten von der Hochschule kommen dann her, so viel Auswahl haben sie dann ja doch nicht.«

Das Gespräch mit ihren Kollegen kam langsam ins Rollen, und Ira entspannte sich immer mehr, was sie mit Freuden wahrnahm. Sie nippte an ihrem Radler und genoss den Small Talk mit Linda, vor dem sie sich ein wenig gefürchtet hatte. Es geschah selten, dass sie sich auf solche Gespräche einlassen konnte, ohne die ganze Zeit zu hinterfragen, was ihr Gegenüber wohl von ihr hielt. Außerdem hatte Linda einen angenehmen Sinn für Humor und nahm sich augenscheinlich nicht zu ernst, was Ira sehr sympathisch war.

»Wieso bist du eigentlich nach Stralsund gezogen?«, fragte Linda plötzlich und sichtlich interessiert. Ira hatte geahnt, dass die Frage noch kommen würde.

Gerade als sie antworten wollte, wandte Tobler sich von

seiner Unterhaltung mit Carl ab und beugte sich zu seinen Kolleginnen hinüber.

»Ihr wurde es in Köln zu eng. Außerdem Stress mit dem Ex, wenn ich das richtig verstanden habe?« Er blickte Ira auffordernd an.

Die merkte, wie sich Unmut in ihr breitmachte, und erwiderte mit finsterer Miene seinen kecken Blick. »Danke. Ich kann für mich selbst sprechen.«

»Sorry!« Tobler hob abwehrend seine Arme. Ira sah, dass er bereits sein drittes Weizen geleert hatte. »Hast du in Köln was ausgefressen, oder wieso versuchst du immer, das Thema zu umgehen?«

»Nee, aber du solltest vielleicht mal ein wenig piano machen.« Ira deutete mit dem Kinn auf sein leeres Glas. »Und außerdem, was soll das heißen – ›immer‹? Wir haben erst ein Mal darüber gesprochen.« Iras Stimme hatte unkontrolliert zu zittern begonnen, was sie ärgerlicherweise noch nervöser machte. »Wir kennen uns doch überhaupt nicht.« Ihre Stimme war leiser geworden.

Linda schaute verunsichert abwechselnd von Tobler zu Ira. »Hallo, Leute, beruhigt euch mal. Was ist los mit euch?«

Ira seufzte. »Nichts. Tut mir leid. Können wir einfach das Thema wechseln?«

Tobler schaute sie reuevoll an. »Sorry, Ira. Das war nicht so gemeint.«

Gerade wollte Ira abwinken, da sagte Carl: »Ah, das ist doch die Kollegin vom Erkennungsdienst!« Er riss den Arm hoch und zeigte auf den Eingang.

Ira, die nicht sehen konnte, was hinter ihr im Raum geschah, schloss die Augen. Das hatte gerade noch gefehlt. Hätte sie doch auf ihr Bauchgefühl gehört und wäre zu Hause geblieben. Dort hätte sie endlich erfahren, wie am Ende von Episode 8 das Zusammentreffen von Lorne Malvo und Lester Nygaard im Hotel ausging. Stattdessen musste sie einen angetrunkenen Tobler aushalten, Fragen zu ihrer Vergangenheit ausweichen und jetzt auch noch zu allem Überfluss auf Tanja treffen, obwohl sie seit deren eindeutiger Nachricht stumm geblieben war. In den Gesichtern ihrer Kollegen konnte Ira lesen, dass Tanja zu ihnen kam. Linda schaute ein wenig skeptisch, Carls Augen weiteten sich, und sein Grinsen wurde größer, je näher die gemeinsame Kollegin ihrem Tisch kam. Tobler nickte freundlich, als Tanja schließlich hinter Ira stand. Ihr Geruch stieg ihr in die Nase, und Ira war gedanklich sofort wieder beim vorherigen Abend, den sie mit ihr am Tresen verbracht hatte.

Tanja gab allen der Reihe nach zügig die Hand und beugte sich schließlich schräg von hinten zu Ira herunter.

»Ira. Schön, dich zu sehen.«

Ira, die während der Begrüßung aus Verlegenheit an ihrem Radler genippt hatte, schluckte umständlich, räusperte sich und erwiderte Tanjas Händedruck.

»Setz dich doch!« Carl war aufgesprungen und schob seiner Kollegin einen Stuhl entgegen, den er, ohne zu fragen, vom Nachbartisch geklaut hatte.

»Danke, aber nur kurz, bin gleich noch verabredet. Was gibt's Neues?« Tanja blickte erwartungsvoll in die Runde.

Kurze Stille, dann ergriff Carl das Wort. »Wir hatten gerade ein Streitgespräch darüber, wieso Ira nach Stralsund gezogen ist.«

Ira verdrehte die Augen.

»Ah ja. Das Thema hatten wir gestern auch schon«, sagte Tanja belustigt. »Ist mir auch schleierhaft, wieso man eine Stadt wie Köln hinter sich lässt, um hierher zu kommen.«

»Ach, ihr kennt euch schon?«, fragte Linda verwundert.

Ira nickte, vermied es aber, Tanja anzusehen.

»Ja, wir waren gestern schon hier, hatte sich spontan ergeben, nachdem wir uns beim Leichenfundort kennengelernt haben«, erklärte Tanja, und Ira war froh, dass nicht mehr Nachfragen kamen.

»Ich kann das verstehen. Also, dass man hier hochziehen möchte. Hier ist es doch wunderschön«, gab Tobler seinen Senf dazu.

»War ja klar, dass du so denkst.« Linda stieß ihm mit dem Ellbogen in die Seite. »Du hältst es doch keine zwei Tage ohne deine Ostsee aus. Du musst wissen, Ira, Konstantin fährt in den Urlaub entweder auf den Darß oder ein paar Kilometer nach Polen rein. Wir haben letztes Jahr versucht, ihn in die Toskana mitzunehmen. Keine Chance.«

Tobler nickte stolz.

»Wie war es denn in Italien?«, wollte Ira wissen, um das Gespräch von ihrer Person wegzulenken.

»Wir sind dann doch nicht gefahren, weil meine Großmutter gestorben ist.« Carl zuckte mit den Schultern. »Vielleicht nächstes Jahr. Aber sag mal, wie ist Köln denn so?«

»Grau. Laut. Nicht schön. Selbst im Sommer bei vierzig Grad ist es düster dort.«

Tobler warf ihr einen ungläubigen Blick zu. »Na ja, jetzt übertreibst du aber. Vielleicht hast du das auch nur so in Erinnerung, weil es dir am Ende aus anderen Gründen nicht mehr gefallen hat.«

»Warst du schon mal da?«

»Nö. Aber von dem, was man so hört, scheint es doch eine tolle Stadt zu sein. Den Karneval würde ich ja gerne mal mitmachen. Sagt man in Köln eigentlich Alaaf oder Helau?«

»Alaaf natürlich!« Linda warf Tobler einen vorwurfsvollen Blick zu. Dann wandte sie sich wieder Ira zu. »War es denn schwierig, hier die Stelle zu kriegen? Man braucht doch oft einen Partner, der mit einem tauscht.«

»Ja, ich hatte Glück, ein junger Typ, gerade fertig mit der Polizeiausbildung, wollte nach NRW zu seiner Freundin ziehen, und das ist eigentlich fast unmöglich, aber da ich ausgerechnet hier hochwollte, hat das gut gepasst.«

»Jemand aus Stralsund?«, fragte Carl interessiert.

»Gut möglich, ich weiß es gar nicht so genau.«

»Hm, komisch, ich hab gar nichts mitbekommen von so einem Wechsel bei uns im Revier.« Tobler machte eine nachdenkliche Miene.

»Na ja, Konstantin, es gibt ja hier auch noch mehr Instanzen außer unserem Kriminalkommissariat«, erwiderte Tanja, und plötzlich war Ira dankbar, dass sie da war. »Es muss ja jemand gewesen sein, der die gleiche Stellung innehatte wie Ira, oder nicht?«

Ira rutschte nervös auf ihrem Stuhl hin und her. Ihre Sitzknochen schmerzten auf dem harten Holz, und sie musste den Impuls unterdrücken, aufzustehen und die Kneipe zu verlassen. »Wie gesagt, keine Ahnung. Ich war einfach nur froh, aus Köln wegzukönnen, und habe das Ganze deshalb nicht weiter hinterfragt.«

Tobler schien sich mit ihrer Antwort fürs Erste zufriedenzugeben und fragte nach einer nächsten Runde.

»Ich bin raus. Mein Date ist da.« Tanja klopfte auf den Tisch und stand auf. »Schönen Abend euch, wir sehen uns!« Sie nahm ihre Jacke und ging zum Tresen, wo eine hochgewachsene rothaarige Frau saß und sie herzlich umarmte.

Ira zögerte nicht lange. »Ich muss auch ins Bett. Wir wollen den Mord schließlich schnell aufklären.«

»Jetzt schon? Es ist gerade mal Viertel vor zehn.« Linda schien enttäuscht, und auch Carl und Tobler machten ein verdutztes Gesicht.

»Trinkt noch einen für mich mit, nächstes Mal bin ich auch länger dabei.«

Damit verließ Ira die Kneipe und machte sich schnellen Schrittes auf den Weg nach Hause.

Als sie dem Hafen den Rücken gekehrt hatte, begann es zu regnen. Doch Ira lief nicht schneller, sondern verlangsamte ihre Schritte und hielt ihr Gesicht in die grauen Tropfen, die vom Himmel fielen. Nachdem sie laut ausgeatmet hatte, zückte sie ihr Handy und wählte.

10

In dieser Nacht schlief Ira schlecht. Die Nachbarn über ihr stampften laut durch die Wohnung, und die Waschmaschine, die direkt über ihrem Schlafzimmer zu stehen schien, ließ mit ihrem Schleudergang die Wände ihrer Wohnung vibrieren. »Mann!«, rief Ira laut, nachdem sie zum zweiten Mal vom Lärm wach geworden war, und trat wütend ihre Bettdecke zur Seite. Sie zog ihren rosa Bademantel über und stürmte in den Hausflur und die Treppen hinauf. Als sie im Dunklen vor der Wohnungstür ihrer Nachbarn stand, hielt sie inne und lauschte. Im Inneren war es ruhig. Ira trat von einem Fuß auf den anderen und spürte, wie der Impuls, an der Tür zu klingeln, immer schwächer wurde.

Nächstes Mal. Nächstes Mal sag ich denen meine Meinung, sagte sie sich in Gedanken und machte auf dem Treppenabsatz kehrt.

Genervt schlurfte sie zurück in ihre Wohnung, setzte sich mit krummem Rücken auf die Bettkante und griff nach ihrem Handy. Zwei verpasste Anrufe von Tobler. Ira legte die Stirn in Falten. Ihr Kollege hatte versucht, sie um zweiundzwanzig Uhr fünfzig und um dreiundzwanzig Uhr dreißig zu erreichen.

Eine Nachricht hatte er nicht hinterlassen, also beschloss Ira, ihr Handy wieder in den Flugmodus zu versetzen und weiterzuschlafen. Er würde ihr morgen früh schon sagen, was er so spät noch gewollt hatte. Sie wühlte unter ihrem Kopfkissen einen zerknautschten Ohropax hervor, drehte ihn sich ins Ohr und kuschelte sich erneut in ihre Decke. Es dauerte einige Minuten, dann war sie wieder eingeschlafen.

Am nächsten Morgen im Kommissariat fand sie das gemeinsame Büro verlassen vor. Kein Tobler, der mit einer Teetasse vor seinem Bildschirm saß. Auch sein Computer war nicht eingeschaltet. Das Fenster war noch verschlossen und nicht wie sonst von ihm weit aufgerissen, egal wie kalt es draußen war. Ira setzte sich an ihren Schreibtisch und schaute sich nachdenklich um.

Gerade als sie ihren Kollegen anrufen wollte, ging die Bürotür auf. »Morgen.«

»Morgen. Du bist spät dran. Es ist schon acht.«

»Hm. Ich bin schon seit sieben hier. War nur bis jetzt bei Carl und Linda drüben. Wir hatten noch was zu besprechen.«

»Wegen des Mordes?«

Tobler schüttelte den Kopf und stellte die Tasse neben seine Tastatur. Ein kurzer Fingerdruck auf den An-Knopf seines Computers, und schon war der Raum wieder in das vertraute Summen seines Arbeitsgerätes gehüllt.

Okay, dachte Ira und überlegte, ob sie Tobler auf die verpassten Anrufe von gestern Abend ansprechen sollte. Seiner Laune nach zu urteilen sicher keine so gute Idee.

»Verkatert?«, fragte sie, um ein Gespräch mit ihrem brummigen Kollegen anzuleiern, doch von Tobler kam nur ein Grummeln, ohne dass er den Blick von seinem Bildschirm hob.

Nach einigen Minuten des Schweigens, die für Ira wie immer schwer auszuhalten waren, kramte Tobler in seiner Tasche und fischte ein Stirnband heraus.

»Hier. Hast du gestern vergessen. Hab noch versucht, dich anzurufen, aber du hast sicher schon geschlafen.«

»Deshalb hast du versucht, mich zu erreichen?« Ira musste lachen. »Hast du vergessen, dass wir Kollegen sind und uns jeden Morgen in diesem Büro sehen?«

»Ich war ziemlich blau gestern Abend. Habe da vielleicht falsche Prioritäten gesetzt.« Tobler schaute sie einige Augenblicke an. Dann seufzte er. »Um ehrlich zu sein, ich bin dir noch hinterher, nachdem du dich verabschiedet hattest. Ich wollte dir das Stirnband direkt geben. Aber du hast telefoniert und schienst ziemlich abgelenkt ...«

Ira blickte auf. Sie hatte ihn draußen nicht bemerkt, und

plötzlich überkam sie die große Sorge, dass er das Telefonat mit ihrer besten Freundin belauscht haben könnte.

»Wer ist Robert Schlinger?«

Ira schaute ihren Kollegen entsetzt an. Dieser drehte seinen Bildschirm zur Seite und deutete auf einen Artikel des Kölner Stadt-Anzeigers, dessen Schlagzeile Ira in- und auswendig kannte.

»Keine Ahnung.« Sie legte nervös einen Stapel Dokumente zusammen und machte Anstalten aufzustehen.

»Ira. Ich habe gestern gehört, was du am Telefon gesagt hast. Und dass dieser Schlinger Thema war. Und du weichst ständig aus, wenn es um Köln geht. Deshalb habe ich dich gestern Abend noch mal angerufen. Ich wollte wissen, was es mit diesem Telefonat auf sich hatte. Sag doch einfach mal die Wahrheit.«

Seine Stimme war zum Ende hin lauter geworden, fordernder, auch sein Blick war erbarmungslos auf Ira gerichtet.

Sie lief rot an und verspürte plötzlich eine enorme Wut auf ihren Kollegen. »Was kümmert es dich denn? Lass mich doch einfach in Ruhe, das ist mein Privatleben, ich frage dich ja auch nicht über deine Vergangenheit aus!«

»Ira, wir sind Kollegen und in meinen Augen auch schon gute Bekannte. Mir ist es wichtig, dass wir keine Geheimnisse voreinander haben.«

»Sorry, aber für mich ist das hier eine rein dienstliche Beziehung. Tut mir leid, wenn du darin mehr siehst. Ich bin dir nichts schuldig!«

Damit riss Ira die gläserne Bürotür auf und trat schwer atmend auf den Gang, der ihr mit einem Male entsetzlich eng vorkam. Sie schob sich an zwei kaffeetrinkenden Kolleginnen vorbei, lief die Treppe hinunter und trat mit hastigen Schritten vor das Kommissariatsgebäude. Dort ballte sie ihre Hände zu Fäusten zusammen, ging einige Schritte Richtung Straße und nahm einen Trampelpfad, der sie zu der nächstgelegenen Tankstelle führte.

Der Mitarbeiter erkannte sie und wollte schon prophylaktisch die Kaffeemaschine bedienen, da winkte Ira ab und deutete auf die Zigarettenpackungen, die akkurat hinter ihm aufgereiht waren. »Eine Packung Marlboro.«

»Groß?«

Ira schüttelte den Kopf. »Klein genügt.«

Sie legte noch ein Feuerzeug dazu und zahlte.

Einige Minuten später stand sie mit dem Rücken an ein Wohnhaus gelehnt und zündete sich ihre erste Zigarette an, seitdem sie Köln verlassen hatte. Der Rauch füllte ihre Lungen und brannte in der Kehle. Bei den ersten zwei Zügen musste sie noch husten, dann hatte sich ihr Körper wieder an den Akt des Rauchens gewöhnt. Sie schloss die Augen und genoss, wie das Nikotin nach und nach ihr Gehirn benebelte und sie beruhigte.

Nachdem sie aufgeraucht hatte, kam sie wieder ins Grübeln. War sie wirklich so dumm gewesen, zu glauben, sie könnte ihre Vergangenheit vor ihren neuen Kollegen verheimlichen?

Sie sah sich um. Eine getigerte Katze schlich wenige Meter von ihr entfernt durch einen ungepflegten Gartenabschnitt und starrte konzentriert auf den Boden. Das Tier blieb stehen und setzte die Vorderpfote geräuschlos ab, um sich zu positionieren. Den Blick konzentriert auf eine Stelle im Gras vor ihr gerichtet, das Hinterteil leicht wackelnd, der ganze Körper angespannt. Ira zuckte kurz zusammen, als die Katze plötzlich einen Satz nach oben machte und sich mit all ihrem Gewicht auf ihre Beute stürzte. Eine kleine graue Maus hing zwischen den messerscharfen Zähnen des Räubers und fiepte erbärmlich um ihr Leben. Ira schaute gebannt zu. Die Maus tat ihr leid, doch das ganze Schauspiel faszinierte sie auch. Die Katze schaute sich stolz um und machte Anstalten, mit ihren nun entspannten Gliedmaßen leicht geduckt über die Wiese zum Wohnhaus zu traben. Ein scheppernder Knall von der Baustelle eine Straße weiter machte ihren Siegeszug jedoch zunichte. Die Katze sprang zur Seite und ließ dabei die Maus fallen, die sich in Windeseile aus dem Staub machte. Verwirrt sah sich die Katze um, doch es war zu spät. Ihre Beute war geflohen.

Ira traten Tränen in die Augen. Sie hatte plötzlich großes Mitleid mit der Katze, die nun ziellos über die Wiese schritt und mit einem Male so verloren aussah. Du heulst hier wegen eines Tiers rum, dachte Ira angewidert und wischte sich das Gesicht trocken.

Die Sonne hatte sich den Weg durch die dicke Wolkendecke gebahnt und schien nun auf die Wiese und die Katze, die den tragischen Vorfall augenscheinlich bereits vergessen hatte und sich hingebungsvoll und mit hochgestrecktem Bein ihrer Fellpflege widmete. Ira schloss die Augen und genoss die leichte Wärme, die sich auf ihrem Gesicht ausbreitete.

Liebend gern hätte sie dort den ganzen Tag gestanden und sich vor einer weiteren Konfrontation mit Tobler gedrückt, doch der Blick auf die Uhr sagte ihr, dass es Zeit war zurückzukehren. Bevor sie sich auf den Rückweg machte, nahm sie ihr Handy und begann eine Nachricht an Tanja zu schreiben.

Ihre Antwort ließ nicht lange auf sich warten.

Iras Herz klopfte, und sie konnte sich ein Grinsen nicht verkneifen, als sie Tanjas Nachricht las. Ob sie Weißwein möge, fragte ihre Kollegin. Sie habe noch eine Flasche kaltgestellt und würde sie gerne am Abend mit ihr trinken. Ira mochte keinen Wein, log aber und sagte Tanja für das abendliche Date mitsamt Sauvignon Blanc zu.

Als sie wieder vor dem Kommissariat stand, atmete sie kurz heftig aus, dann drückte sie die schwere Tür auf und ging zurück ins Büro.

Tobler saß an seinem Schreibtisch und blickte nicht auf, als sie hereinkam.

Ira überlegte. Sollte sie ihren schmollenden Kollegen ansprechen, um die Wogen zu glätten? Doch sie war selbst noch zu aufgebracht, als dass sie in der Lage gewesen wäre, ein respektvolles Gespräch mit ihm zu führen. Gleichzeitig plagte sie ein schlechtes Gewissen, das von Minute zu Minute zu wachsen schien. Sie hatte ihm etwas verheimlicht, und er war ihr auf die Schliche gekommen. So einfach war das. Doch Ira schob den unangenehmen Gedanken beiseite und konzentrierte sich darauf, dass es ihr gutes Recht war, sauer auf ihren Kollegen zu sein, hatte er doch in ihren privaten Angelegenheiten geschnüffelt.

»Ich fahre in die Jugendherberge.« Tobler stand plötzlich auf und schnappte sich den Autoschlüssel.

Ira sah entrüstet auf. Machte er jetzt einen auf Einzelgänger? »Da wollte ich heute auch noch mal hin. Sollten wir das nicht besser gemeinsam machen?« Ira schlug dies mehr aus Pflichtgefühl vor, denn eigentlich hätte sie es ebenfalls vorgezogen, ihrem Kollegen für die restlichen Ermittlungen gänzlich aus dem Weg zu gehen.

Tobler zuckte nur mit den Schultern.

Wenige Minuten später saßen sie im Auto und fuhren schweigend zur Jugendherberge.

»Zu wem willst du eigentlich?«, fragte Ira schließlich, um die Stille während der Fahrt zu durchbrechen.

Tobler ließ sich Zeit damit, eine Antwort zu formulieren. »Zu niemandem speziell. Wird sich dann rausstellen.«

Ira seufzte leise, während sie die Straße vor sich fixierte. Diese Situation war alles andere als angenehm, und sie wusste, dass sie bald Klartext mit Tobler reden musste. Und dann würde auch sie ihm entgegenkommen müssen, dessen war sie sich bewusst.

Bei der Jugendherberge angekommen, parkte Tobler das Auto, und als sie schließlich nebeneinander vor dem Hauptgebäude standen, war es erneut Ira, die das Schweigen brach.

»Also, was ist unser Plan hier?«

Tobler zögerte einen Moment, bevor er antwortete. »Wir werden uns einfach noch mal umsehen«, sagte er genervt. »Vielleicht finden wir ja etwas, was uns weiterhilft.«

Ira schaute ihn fragend an.

»Stichwort Drogen.« Damit drehte er sich um und stapfte an einer großen Eiche vorbei in Richtung Bungalows.

»Einen Moment!«, sagte eine Männerstimme.

Ira schaute nach rechts und sah, wie Lutz Zimmermann, der

Geografie-Professor, mit winkendem Arm von der Rezeption auf sie zutrabte.

»Frau Kommissarin, haben Sie eine Minute?«

Ira nickte. Tobler war einige Meter von ihnen entfernt stehen geblieben.

Der Mann schien von den paar Metern außer Atem zu sein und schnappte nach Luft. »Wir sind jetzt seit zwei Nächten hier und warten. Wie geht es weiter? Wir müssen bald zurück nach Bochum. Die Fahrt nach Rügen musste ich ja schon abblasen.« Mit vorwurfsvollem Blick schaute er Ira an.

Die hasste es, sich und ihre Arbeit zu rechtfertigen. Nie fielen ihr die richtigen Worte ein, und sie kam sich stets unbeholfen dabei vor. »Die Ermittlungen laufen, Herr Zimmermann.«

»Die Studenten müssen bald ihre Arbeiten einreichen. Ich muss nach Hause zu meiner Frau. Sie können uns doch nicht ewig hier festhalten!«

Plötzlich stand Tobler neben Ira und ergriff das Wort. »Wir tun unser Bestes und würden jetzt gerne die Zimmer noch einmal genauer untersuchen. Können Sie uns noch mal den Bungalow von Jana Bluhm zeigen?«

Der Professor rückte seine perfekt sitzende Brille zurecht und brummte vor sich hin, während er die Kommissare zu ihrem Ziel geleitete.

Ira wollte Tobler zunicken oder ihm anderweitig zu verstehen geben, dass sie ihm dankbar dafür war, die Situation mit dem forschen Professor gelöst zu haben, doch ihr Kollege war schon mit seinen großen Schritten unterwegs zu Katrin Simonis' Mitbewohnerin und würdigte Ira keines Blickes.

Jana Bluhm öffnete den Kommissaren in Hausschuhen und Jogginghose bereitwillig die Tür. Sie traten ein und ließen Lutz Zimmermann draußen stehen.

Die hochgewachsene Studentin bot Ira und Tobler einen Sitzplatz an, was diese jedoch dankend ablehnten.

»Was ich mich die ganze Zeit frage«, begann Jana Bluhm schließlich, auf der Kante ihres Bettes sitzend, »wie kann es sein, dass jemand unter falschem Namen an einer Exkursion teilnimmt? Ich kann es immer noch nicht glauben, dass sie gar nicht Maja hieß, sondern Katrin. Wissen Sie, wir haben uns echt gut verstanden.«

»Wann haben Sie Frau Simonis denn kennengelernt?«

»Das erste Mal gesehen haben wir uns im Seminar in Bochum, das uns auf die Exkursion vorbereitet hat. Das war vor etwa zwei Monaten. Und so richtig angefreundet haben wir uns dann auf dem Weg hierher und in den drei Tagen, die wir vor ihrem Tod zusammen in Stralsund verbracht haben.«

Ira bemerkte, dass die Studentin sehr klar und ruhig sprach. Sie zeigte keine Spur von Aufregung, nur eine gewisse Schwere lag in ihren Augen, wenn sich ihre Blicke streiften.

»Wie kommt es denn, dass Sie beide sich entschieden haben, ein Zimmer zu teilen?«, fragte Ira.

Tobler war mittlerweile im Badezimmer verschwunden und sah sich dort lautstark um.

»Es war von Anfang an klar, dass es ein Zweierzimmer geben würde. Mir war es egal, mit wem ich einen Bungalow teilen würde, und Maja – Entschuldigung, ich meine natürlich Katrin – schien niemanden zu kennen. Wir hatten uns wie gesagt im Zug schon gut verstanden, also habe ich das dann angeboten, als wir hier ankamen.«

Ira erinnerte sich an Jana Bluhms Aussage, Katrin Simonis sei zum Teil erst spät in der Nacht zurück in den Bungalow gekommen.

»Wissen Sie, was sie hier so getrieben hat in ihrer Freizeit?«

Jana Bluhm überlegte kurz. »Ich glaube, sie war einfach nie so früh müde wie ich und hat viel telefoniert, war am Strand. Einmal kam sie auch betrunken zurück. Aber wieso auch nicht? Im Nachhinein wirkt das alles seltsam, aber wir sind erwachsen, und jeder gestaltet sein Leben doch unterschiedlich, oder nicht?«

Ira musste der Studentin recht geben. Natürlich konnte man hinterher viel hinterfragen. Aber während das Leben passierte, nahm man die Dinge so, wie sie waren. Wo käme man auch hin, wenn man jede Tat, jeden Satz, jede Entscheidung hundertmal in Frage stellen würde?

Trotzdem musste sie weiterbohren. Sie wollte mit dem Fall weiterkommen, ihn aufklären und Katrin Simonis' Mörder überführen. Das war ihr Job, den sie liebte, auch wenn er sich gerade schwierig gestaltete, nicht zuletzt wegen der angespannten Situation mit Tobler.

»Ist Ihnen sonst irgendetwas an Frau Simonis aufgefallen? Etwas, worüber Sie sich nicht erst im Nachhinein, sondern in der jeweiligen Situation gewundert haben?«

»Nein. Sie war einfach nett und auch sehr lustig.« Jana Bluhm hielt inne und schmunzelte. »Wirklich eine tolle Person. Sie fehlt mir total, obwohl wir uns nur so kurz kannten.« Die Studentin blickte nach unten.

Unsicher, ob sich das gehörte, ging Ira einen Schritt auf Jana Bluhm zu und legte ihr kaum merklich die Hand auf die Schulter. Die junge Frau schaute dankend auf. Als Tobler im Türrahmen erschien, zog Ira ihren Arm eilig zurück.

»Alles okay hier. Hab nichts gefunden.«

Ira seufzte und wollte Jana Bluhm gerade mit auf den Weg geben, dass sie sich bei ihnen melden solle, falls ihr noch etwas Wichtiges einfalle. Doch die Studentin kam ihr zuvor.

»Da wäre doch eine Sache«, sagte sie plötzlich bestimmt. »Es fällt mir jetzt gerade ein, vielleicht ist es auch total unwichtig. Aber Katrin hat immer ihre Sachen im Schrank eingesperrt und den Schlüssel mitgenommen. Ich habe das irgendwie als übertrieben empfunden. Wer soll hier schon was stehlen?«

»Haben Sie gefragt, wieso sie das getan hat?«, wollte Tobler wissen und warf Ira einen flüchtigen Blick zu. *Denkst du dasselbe wie ich?* Doch noch ehe sie den Blick erwidern konnte, hatte er sich schon wieder abgewandt und konzentrierte sich auf Jana Bluhm.

»Nein. Sie war einfach vorsichtiger als ich, und nachzufragen wäre mir übergriffig vorgekommen. Es ist mir auch nur einmal am Anfang aufgefallen, danach habe ich nicht mehr drüber nachgedacht.«

»Was hat sie dort eingeschlossen?«

»Na, ihre Sachen. Reisetasche mit allem Drum und Dran, Wanderschuhe, Rucksack, Regenschirm.«

Ira wurde hellhörig. Bei der Durchsuchung der Sachen hatten sie nur die Reisetasche und die Schuhe gefunden. Vom Rucksack hörte sie zum ersten Mal.

»Beschreiben Sie bitte den Rucksack.«

Jana Bluhm dachte angestrengt nach, Ira trat derweil ungeduldig von einem Fuß auf den anderen. »Ein waldgrüner Rucksack. Normale Größe«, sagte die Studentin schließlich. »Adidas oder Nike, auf jeden Fall eine bekannte Sportmarke. Sie hatte ihn tagsüber dabei.«

»Wieso haben Sie vorgestern bei der Zimmerdurchsuchung nicht erwähnt, dass der Rucksack fehlt?«

Jana Bluhm sah Ira erschrocken an. »Ich war so erschüttert, ich habe überhaupt nicht klar denken können. Mir ist das überhaupt nicht aufgefallen«, stammelte sie und sah die Kommissare dabei flehend an. Mit einem Male wirkte sie alles andere als ruhig.

Ira atmete tief durch und beschloss, nicht weiter auf dem Rucksack herumzureiten. Sie konnte den Patzer ohnehin nicht mehr ungeschehen machen. Es war ihre Aufgabe gewesen, bei der ersten Sichtung von Katrin Simonis' persönlichen Dingen nach möglichen Ungereimtheiten zu fragen. Das hatten sie beide versäumt, und es war nicht recht, jetzt der Studentin die Verantwortung dafür in die Schuhe zu schieben.

»Mit wem hatte sie denn noch zu tun? Am Abend ihres Verschwindens soll sie mit anderen Studenten am Strand gewesen sein.«

»Paula Wermelskirchen und Thomas Talk.«

»Die mit dem Tränentattoo?«, hakte Tobler nach.

Jana Bluhm nickte.

Er klappte seinen Notizblock völlig untoblerisch lautlos und ohne viel Spektakel zu und verabschiedete sich brüsk von der Studentin. Ira folgte ihm, sichtlich genervt von seinem Alleingang.

»Was hast du jetzt vor?«, fragte sie seinen Rücken, als sie wieder unter den Bäumen standen.

Tobler drehte sich um. »Thomas Talk.«

»Dem bin ich gestern schon begegnet. Das ist 'ne harte Nuss.«

Ira hätte einen lustigen Spruch von ihrem Kollegen erwartet, doch Tobler reagierte nicht. Er studierte konzentriert seine Notizen, ohne sie weiter zu beachten.

»Können wir jetzt bitte mal anständig miteinander reden? Es macht mich wahnsinnig, wie wir umeinander herumtänzeln.«

Tobler blickte auf und schaute sie mit seinen eisblauen Augen an. »Ira.« Er trat einen Schritt auf sie zu und zischte im Flüsterton: »Jetzt nicht. Wir können gerne später reden, aber wir haben hier einen Job zu tun, und du hast selbst gesagt, dass wir eine rein dienstliche Beziehung haben.« Ein letzter scharfer Blick seinerseits, und die Sache schien fürs Erste ausdiskutiert.

Thomas Talk war nicht aufzufinden. Sein Mitbewohner Julian Sauer konnte den Kommissaren wenig hilfreiche Informationen zu Talks Verbleib geben. »Vielleicht ist er am Strand. Vielleicht am Steg. Keine Ahnung.«

Ein Anrufversuch auf dem Handy des Studenten scheiterte ebenso.

Im Bungalow der männlichen Studenten sah es chaotisch aus. Einer von ihnen lag mit Kopfhörern auf dem Bett und war damit beschäftigt, auf seinem kleinen Handybildschirm auf einem schlecht designten Kriegsschauplatz Menschen abzuballern. Er schien Ira und Tobler gar nicht zu bemerken. Auf dem Tisch stapelten sich Pizzakartons neben leeren, umgefallenen Bierflaschen. Klamottenberge türmten sich auf den Stühlen.

»Machen Sie mal ein Fenster auf«, kommandierte Tobler und wedelte sichtlich angewidert mit der Hand vor seiner Nase.

Julian Sauer gehorchte freudlos und durchquerte schlurfend das Zimmer, um Toblers Anweisung auszuführen.

Ira ließ den Blick durch das Zimmer wandern.

»Wer schläft dort?«, fragte sie und deutete auf einen Klamottenberg, der achtlos auf eines der Betten getürmt war.

»Thomas«, kam es vom Baller-Studenten, der kurz aufgeschaut hatte und sich dann aber schnell wieder seiner Pflicht zuwandte, in einem verpixelten Dorf unschuldige Zivilisten abzuknallen.

Ira griff in den Berg aus T-Shirts, Pullis und getragenen Socken und zog einen Rucksack hervor. Grün, Marke Adidas.

»Dürfen Sie das überhaupt?« Julian Sauer hatte sich neben sie gestellt und begutachtete gemeinsam mit Ira ihren Fund. »Also, ich meine, einfach so in unseren Sachen rumschnüffeln?«

»Klar. Wir sind die Polizei«, kam es trocken von Tobler.

Ira tastete sich durch das kalte Innere des Rucksacks, fand aber nichts außer einigen Krümeln unbekannter Herkunft. »Leer.«

»Gut. Danke, die Herren, den nehmen wir mal mit.« Tobler nahm den Rucksack an sich, und die beiden Kommissare verließen den müffelnden Bungalow.

»Ich fahre zum Strand. Vielleicht ist Talk dort«, sagte Ira bestimmt. Tobler willigte weder explizit noch sichtbar ein, schien aber auch nichts gegen den Vorschlag zu haben. Wortlos gab er ihr die Autoschlüssel und ging in Richtung des Bootsanlegers, der zur Jugendherberge gehörte.

Mein Gott, dachte Ira, was für ein Riesenbaby. Es wurde allerhöchste Zeit, dass sie sich aussprachen.

An der Seebrücke Devin stellte sie den Wagen ab und sah sich um. Der Wind wehte hier stärker als an der Jugendherberge, und der Himmel hatte sich zugezogen. Sie fröstelte und wickelte ihren Schal fester um den Hals. Das Café am Strand lag wie ausgestorben zwischen den niedrigen Dünen, und sie folgte dem gepflasterten Weg, der am Café vorbei direkt in den Sand führte. Ira hatte auf dem nachgiebigen Untergrund Mühe voranzukommen.

Außer einer Joggerin war niemand am Strand unterwegs. Eine Gruppe Möwen saß akkurat aufgereiht auf der Brüstung der Seebrücke, die ins flache Wasser führte. Ira kniff die Augen zusammen.

Am Ende der Brücke saß jemand im Schneidersitz und rauchte.

»Herr Talk?«, rief sie gegen den Wind an. Der Mann blickte auf. Ira rief noch einmal, diesmal schien er sie zu erkennen. Ruckartig stand er auf und sah zu ihr herüber.

»Herr Talk, ich muss Ihnen ein paar Fragen stellen.«

»Was?«, rief der Mann zurück, seine Hände vor dem Mund zum Trichter geformt.

Ira verdrehte die Augen. Per Handzeichen forderte sie ihn auf, zu ihr zu kommen.

Sie stellte sich ein wenig abseits von der Seebrücke auf, um ihm nicht den Weg abzuschneiden, denn sie wollte, dass das Gespräch möglichst friedvoll ablief.

Als der Student auf ihrer Höhe ankam, fiel ihr auf, dass er barfuß unterwegs war.

»Ist Ihnen nicht kalt?«, fragte sie und deutete auf seine Füße. Thomas Talk schüttelte den Kopf.

»Okay. Kommen wir gleich mal zur Sache, ich sehe schon, dass Ihnen nicht nach Small Talk ist. Wem gehört der grüne Rucksack in Ihrem Zimmer?«

Thomas Talk schaute sie entgeistert an. »Keine Ahnung. Was für ein grüner Rucksack?«

»Er lag unter Ihren Klamotten. Schlechtes Versteck, wenn Sie mich fragen.«

»Ich weiß nicht, wovon Sie reden.« Thomas Talk zog ein letztes Mal an seiner selbst gedrehten Zigarette, bevor er sie achtlos in den Sand warf. »Keine Sorge, der Filter ist biologisch abbaubar.«

Ira hörte nur halb zu und sah stattdessen sehnsüchtig auf den Zigarettenstummel im Sand. Ihre Packung Marlboro lag im Auto. Der morgendliche Rückfall war nicht spurlos an ihr vorbeigegangen, seit der Zigarette an der Hauswand nach dem Streit mit Tobler hatte sie den Drang nach einer weiteren schon mehrfach unterdrücken müssen.

Sie riss sich aus ihren Gedanken, notierte sich aber noch schnell im Hinterkopf, die Packung Marlboro so schnell wie möglich zu entsorgen. Sie wollte nicht wieder mit dem Rauchen anfangen.

»Wir müssen Ihnen in der Jugendherberge noch ein paar Fragen stellen. Mein Kollege wartet dort.«

»Der Spargeltarzan?« Talk lachte abfällig. »Geht da eigentlich was zwischen Ihnen?«

»Kommen Sie, ich fahre Sie zurück zur Jugendherberge.« Ira hätte ihrem Gegenüber gerne gesagt, er solle seinen verbalen Dünnpfiff für sich behalten, doch sie wollte ihn lieber nicht in die Defensive drängen oder gegen sich aufbringen. Da würde er nur erst recht dichtmachen.

»Nee. Ich laufe. Sind doch nur fünf Minuten.«

»Wie Sie wollen. Wir treffen uns dort.«

Fassungslos über das Teenagergehabe des Studenten stakste sie durch den Sand zurück zum Auto.

Als sie vom Parkplatz fuhr, sah sie im Rückspiegel, wie Thomas Talk ebenfalls den gepflasterten Weg nahm und ihrem Auto folgte. Sie bog links ab und stellte zufrieden fest, dass der Student folgsam hinter ihr herging. Doch plötzlich schien er seine Schritte zu verlangsamen. Er schaute sich um und ging abrupt zurück zum Café.

»Hey!« Ira trat auf die Bremse. Fluchend manövrierte sie den Passat umständlich zurück in Richtung Strand und gab Gas.

Sie fuhr bis kurz vor das Café, sprang aus dem Wagen und rannte zum Strand. Vor ihr sah sie Fußabdrücke im Sand, die einem Barfußläufer gehören mussten.

»Hey!«, rief sie abermals, als sie den flüchtenden Mann am

Wasser entlanglaufen sah. Er bewegte sich flink entgegen der Richtung, in der die Jugendherberge lag.

Auch Ira begann zu rennen. Doch auf dem feuchten Sand kam sie trotz großer Schritte kaum vorwärts, und es fühlte sich an, als liefe sie auf der Stelle.

Plötzlich fielen vereinzelte Regentropfen vom Himmel auf ihr Gesicht, und auch der Wind pfiff jetzt noch stärker über den Strand, der bis auf den flüchtigen Thomas Talk immer noch menschenleer war.

Ira überlegte kurz, ob sie ebenfalls barfuß laufen sollte. Der Student schien sich so viel schneller fortbewegen zu können.

»Scheiße!« Keuchend blieb sie stehen, ihre Oberschenkel schmerzten. Ihr wurde klar, dass sie ihn weder mit noch ohne Schuhe einholen würde. Er war schon zu weit von ihr entfernt. Sie stemmte ihre Hände in die Hüften und reckte den Kopf in Richtung der grauen Wolken, aus denen es nun dicke Tropfen regnete.

Sie hatte ihren Verdächtigen laufen lassen. Ihm quasi den Fluchtweg geebnet. Wie dumm war sie eigentlich gewesen? Tobler würde ausrasten.

Sie kramte nach ihrem Handy und wählte widerwillig die Nummer ihres Kollegen.

Wie erwartet begann dieser lautstark zu fluchen und wies Ira an, ihn augenblicklich an der Jugendherberge abzuholen.

»Mann, Ira, das kann doch nicht wahr sein!«, rief er aus, als sie gemeinsam im Auto saßen und in die Richtung fuhren, in die Thomas Talk geflüchtet war. »Du kannst den doch nicht einfach allein lassen. Er ist unser Hauptverdächtiger!« Tobler griff sich an die Stirn.

Ira umklammerte das Lenkrad. »Was hätte ich denn machen sollen?«, schrie sie plötzlich zurück und trat heftig auf die Bremse. Toblers Oberkörper wurde von dem Ruck nach vorne gerissen. »Na, sag schon.« Der Wagen stand still am Straßenrand. »Was hättest du an meiner Stelle gemacht?« Sie schaute ihren Kollegen wutschnaubend an.

Der seufzte laut. »Ira. Fahr bitte weiter. Der ist sonst über alle Berge.«

Ira atmete tief ein und aus.

»Hier gibt's keine Scheißberge«, sagte sie und ließ den Wagen wieder anrollen. »Nur plattes, ödes Hinterland.«

11

Auf der Höhe eines Kleingartenvereins mussten sie sich eingestehen, dass sie die Spur von Thomas Talk verloren hatten. Ira und Tobler hatten nach zwei Stunden den dazugerufenen Kollegen die weitere Suche überlassen. Talk stand nun auf der Fahndungsliste, und das Duo hatte entmutigt den Rückweg zum Kommissariat angetreten. Seitdem die Verstärkung übernommen hatte, hatten die beiden kein Wort mehr miteinander gewechselt.

»Hallo beim Hitradio Stralsund. Von der Ostsee in die Welt. Einen guten Start in den Tag wünschen wir euch mit ›Hinterland Athletik‹ von der Hinterlandgang. Das Duo aus Vorpommern ...«

»Boah, nee.« Ira regelte die Laustärke des Autoradios herunter. »Auf Gute-Laune-Musik habe ich jetzt wirklich keine Lust.«

Tobler war anderer Meinung. »Das ist keine billige Gute-Laune-Musik, sondern ehrlicher Rap aus MV.« Er drehte den Knopf zurück, und augenblicklich erfüllten düstere Trap Beats mit Rap-typischem Sprechgesang den Passat.

Hoffentlich kriegt das hier niemand mit, dachte Ira und beäugte Tobler, der neben ihr betont lässig mit den Beinen zur Musik wippte. Woher er plötzlich die gute Laune hatte, war ihr schleierhaft. Doch bevor sie wieder begann, sich über ihren Kollegen aufzuregen, richtete sie den Blick zurück auf die Straße.

Ganz weit weg
Vor den Faschos in ihren Autos rennen
Im Hinterland musst du laufen können
Und alle Wege nach Hause kennen

Wäre das hier ein Film, so dachte Ira, könnte dieses Lied der Soundtrack sein. Sie stellte sich vor, wie Thomas Talk aus der Vogelperspektive am Strand entlang und über Plattenwege vor ihnen, »den Faschos in den Autos«, floh.

Hinterland Athletik
Vor uns nur der Plattenweg
Hinterland Athletik
Renn so weit es geht

Ob Thomas Talk auch so weit rannte, wie es nur ging? Wo war er jetzt? Und waren sie auf der richtigen Spur? Vielleicht ließen sie sich gerade in die Irre führen, und eigentlich lag der Schlüssel für die Auflösung des Mordes an einer ganz anderen Stelle? Doch Ira war sich sicher: Selbst wenn Thomas Talk nicht direkt mit dem Mord zu tun hatte, so wusste er doch etwas, was ihnen bei der Aufklärung des Falles helfen könnte.

Der letzte Refrain kam, dann war das Lied zu Ende. Die anstrengende Stimme des Moderators Ronny ließ Ira wieder im Hier und Jetzt ankommen. Sie schaltete das Radio aus. Diesmal protestierte Tobler nicht.

Es war mittlerweile dreizehn Uhr, und Ira steckte die Verfolgungsjagd, die sie zum Teil im Auto, zum Teil zu Fuß unternommen hatten, schwer in den Knochen.

Zurück im Büro ließ sie sich in ihren Drehstuhl fallen und schloss die Augen.

Doch wieder wurde sie von einer nervtötenden Männerstimme aus ihrem Dämmerzustand gerissen. Diesmal war es Labonde, ihr Chef, der in der Tür stand und auf sie einredete.

Er faselte etwas von »Verantwortung« und davon, wie sie es mit ihrem Gewissen vereinbaren könne, einen Verdächtigen laufen zu lassen. Vermutlich musste er das als Chef machen, sonst würde man ihm ebenfalls vorwerfen, seiner Verantwortung nicht nachgekommen zu sein. Ira hörte zu, nickte, gelobte

Besserung und war dankbar, als Labonde endlich wieder den Raum verließ.

Ihr Handy vibrierte. Eine Nachricht von Tanja. Ob Ira bereits um neunzehn Uhr Zeit habe. Sie könne heute früher Feierabend machen.

Ira kam das gelegen, hatte sie sich doch schon den ganzen Tag auf das Treffen mit ihrer Kollegin gefreut. Zwar war diese Vorfreude mit einer enormen Nervosität verbunden, doch, so befand sie, je früher sie sich der Situation stellte, desto besser. Sie sagte Tanja zu und ließ den Blick durch das Büro wandern.

Der grüne Rucksack, den sie in Thomas Talks Bett gefunden hatten, lag auf einem Stuhl am Fenster. Nachdem sie die Verfolgungsjagd abgebrochen hatten, waren sie noch einmal zu Jana Bluhm zurückgefahren, um sich bestätigen zu lassen, dass der Rucksack Katrin Simonis gehörte.

Ira war sich sicher, dass Thomas Talk sie angelogen hatte. Natürlich wusste er, wem der Rucksack gehört hatte, und auch, wie er in sein Bett gekommen war. Wieso sonst war er nach dem Kurzverhör am Strand geflohen? Vermutlich wusste er außerdem, was in dem nunmehr leeren Rucksack transportiert worden war. Hoffentlich würde er bald von den Kollegen gefunden. Ira konnte den Gedanken an ihr eigenes Versagen kaum ertragen und versuchte, an etwas anderes zu denken.

Tobler saß ebenfalls gedankenversunken vor seinem Computer und schien in irgendetwas vertieft zu sein. Er hatte die Stirn in Falten gelegt, und Ira war sich unsicher, ob er tatsächlich etwas Wichtiges recherchierte oder nur so tat, um ihr auszuweichen und ein klärendes Gespräch zu umgehen.

Plötzlich wurde die Tür aufgerissen, und Carl Meyer stand im Raum. »Sie haben ihn.«

Ira sprang auf.

»Er hat sich in einer Platte in Knieper West versteckt. Die Kollegen bringen ihn gerade in den Vernehmungsraum.«

»Und wieso sagt uns niemand Bescheid?«, fragte Ira entrüstet und sah, dass auch Tobler alles andere als zufrieden schien. Carl zuckte nur mit den Schultern. »Mach ich doch grad.« »Danke.« Tobler nickte dem Kollegen zu.

»Was ist denn bei euch los?«, fragte dieser und musterte die beiden Kommissare. »Die Luft ist hier drin ja zum Schneiden.« Ira schwieg, und auch Tobler machte keine Anstalten, seinem Kollegen zu antworten.

Also schüttelte Carl nur verständnislos den Kopf und verließ das Büro.

»Gehen wir beide zu Talk?«, fragte Ira.

»Meinst du, das ist eine gute Idee? Er hat augenscheinlich ein Problem mit Polizisten, bei dem müssen wir sicher behutsam vorgehen.«

Toblers Einwand erschien ihr plausibel. »Gut, ich mach das. Wenn ich auf Granit beiße, kannst du ja dazukommen.«

Damit verließ Ira das Büro und ging ein Stockwerk tiefer zum Vernehmungsraum. In Köln war das ihr tägliches Geschäft gewesen. Dort hatte sie sämtliche Verhöre allein oder im Team durchgeführt, stets zielstrebig und meist, ohne sich die Butter vom Brot nehmen zu lassen.

Hier in Stralsund hatte sie erst einer Vernehmung beigesessen. Das war in ihrer ersten Woche im neuen Kommissariat gewesen, als sie für eine erkrankte Kollegin eingesprungen war, die in einem Fall von häuslicher Gewalt ermittelt hatte. Das Verhör hatte am Ende der ihr noch unbekannte Tobler übernommen, sie hatte nur als Protokollantin fungiert.

Jetzt musste sie das Prozedere allein durchführen. Ira merkte, wie sich Nervosität in ihr breitmachte. Wieso hatte sie sich überhaupt angeboten, die Befragung Talks zu übernehmen? Hatte sie sich vor ihrem Kollegen stark zeigen wollen? Sie hatte plötzlich keine Erklärung mehr für ihr Vorpreschen und ärgerte sich, Tobler nicht den Vortritt gelassen zu haben. Doch nun ließ sich nichts mehr an der Situation ändern.

Vor dem Raum angekommen blieb Ira stehen und zog die

Schultern zurück. Bauch rein, Kinn hoch. Mit dem Aufnahmegerät in der Hand öffnete sie entschlossen die Tür. Thomas Talk saß auf einem der beiden abgenutzten Plastikstühle und sah sie verbittert an. Seine Vokuhila-Frisur war zerzaust, der Verband um seinen Kopf und eine blutverkrustete Wange verrieten, dass die Festnahme in Knieper West nicht ohne Gegenwehr vonstattengegangen war.

»Was haben die denn mit Ihnen angestellt?«

»Ja, das freut Sie, was?«, fragte Talk angriffslustig.

»Nee, überhaupt nicht.« Ira sah, dass der Student ihren Worten keinen Glauben schenkte. »Wirklich nicht«, beteuerte sie und setzte sich ihm gegenüber. Sie versuchte, sich ihre Nervosität nicht anmerken zu lassen.

»Was ist das?« Talk deutete auf Iras Diktiergerät.

»Das ist für das Protokoll.«

Der Student schaute sie misstrauisch an. Um eine mögliche Diskussion abzuwenden, stellte Ira die erste Frage. »Wieso sind Sie weggelaufen?«

Thomas Talk schaute an ihr vorbei.

»Beantworten Sie bitte meine Frage.«

»Nur, wenn Sie das Teil da ausmachen.« Sein Ton wurde schärfer, während er erneut auf das Aufnahmegerät zeigte.

»Herr Talk, eigentlich haben wir nichts gegen Sie in der Hand. Der Grund, weshalb Sie hier sitzen, ist, dass Sie sich durch ihre kopflose Flucht verdächtig gemacht haben. Wir wollten Ihnen lediglich ein paar Fragen stellen. Sie haben mit Ihrer Aktion alles viel schlimmer gemacht.«

Zerknirscht blickte der Student ihr jetzt in die Augen.

»Also. Was wissen Sie? Wieso lag Katrin Simonis' Rucksack bei Ihnen im Bett?«

»Meine Fresse, ey. Sie gehen mir ganz schön auf den Sack.«

»Sie mir auch. Wir können das Ganze hier jetzt in die Länge ziehen, oder Sie kooperieren mit uns und sind uns im besten Falle ganz schnell wieder los.«

Der Student brauchte einige Momente, bis er einknickte.

»Na gut.« Er stöhnte laut auf und schloss die Augen. »Ja, das ist Katrins Rucksack.«

»Aha. Weiter.«

»Sie hat ihn mir vor einigen Tagen gegeben. Wollte ihn loswerden. Ich wollte ihr nur helfen.«

Ira schaute ihr Gegenüber auffordernd an. Dieser schien nicht zu verstehen, dass sie mehr Infos brauchte.

»Wieso wollte sie ihn loswerden?«, hakte sie nach. »Gefiel er ihr nicht mehr? Oder war vielleicht etwas darin, was ihr lästig geworden war?«

Thomas Talk wich ihrem Blick aus.

Ira wurde ungeduldig. »Herr Talk, so funktioniert das nicht. Wenn Sie –«

»Ja, Mann!« Der Student wurde laut und fuhr sich durch die strähnigen Haare. Nach einigen Augenblicken hatte er sich wieder gefangen und fuhr fort. »Sie wollte aussteigen aus dieser ganzen Scheiße. Hat sich nicht mehr sicher gefühlt. Und dieser Schwede ist nicht aufgetaucht zur Übergabe. Da hat sie Panik gekriegt und ist zu mir, damit ich das Zeug verschwinden lasse.«

»Was für Zeug, Herr Talk?«

»Na, was wohl? Kokain. 'ne ganze Menge.«

Ira merkte, wie sie sich allmählich beruhigte. Trotz der angespannten Situation tat es gut, zu wissen, dass ihr Bauchgefühl sie nicht getäuscht hatte. Katrin Simonis hatte sich als Drogenkurierin etwas dazuverdient, daran gab es nun keinen Zweifel mehr.

»Wann kam sie zu Ihnen?«

»Am Abend vor ihrem Tod. Sie war völlig durcheinander und hat mich gebeten, mit ihr an den Strand zu gehen. Da hat sie mir dann alles erzählt. Am Tag vorher war nämlich das Treffen mit diesem Schweden geplatzt. Wie hieß der noch gleich? Der hatte den gleichen Namen wie das Lamm bei Michel aus Lönneberga.«

Ira schüttelte den Kopf. »Bullerbü.«

Thomas Talk sah sie verständnislos an.

»Egal.« Ira winkte ab. »Pontus Ericsson?«

»Ja, genau, so hieß er. Pontus.« Er tippte mit dem Finger auf den Tisch. »Der ist aber nicht gekommen. Und sie ist auf den Drogen sitzen geblieben und wollte unbedingt das Päckchen loswerden. Und aus irgendeinem Grund wollte sie, dass ich ihr helfe auszusteigen. Dabei kannten wir uns ja gar nicht richtig. Aber sie tat mir leid, und ich fand sie nett, also habe ich ihr natürlich versprochen, sie zu unterstützen. Ja, und dann die Scheiße mit dem Mord ...«

»Da wollten Sie sich natürlich bedeckt halten und sich nicht verdächtig machen. Ist aber nach hinten losgegangen.«

»Was Sie nicht sagen. Ist mir auch klar.«

»Und im Rucksack war das Kokain?«

Thomas Talk nickte.

Ira wartete ab. Wenn er nicht allzu begriffsstutzig war, müsste er von selbst darauf kommen, was sie als Nächstes fragen würde.

»Ich habe es erst mal für sie versteckt«, rückte Talk schließlich mit der Sprache heraus. »Ich wusste ja auch nicht, was ich damit machen sollte.«

»Verkaufen. Im Ruhrgebiet finden sich sicher einige Abnehmer.«

Talk schnalzte mit der Zunge und lachte abfällig.

»Gut. Sie können uns später zeigen, wo die Drogen sind. Pontus Ericsson sitzt übrigens in Göteborg in Untersuchungshaft, falls Sie das interessiert. Deshalb konnte er auch nicht zur geplanten Übergabe kommen.«

»Ja, interessiert mich sehr«, antwortete Thomas Talk sarkastisch. »Die Drogen sind übrigens weg.«

»Wie bitte?«

»Ja, Mann. Weg. Keine Ahnung, wo die sind. Gestern Abend waren sie noch da, heute Morgen waren sie nicht mehr im Rucksack.«

»Okay. Wer außer Ihnen wusste noch davon?«

»Niemand. Also zumindest nicht von mir! Aber wer weiß, wem Katrin noch davon erzählt hat.«

»Wussten Sie, dass Frau Simonis unter falschem Namen hier-
hergekommen ist?« Thomas Talk starrte auf den Tisch vor sich und drückte mit dem Daumen auf einem imaginären Hubbel herum. »Ja«, sagte er schließlich leise. »Hat sie mir an dem Abend auch erzählt. Das war ganz schön viel Input auf einmal, musste ich auch erst mal alles verarbeiten. Ich dachte auch bis zu diesem Abend, dass sie Maja heißt. Hab sie vorher in der Uni nur zwei-, dreimal in der Mensa oder von Weitem in einer Vorlesung gesehen.«

»Hat sie Ihnen erzählt, wieso sie die Identität von Maja Ladwig angenommen hat?«

»Können Sie sich das nicht denken?« Der Student wirkte beinahe empört. »Sie wollte das Ganze verschleiern, hatte Angst aufzufliegen. Und diese Maja hatte sie wohl vor ein paar Mo-
naten bei einer Party kennengelernt. Erst waren die beiden nur normal befreundet, aber als dann immer mehr Leute meinten, die zwei sähen sich zum Verwechseln ähnlich, ist die Idee wohl in Katrin gereift. Maja hat auch Geografie studiert, aber war seit mehreren Semestern nur noch am Feiern und ist in die Party-
szene abgerutscht. Und wie das Schicksal so spielt, ist sie vor ein paar Monaten auf was hängen geblieben. Das hat Katrin dann genutzt, hat ihren Perso geklaut und hat sich unter ihrem Na-
men ins Exkursionsseminar mit uns Zweit- und Viertsemestern eingeschrieben.«

»Um dann in aller Ruhe den Drogendeal über die Bühne zu bringen, gut getarnt als Geografie-Studentin. Ganz schön clever.«

Thomas Talk verdrehte die Augen. Er rückte seinen Stuhl näher an den Tisch und schaute Ira ungeduldig an.

Ira ignorierte ihn, so gut es ging, und fuhr mit ihrer Befragung fort. »Haben Sie eine Erklärung dafür, weshalb DNA-Spuren von Pontus Ericsson bei Frau Simonis gefunden worden sind?«

»Na ja, der Rucksack ist von ihm. Und es hörte sich so an, als wenn sie und Pontus mal was miteinander gehabt haben. Aber da ist sie nicht weiter drauf eingegangen. War's das jetzt?«

»Noch nicht ganz, Herr Talk. Wo waren Sie am Montagabend, als der Mord geschehen ist?«

»Verdächtigen Sie mich etwa?« Der Student beugte sich fassungslos nach vorne und hielt sich mit beiden Händen an der Tischkante fest.

»Nach all dem, was Sie mir gerade erzählt haben, muss ich Ihnen diese Frage stellen. Das dürfte Sie eigentlich nicht allzu sehr überraschen.«

Das schien sogar Talk einzuleuchten. Seufzend lehnte er sich zurück. »Ich war in der Jugendherberge.«

»Zeugen?«

»Weiß nicht, war ja dunkel, und alle sind auf ihre Zimmer, nachdem wir am Strand waren. Aber ich habe noch lange draußen mit meinem besten Kumpel telefoniert, das kann ich Ihnen sogar auf meinem Handy zeigen.«

»Wir überprüfen das. Wie heißt Ihr Freund?«

»Michael Ziller.«

Ira notierte sich den Namen auf ihrem Notizblock und ergänzte: »Sie können erst mal gehen. Meine Kollegen bringen Sie zurück in die Jugendherberge, und wir kümmern uns auch um die Drogen. Dass Sie hier erst mal nicht wegdürfen, ist Ihnen nach dem heutigen Tag hoffentlich klar geworden.«

Talk nickte nahezu einsichtig.

Damit beendete Ira das Verhör und ging, nachdem sie Talks Rücktransport in die Jugendherberge organisiert hatte, zurück in ihr Büro.

Tobler nahm die Befragung Talks zum Anlass, abermals in Göteborg anzurufen, um sich von Pontus Ericsson sein Verhältnis mit Katrin Simonis bestätigen zu lassen. Diesmal versuchte er gar nicht erst, sich auf Schwedisch zu verständigen, sondern redete von Beginn an mit seinem skandinavischen Kollegen auf Englisch.

Ira überprüfte unterdessen Thomas Talks Alibi. Sie hatte sich am Ende des Verhörs auf dessen Handy den Zeitpunkt und die Dauer des Telefonats mit seinem Kumpel Michael Ziller zeigen lassen. Ziller bestätigte ihr nun, aufgrund von akutem Liebeskummer seinen Freund am Montagabend angerufen und ihm fast zwei Stunden, von zwanzig Uhr achtunddreißig bis zweiundzwanzig Uhr fünfunddreißig, sein Leid geklagt zu haben.

Ira rief sich mit Hilfe ihrer Unterlagen die ungefähre Todeszeit des Opfers ins Gedächtnis. Laut Rechtsmedizin war Katrin Simonis zwischen einundzwanzig und zweiundzwanzig Uhr erschlagen worden. Sie musste sich eingestehen, dass die Wahrscheinlichkeit, dass Thomas Talk den Mord begangen hatte, eher gering war.

Entmutigt legte sie den Hörer auf und starrte auf den Boden. Sie standen wieder am Anfang. Sowohl Pontus Ericsson als auch Thomas Talk kamen nicht als Verdächtige in Frage.

Ira suchte Toblers Blick und wünschte sich plötzlich, die Enttäuschung mit ihm teilen zu können. Dass er nach wie vor wie gebannt auf seinen Bildschirm schaute, machte sie traurig und wütend zugleich. Sie hatten sich zwar kurz über ihre neuen Erkenntnisse ausgetauscht, sich aber nicht tiefgründiger darüber unterhalten. Tobler hatte als Konsequenz angekündigt, ein genaueres Auge auf den Herbergsleiter Georg Förster werfen zu wollen. Jetzt waren sie beide wieder mit ihren Gedanken allein.

Am späten Nachmittag packte Ira ihre Sachen zusammen und verabschiedete sich von ihrem Kollegen.

Sie stand an der Glastür und zog ihre Jacke an, als Tobler plötzlich aufschaute und sie direkt ansah.

»Ira, es tut mir leid. Heute war echt ein Scheißtag. Und du hast recht, wir müssen dringend reden. Hast du heute Abend Zeit? Ich kann uns was kochen, oder wir bestellen eine Pizza.«

Ira zögerte einen Moment. Sie wusste, dass sie sich unbedingt mit ihm aussprechen musste, und freute sich über seinen Vorschlag und sein Entgegenkommen. Doch sie war mit Tanja verabredet und wollte das Date nicht verschieben.

»Ich habe heute Abend schon Pläne.« Ihre Augen füllten sich mit Bedauern, als sie Toblers enttäuschten Blick sah.

»Okay.« Er lächelte schwach und wandte sich wieder seinem Bildschirm zu. »Bis morgen. Ich will früh zu Georg Förster. Wenn du dabei sein willst, sei am besten pünktlich.«

Ira nickte, verharrte noch einen Moment in der Tür und trat dann mit einem nagenden Gefühl der Zerrissenheit den Heimweg an.

12

Tanja wohnte in einer Zweizimmerwohnung in Knieper West, in demselben Stralsunder Stadtteil, in dem Thomas Talk am frühen Nachmittag gefasst worden war. Ira war einige Minuten zu früh da.

Sie sah sich um. Die grauen Platten hoben sich kaum vom gleichfarbigen Himmel ab, der Übergang war beinahe nahtlos. Einige Möwen kreisten über den trübsinnigen Gebäuden, deren Gewicht schwer auf die Erde zu drücken schien.

Was soll's, schoss es Ira nach einem Blick auf die Uhr durch den Kopf, als sie die Klingel drückte. Es dauerte nicht lange, da surrte der Türöffner, und sie begann, die weiß-grau melierten Treppen hinaufzusteigen.

Im dritten Stockwerk stand eine der Türen offen, dahinter erklang die Stimme von Tanja. »Komm rein! Ich bin in der Küche!«

Ira gehorchte und zog sich die Schuhe aus. In Tanjas Wohnung roch es angenehm. Es war derselbe Geruch, der Tanja bei ihren letzten beiden Treffen umgeben hatte und Ira im Gedächtnis geblieben war.

Zu Iras Linken war die Tür nur angelehnt, so konnte sie einen Blick ins Schlafzimmer erhaschen. Es war akkurat aufgeräumt, lediglich auf dem Bett lagen achtlos einige Klamotten verteilt. An der Wand war eine Lichterkette befestigt, die den Raum in ein warmes Licht hüllte.

Ira ging den Gang entlang, vorbei an einem Raum, hinter dem sie das Badezimmer vermutete, und hinüber ins Wohnzimmer. Ihr fiel sofort ein altes Holzbüfett auf, das dem Raum einen gemütlichen und heimeligen Anstrich verpasste. In der Mitte des Raums stand ein großer Esstisch, auf dem bereits zwei Weingläser platziert worden waren. In der Mitte des Tisches brannte eine Kerze.

»Ich mache uns nur eben ein paar Snacks fertig«, kam es aus der Küche.»Setz dich doch schon mal.«

Angespannt nickte Ira und steuerte das Ecksofa an, das so wie der Holzschrank sehr alt zu sein schien. Ihre Handflächen waren verschwitzt. Hektisch rieb sie sie an ihrer Jeans ab.

Tanja erschien mit einem Tablett in der Küchentür.»Schön, dass du da bist.« Sie balancierte eine Weinflasche und einige Schälchen mit Nüssen und Käse zum Esstisch.»Voilà.« Sie machte eine feierliche Armbewegung, die Ira als Einladung verstand, sich an den Tisch zu setzen.

Tanja ging zur Musikanlage und legte auf.

»Was ist das?«, fragte Ira interessiert, als sie die elektronischen Downbeats hörte, die jetzt den Raum unaufdringlich erfüllten, und ließ sich von ihrer Kollegin das Plattencover zeigen, das in schlichtem Schwarz-Weiß gehalten war.

»Nicolas Jaar. Den habe ich viel in Frankreich gehört, als ich dort für einige Monate gewohnt habe«, antwortete Tanja und schenkte den Wein ein, von dem Ira inständig hoffte, er möge nicht allzu trocken sein.

Dann fragte sie Tanja nach ihrer Zeit in Frankreich. Diese begann sofort zu erzählen, und Ira war froh, zügig ein Gesprächsthema gefunden zu haben. Sie erfuhr, dass Tanja fließend Französisch sprach und vor ihrer Karriere bei der Polizei oft ihre Sommer in Frankreich verbracht hatte. Ihre Tante besaß in der Nähe von Clermont-Ferrand ein Ferienhaus, in dem sie vor einigen Jahren mehrere Monate mit ihrer Ex-Freundin gelebt hatte.

Ira hörte zu, stellte Fragen und leerte ein Glas Wein nach dem anderen. Hatte ihr der Wein bei den ersten Gläsern nicht wirklich geschmeckt – sie hatte ihn nur widerwillig getrunken –, so fiel es ihr nun nach jedem Schluck leichter, den staubtrockenen Sauvignon Blanc herunterzubekommen und sogar zu genießen.

Draußen war es stockduster, und als Tanja die zweite Flasche öffnete, begann es zu regnen. Durch die Balkontür konnte man die schwach beleuchtete Straße sowie die Umrisse der grauen Plattenbauten sehen. Tanjas Wohnung wirkte wie eine kleine Oase in dieser Tristesse, in warmes Licht gehüllt, mit sanfter Musik im Hintergrund und einer angenehmen Wärme, die genauso gut von einem Kachelofen hätte stammen können.

Ira merkte, wie Tanja sie immer häufiger mit ihrem Blick fixierte und sie anlächelte. Trotz der großen Menge Alkohol, die sie mittlerweile zu sich genommen hatte, machte Ira dies nervös, und sie tat so, als bemerke sie die Annäherungsversuche ihrer Kollegin nicht.

»Du hast ganz schön lange gebraucht, um zu antworten.« Tanja grinste neckisch.

Ira nickte. Ihr war klar gewesen, dass Tanja sie darauf ansprechen würde.

»Wolltest du mich etwa nicht wiedersehen?«

»Doch.« Sie schaute Tanja an und lachte auf. »Doch«, wiederholte sie flüsternd. »Ich hatte einfach keine Zeit. Du hast mich ganz schön aus dem Konzept gebracht.«

Tanja fuhr sich durch die Haare und schmunzelte. »Ist nicht schlimm. Jetzt bist du ja hier.«

Ira war beeindruckt. Niemals hätte sie so taff damit umgehen können, wenn ihr jemand eine so lange Zeit nicht geantwortet hätte. Tanja jedoch schien es eher zu belustigen.

»Wie war denn dein Tag heute?«, erkundigte sich ihre Kollegin schließlich und legte dabei eine neue Schallplatte auf.

Ira seufzte. »Ich habe heute einen Tatverdächtigen in unserem Mordfall verhört.« Sie leerte ihr Glas und wartete, bis Tanja sich wieder gesetzt hatte. »Das lief echt scheiße.« Sie merkte, wie sich ein Kloß in ihrem Hals bildete, als sie diese Sätze sagte.

»Wieso?«, fragte Tanja interessiert und rückte näher. Sie stützte ihren Ellbogen auf den Tisch und lehnte ihren Kopf auf ihre Handfläche. Schräg von der Seite schaute sie Ira direkt in die Augen.

Dieser Geruch. Ira konnte plötzlich kaum mehr klar denken. Was war nur los, dass diese Frau sie so nervös machte? Das war doch sicher nur ein schnödes Rossmann-Waschpulver, das Tanja benutzte, und sie stand wegen ihres Dufts halb in Flammen. Reiß dich zusammen, befahl sie sich und schenkte sich das erste Mal an diesem Abend selbst den Wein nach. War es der Sauvignon Blanc, der ihr solche Gefühlswallungen bescherte? Wegen dieser Frau, die ihr gegenübersaß, war sie einerseits ganz hibbelig, ja nahezu erregt, andererseits kurz davor, zu flennen wie ein Baby.

»Ich war so unsicher«, kam es nach einer kurzen Pause aus ihr heraus. Gleichzeitig bemerkte sie, wie ihr Tränen in die Augen stiegen. Sie presste ihre Zähne aufeinander und starrte in die Kerzenflamme. Gleich geschafft, dachte sie und kämpfte tapfer weiter gegen den Impuls zu weinen.

Doch plötzlich legte Tanja ihre Hand auf ihren Oberschenkel. Das war zu viel des Guten. Ira konnte ihre Tränen nicht mehr zurückhalten. Sie wandte sich von ihrer Kollegin ab und verbarg ihr Gesicht in den Händen.

»Hey. Ist doch nicht schlimm«, sagte Tanja mit ruhiger Stimme und stand auf, um Ira zu umarmen. Mit einem Mal fiel Ira die enorme Anspannung auf, die sie den ganzen Tag mit sich herumgetragen hatte, und sie ließ die Umarmung zu.

»In Köln habe ich doch ganz andere Kaliber befragt«, schluchzte sie und wurde plötzlich wütend. »Und dann auch noch dieser scheiß Tobler!«

Tanja lachte. »Jetzt hast du aber gleich alle Aggregatzustände durch.«

Ira musste schmunzeln. Auch wenn ihr ihre Gefühlsachterbahn peinlich war, tat es doch gut, jetzt neben der Frau zu sitzen, die ihr in den letzten Tagen nicht mehr aus dem Kopf gegangen war.

»Konstantin? Was hat der denn ausgefressen?«

»Ach …« Ira wischte sich die Wangen trocken. »Wir hatten Streit. Danach hat er mich erst mal ignoriert, bis … Ich weiß einfach nicht, wie ich mit ihm umgehen soll.«

»Ja, der ist da ein bisschen komisch. Ich hatte auch schon

mal so eine Situation mit ihm. Dabei ist er eigentlich echt süß.«
Tanja reichte Ira eine Serviette. »Das wird schon wieder. Das ist
dein erster Fall hier oben in Stralsund. Da kommen noch ganz
viele, und du wirst das sicher wieder so gut hinkriegen wie in
Köln.«

Ira nickte und schnäuzte sich die Nase. Dann blickte sie auf
und lächelte Tanja an, deren Gesicht sie leicht verschwommen
vor sich wahrnahm. »Wir haben ganz schön gebechert«, stellte
sie schließlich fest und wollte sich gerade zurücklehnen, da
spürte sie Tanjas Hand an ihrer Wange. Panik überkam sie.

»Ich bin ganz verheult, ich muss das mal in Ordnung bringen«, fuhr sie fort und wollte aufstehen, um ins Bad zu gehen,
doch Tanja hielt sie zurück. Sie legte ihren Zeigefinger auf Iras
Mund.

Iras Herz klopfte bis zum Hals. Ihr Puls hämmerte so stark
in ihren Adern, dass sie glaubte, man könnte ihn in der gesamten
Wohnung hören. Plötzlich spürte sie Tanjas weiche Lippen auf
ihren. Ira verkrampfte und war für einen Augenblick wie ver-
steinert. Tanja hatte ihr Gesicht vorsichtig mit beiden Händen
gepackt und küsste sie nun noch etwas forscher.

Vorsichtig und unbeholfen tastete Ira nach Tanjas Ober-
schenkeln, und mit einem Mal schoss eine tiefe Erleichterung
durch ihren Körper. Davon beflügelt erwiderte sie den Kuss
und ließ sich fallen.

Als Ira aufwachte, war es noch dunkel. Nur der kleine Licht-
strahl einer Straßenlaterne zwängte sich durch die Vorhänge,
und so konnte sie erst nach einigen Augenblicken erkennen,
wo sie eigentlich war. Das hier war Tanjas Schlafzimmer, und
sie lag nackt in ihrem Bett. Ein Blick zur Seite verriet ihr, dass
ihre Kollegin neben ihr schlief.

Ira versuchte, sich aufzurichten, scheiterte jedoch an einem
schnell einsetzenden Schwindelanfall. Der Sauvignon Blanc. Ira
hielt sich den Kopf, der mit einem Male zu schmerzen begann.

Sie lauschte Tanjas Atemzügen. Wie war der gestrige Abend

verlaufen? Ira legte sich langsam zurück aufs Kopfkissen und schloss die Augen. Keine gute Idee, wie sie schnell feststellen musste. Sie drehte sich zur Seite, ließ den Blick durchs dunkle Zimmer schweifen und dachte nach. Wie lange sie noch im Wohnzimmer geblieben waren, konnte sie nicht sagen. Vielleicht hatten sie sich dort zwei Minuten, vielleicht zwei Stunden geküsst. Jedenfalls hatten sie irgendwann begonnen, sich gegenseitig auszuziehen, und waren ins Schlafzimmer gestolpert.

Ira erinnerte sich an Tanjas weiche Haut und spürte, wie abermals ein warmer Schauer durch ihren Körper fuhr. Das, was sie gestern Nacht erlebt hatte, war nach einer langen Durststrecke das Beste gewesen, was ihr sexuell in den letzten Monaten, ja beinahe Jahren, widerfahren war. Sie musste grinsen, als sie sich erinnerte, wie sie versucht hatte, ihre Schreie mit einem Kissen zu unterdrücken.

»Du hättest fast die Nachbarn aufgeweckt«, hatte Tanja hinterher gescherzt.

Ira vergrub ihr Gesicht unter der schweren Daunendecke, die ganz offensichtlich mit demselben Waschpulver gewaschen wurde wie Tanjas Kleidung. Bestimmt muss ich gleich schon wieder im Kommissariat sein, dachte sie. Vielleicht sollte ich mich besser krankmelden. Mit den Kopfschmerzen und der Fahne, die sie vermutlich hatte, wollte sie ungern vor Tobler treten.

Sie tastete nach ihrem Handy, fand es aber nicht. Also kroch sie vorsichtig unter der Decke hervor und setzte sich in Zeitlupe auf den Bettrand. Sofort setzte der Schwindel wieder ein, und sie atmete mit geschlossenen Augen mehrfach ein und aus. Nachdem sie ihre Jeans und ihr T-Shirt angezogen hatte, schaffte sie es schließlich zur Zimmertür und trat auf Zehenspitzen in den Flur. Sie schloss die Tür hinter sich und drückte den Lichtschalter. Die Tür zum Wohnzimmer stand offen und gab den Blick frei auf die zwei halb vollen Weingläser auf dem Tisch. Wankend schritt sie an dem alten Büfett vorbei und sah ihr Handy auf dem Sofatischchen liegen. Sie griff danach und schaltete es ein.

Fünf Uhr sechsundvierzig. Seufzend und erschöpft setzte sie sich auf das Ecksofa.

Sie könnte sich entweder hier fertig machen und in den Genuss einer heißen Dusche kommen, war doch ihr Vermieter immer noch nicht in die Puschen gekommen, um ihre Gastherme reparieren zu lassen, oder nach Hause gehen und sich von einem Schwall kalten Wassers wieder zum Leben erwecken lassen. Die dritte Möglichkeit war natürlich immer noch die Krankmeldung.

Tanjas Schlafzimmertür öffnete sich. Ira hörte, wie ihre Kollegin in den Flur tappte, ins Bad ging und die Tür hinter sich schloss. Wenige Augenblicke später hörte sie die Klospülung und den Wasserhahn. Hoffentlich würde es keinen unangenehmen Moment zwischen ihnen geben, wenn Tanja gleich ins Wohnzimmer kam. Immerhin waren sie Kolleginnen, die sich kaum kannten, die aber gestern Abend miteinander geschlafen hatten und in Kürze wieder zur Arbeit mussten.

Da erschien Tanja im Türrahmen. »Hey, hast du überhaupt geschlafen?«, fragte sie und lächelte müde.

Ira nickte. »Bin erst seit fünf Minuten wach. Hast du auch solche Kopfschmerzen?«

Tanja machte eine wegwerfende Handbewegung. »Und wie. Willst du einen Kaffee? Ich habe auch Aspirin da.«

Das Angebot konnte Ira nicht ausschlagen. Aber konnte sie ihre Kollegin außerdem nach einer Dusche fragen? Und am besten noch nach einer Zahnbürste?

»Willst du dich hier fertig machen?«, kam es aus der Küche.

Ira zögerte. »Ähm, ja, gerne. Ich habe aber keine Zahnbürste …«

»Schau mal im Bad, da ist eine neue Packung. Kannst du dann auch mitnehmen.«

»Okay.« Ira stand auf und ging hinüber ins Badezimmer. Sie setzte sich schwer auf die Toilette, schlief darauf fast ein und zwang sich schließlich, unter die Dusche zu steigen. Das heiße Wasser wärmte ihren Körper, und sie hielt ihr Gesicht genüsslich unter den weichen Strahl. Für einen kurzen Moment dachte sie an gar nichts. Doch dann kamen ihr wieder die Bilder der vergangenen Nacht in den Kopf und erfüllten sie mit einer Mischung aus Zufriedenheit und Erregung, gepaart mit Anspannung und auch ein wenig Scham. Sie wusste nicht, wie sie jetzt mit Tanja umgehen sollte. Bei One-Night-Stands mit Männern war sie viel cooler gewesen, wusste, was sie zu tun hatte, welche Sätze sie sagen musste, ja welche Knöpfe sie zu drücken hatte. Doch jetzt kam sie sich mit einem Male ungelenk und täppisch vor.

Es klopfte an der Badezimmertür. »Brauchst du noch lange?« Ira drehte den Wasserhahn abrupt zu und riss hektisch den Duschvorhang zur Seite.

»Nee. So gut wie fertig!« Sie trocknete sich in Windeseile ab, nahm mit spitzen Fingern ihre Hose und das T-Shirt vom Boden und zog sich an. Wie sie es hasste, Dinge zweimal hintereinander anzuziehen. Ihre Waschmaschine zu Hause lief pausenlos. Darüber machte sich in ihrem Freundeskreis jeder lustig.

»Willst du ein frisches T-Shirt haben?«, fragte Tanja, als Ira mit der Zahnbürste im Mund in den Flur kam. »Ich selbst kann es nicht ab, zweimal die gleichen Sachen zu tragen.«

Ira lächelte überrascht. »Geht mir genauso.«

»Bedien dich einfach.« Tanja zeigte auf ihren Kleiderschrank und ging ins Badezimmer. Bevor sie die Tür schloss, ergänzte sie: »Der Kaffee steht auf dem Esstisch.«

»Danke.«

Tanja wirkte so selbstbewusst, dass Ira einen Anflug von Neid verspürte. Sie kam sich neben ihr unsouverän und verklemmt vor. Vorsichtig öffnete sie die quietschende Schranktür im noch verdunkelten Schlafzimmer und strich mit der Hand über Tanjas Kleidung. Fast alles war schwarz. Ein paar blaue Jeans stachen hervor, doch der Rest waren dunkle Pullis und T-Shirts. Sie griff nach einem, hielt es sich kurz vor den Oberkörper und zog es über den Kopf.

Neben dem Bett lag noch ihr Pullover, an dem sie kurz roch

und dann hineinschlüpfte. Auf dem Weg zurück ins Wohnzimmer kam ihr ein wohliger Kaffeegeruch entgegen. Auf dem Tisch stand eine dampfende Tasse, daneben eine Packung Hafermilch und eine Kopfschmerztablette. Ira kippte einen Schluck der veganen »Milch« in den Kaffee, nahm die Tablette und setzte sich, immer noch angespannt, auf das Sofa. Plötzlich hatte sie es eilig, aus Tanjas Wohnung zu kommen. Sie wollte ihr zeigen, dass sie Besseres zu tun hatte, als hier auf dem Sofa zu sitzen, dass sie zur Arbeit musste und keine Zeit hatte, um mit ihrer Kollegin den Morgen zu verbringen. Wahrscheinlich war sie eh schon viel zu lange geblieben, und Tanja hatte ihr mit dem Rauswurf aus dem Bad durch die Blume zu verstehen geben wollen, dass es Zeit war zu gehen. Ira war deswegen immer noch peinlich berührt.

Sie kippte den noch viel zu heißen Kaffee mitsamt der Aspirin herunter, schnappte sich ihre Jacke und zog sich im Flur die Schuhe an.

Dann legte sie die Hand auf die Haustürklinke und lauschte, bis sie den Wasserstrahl der Dusche nicht mehr hörte.

»Danke für den Kaffee! Ich muss los!« Damit öffnete sie die Tür und trat nach draußen.

Sie zog sich ihre Kapuze über den Kopf und ging zügig das Treppenhaus hinunter. Unten angekommen kam ihr ein älterer Herr in Hausschuhen und Morgenmantel entgegen, der sie mürrisch ansah. Ira wich seinem Blick aus. Sie wollte so schnell wie möglich raus aus dem Gebäude. War ihr Abgang zu abrupt gewesen? Vielleicht würde die Taktik, sich damit rarzumachen, überhaupt nicht aufgehen, und Tanja fand es schlichtweg unmöglich, dass sie einfach abgehauen war.

Sie überlegte kurz, ob sie ihrer Kollegin schreiben sollte. Doch schnell wurde ihr klar, dass sie auf eine Nachricht warten würde. Tanja hatte von Anfang an die Zügel in der Hand gehabt, wieso sollte Ira dies plötzlich ändern?

13

Den Weg zum Kommissariat ging Ira wie im Traum. Bei jedem Schritt tauchte ihre hübsche Kollegin vor ihrem inneren Auge auf, und als sie die Tür des Gebäudes öffnete, konnte sie sich an den soeben zurückgelegten Weg kaum mehr erinnern, so sehr war sie in Gedanken gewesen.

Tobler saß bereits im Büro, eine halb volle Tasse Salbeitee neben sich und wie immer den Blick auf seinen Bildschirm gerichtet.

»Guten Morgen.« Ira hängte ihre Jacke an den freien Haken.

»Moin.« Tobler lächelte schwach. »Soll ich dir einen Kaffee holen? Du siehst ganz schön fertig aus«, bemerkte er, und Ira wunderte sich über seine Bereitschaft, ihr ein von ihm so verteufeltes Getränk zu besorgen. »Ich gehe eh in die Küche.« Er deutete auf seine Thermoskanne. »Die ist schon wieder leer. Mit Milch?«

»Ja, gerne.«

Tobler verließ das Büro, und Ira blätterte ihren Notizblock durch. Ihre Ermittlungen hatten bisher nichts ergeben, lediglich die Unschuld zweier Verdächtiger hatte sich bestätigt. Zum jetzigen Zeitpunkt könnte es jeder der Studenten gewesen sein, vielleicht sogar der Professor. Doch mit welchem Motiv? Pontus Ericsson hätte ein astreines Tatmotiv gehabt, ebenso Thomas Talk. Bei Lutz Zimmermann hingegen sah Ira auf den ersten Blick keine Anhaltspunkte, weshalb er sich hätte veranlasst sehen sollen, eine seiner Studentinnen aus dem Weg zu räumen. Doch vielleicht war Erpressung im Spiel gewesen? War er es gewesen, der mit der Studentin vor ihrem Tod Sex gehabt und sie dann getötet hatte, damit die Affäre nicht ans Licht kam? Dass es Fälle gab, in denen Studentinnen ein sexuelles Verhältnis mit ihren Dozenten begannen, um im Gegenzug bessere Noten zu bekommen, davon hatte Ira schon oft gehört. Sie kritzelte auf ihren Block, dass sie Zimmermann ein weiteres Mal verhören wollte.

Und da war natürlich noch der Herbergsvater, Georg Förster. Er war nicht nur ausgesprochen unsympathisch gewesen, sondern irgendwas an seiner Art hatte Ira stutzig gemacht. Dem konnte man nicht trauen, hatte sie für sich abgespeichert.

Tobler kam zurück. Er stellte wortlos eine große Tasse mit dampfendem Milchkaffee auf Iras Schreibtisch und ging mit seiner Thermoskanne zurück an seinen Arbeitsplatz. Ira hatte bemerkt, dass ihr Kollege zugewandter war als noch am Vortag, doch noch immer stand der gestrige Konflikt zwischen ihnen. Sie beschloss, mit Tobler fürs Erste nur über die gemeinsamen Ermittlungen zu reden. Vielleicht würde sie so vorerst um eine Aussprache herumkommen.

»Wir brauchen DNA-Abgleiche von den Männern aus Katrin Simonis' Umgebung«, sagte sie, während sie vorsichtig an ihrer Tasse nippte.

»Dann wäre alles einfacher, ja. Aber wie willst du so einen Beschluss durchkriegen? Bei Pontus Ericsson oder Thomas Talk hätte die Staatsanwaltschaft sicher mitgemacht.« Tobler schaute Ira bedauernd an. »An wen denkst du denn?«

»Zimmermann und Förster. Bei denen könnte man doch annehmen, dass sie ein Motiv hatten. Vielleicht hatte einer der beiden Sex mit ihr.«

»Ach Ira, da kann man sich bei jedem was zusammenkonstruieren, dem Katrin Simonis über den Weg gelaufen ist. Sie war ja anscheinend auch nachts viel unterwegs. Wir haben nichts gegen die beiden in der Hand, was den richterlichen Beschluss durchbringen könnte.«

»Ja, du hast recht.« Ira nickte. »Wir müssen einfach noch mal mit beiden reden. Und damit meine ich *richtig* reden. Es kann ja nicht sein, dass wir schon jetzt nicht mehr weiterkommen.«

In dem Moment klingelte ihr Handy. Unbekannte Nummer. Während sie danach griff, keimte Hoffnung in ihr auf. Vielleicht jemand, der ihnen bei den Ermittlungen helfen würde? Ein anonymer Anrufer mit einem wichtigen Hinweis? Erwartungsvoll nahm sie den Anruf entgegen.

»Hallo?«

»Frau Würfel?«

Ira horchte auf. »Ja?«

»Hier ist Herbert Klink. Von Heizung und Sanitär Klink. Ihr Vermieter hat uns wegen Ihrer Therme kontaktiert.« Ira sank auf ihrem Bürostuhl zusammen. Fehlanzeige. Enttäuscht blickte sie zu ihrem Kollegen hinüber. Mussten sie sich wohl doch selbst um den Fall kümmern.

Immerhin würde am späten Nachmittag jemand wegen der defekten Therme vorbeischauen. Ira bedankte und verabschiedete sich und freute sich schon auf ein heißes Bad am Abend. Vielleicht hatte Tanja wieder Zeit für ein Treffen? Sollte sie sie fragen? Bisher hatte sie noch nichts von ihrer Kollegin gehört, was die Angst, eine Abfuhr zu erhalten, anfachte. Dabei hatte sie sich gestern Abend das erste Mal geborgen und verstanden gefühlt, seit sie in Stralsund angekommen war. Der Gedanke, dass es nur eine einmalige Sache gewesen sein könnte, machte Ira traurig. Wenn Tanja ihr doch einfach schreiben würde …

»Sollen wir die nicht einfach hier antanzen lassen heute?«, fragte Tobler und riss Ira aus ihren Gedanken.

Fragend schaute sie ihren Kollegen an.

»Na, Zimmermann und Förster. Dann sparen wir uns den Weg rüber nach Devin. Es ist sowieso viel zu kalt, um überhaupt einen Fuß nach draußen zu setzen.«

Ira gefiel der Vorschlag. Sie hatte nichts dagegen, heute im Kommissariat zu bleiben.

»Ach so, und Ira: Lass uns doch bitte heute Abend mal Zeit finden, uns zusammenzusetzen. Ich würde die ganze Sache gerne klären.«

Sie antwortete nicht, sondern tat so, als ob sie mit ihrem Handy beschäftigt war. Doch sie scrollte nur durch die Profilbilder von Tanja, die diese in den letzten Jahren bei Instagram hochgeladen hatte. Mal war sie im Bikini am Strand zu sehen, mal mit Skibrille in den Alpen. Stets mit diesem dominanten Lächeln auf den schönen Lippen, nach denen sich Ira plötzlich stark sehnte.

»Das Angebot mit der Pizza steht noch«, fuhr Tobler fort. Ira blickte auf.»Ich muss mal schauen, ob ich heute Abend Zeit habe.«

»Na schön. Kannst dich ja melden.«Tobler schien von ihrer halbgaren Abfuhr enttäuscht und zückte den Telefonhörer. Er beorderte die Herren Förster und Zimmermann nacheinander ins Kommissariat und widmete sich dann wieder dem Papierkram auf seinem Schreibtisch.

Plötzlich erschien Carl in der Bürotür.»Moin! Ich habe die Ergebnisse der Farbanalyse.«

Ira und Tobler schauten sich fragend an.

»Na, diese braune Farbe am Bein der Toten.« Carl wurde ungeduldig.»Die Farbe war auf Lärchenholz gestrichen, vielleicht von einer Bank, das ist nicht ganz klar. Jedenfalls scheint das Holz schon alt und verwittert gewesen zu sein.«

»Sonst noch was?«

Carl verneinte.»Leider nein. Aber hey, sie muss auf Lärchenholz gesessen haben vor ihrem Tod. Ist doch ein kleiner Schritt in die richtige Richtung. Es geht voran!« Carl hielt aufmunternd eine Faust in die Luft und verschwand wieder.

»Vermutlich die Bänke auf dem Jugendherbergsgelände«, schlussfolgerte Tobler.»Dann haben wir immerhin eine konkrete Frage, die wir Georg Förster stellen können.«

»Als ob der weiß, aus welchem Holz seine Bänke gemacht sind. Die stammen doch sicher noch aus DDR-Zeiten.«

»Was hast du eigentlich heute Abend schon wieder vor?«

Ira schaute ihren Kollegen verdutzt an. Wie kam er dazu, sie so etwas zu fragen?

»Darf man keine Verabredungen mehr haben, oder was?« Ira bereute sogleich ihren scharfen Ton, auch wenn sie Toblers Frage als übergriffig empfand.

»Doch, natürlich. Ich fände es nur schade, wenn du mir aktiv aus dem Weg gingst.«

Ira schüttelte den Kopf. »Nee, mach ich nicht.« Mehr fiel ihr nicht ein. Dass sie für den Abend auf ein Date mit Tanja hoffte, mochte sie Tobler nicht auf die Nase binden.

Um halb elf erschien Georg Förster im Kommissariat. Ira hatte die Zeit mit drei Kaffees überbrückt, war aber immer noch müde und sehnte sich nach ihrer Couch, auf der sie vermutlich sofort eingeschlafen wäre. Der Jugendherbergsleiter wartete genervt im Vernehmungsraum auf die beiden Kommissare.

»Sie behandeln mich wie einen Schwerverbrecher«, sagte er in empörtem Ton, als Tobler und Ira die Tür hinter sich schlossen und sich zu Förster setzten.

»Wir haben aktuell keinen anderen Raum frei. Das ist ein reines Frage-Antwort-Gespräch, das jetzt folgt«, erklärte Tobler ruhig. »Sie können danach einfach wieder zurück zur Jugendherberge fahren. Ist doch auch mal schön, sich woanders zu unterhalten, und Sie kommen mal von Ihrer Arbeit los.«

Förster reagierte nicht. Er sah nur demonstrativ auf seine gewaltige Armbanduhr. »Na dann, schießen Sie los«, kommandierte er und sah zuerst Tobler, dann Ira an.

Die ließ sich nicht zweimal bitten und stellte die erste Frage. »Haben Sie mittlerweile jemanden gefunden, der bestätigen kann, dass Sie in der Mordnacht, der Nacht zum Dienstag, zu Hause waren?«

Förster lachte abfällig. »Gegenfrage: Wieso sollte ich jemanden umbringen, den ich gar nicht kenne?«

»Ach, da gäbe es viele Gründe. Aber immer der Reihe nach. Wie sah denn Ihr Montag aus?«, fragte Tobler und versuchte dabei, einigermaßen freundlich zu bleiben.

Förster seufzte genervt. Er schüttelte den Kopf, seine gegelten Ackerfurchen bewegten sich dabei keinen Zentimeter. »Ich war um acht im Büro. Um zwölf bin ich zum Mittag in die Innenstadt gefahren, da habe ich mich mit einem Freund getroffen. Den können Sie gerne anrufen.«

Ira nickte und notierte den Namen, den Förster ihnen bereitwillig nannte.

»Und weiter?«

»Dann bin ich zurück. Es hatte sich spontan eine Reisegruppe aus Bonn angemeldet. Die habe ich gegen vierzehn Uhr bei uns begrüßt.«

»Irgendwelche Auffälligkeiten?«

»Nein. Alles wie immer.«

»Weiter.«

»Ich war bis siebzehn Uhr in der Jugendherberge. Ab da haben Frau Halvorsen und Herr Stolz übernommen, und ich bin noch einkaufen gewesen.«

»Wo?«

»Lidl.«

»Und was gab's zum Abendessen?«

Förster schaute Tobler ungläubig an. »Im Ernst jetzt?«

Tobler nickte nur ruhig.

»Fischstäbchen mit Kartoffeln und Spinat.«

Ira sah, wie Tobler würdigend die Augenbrauen hob, während er etwas auf seinen Block kritzelte. Stimmt, das war auch das Lieblingsessen ihres Kollegen. Ira erinnerte sich an ihr gemeinsames Mittagessen in »Susi's Kantine«. Da war zwischen ihnen noch alles in Ordnung gewesen. Sie schob den Gedanken eilig beiseite und konzentrierte sich auf den weiteren Verlauf des Gesprächs. »Und was haben Sie dann gemacht? Vielleicht mit dem Hund eine Gassirunde gegangen?«

»Ich habe keinen Hund«, erwiderte Förster trocken.

»Okay. Und wann gehen sie für gewöhnlich ins Bett?«

»Mitternacht. Habe mir noch einen Film angeschaut und dabei Chips gegessen und mich am Hintern gekratzt. Noch mehr Details?« Förster schien langsam die Nerven zu verlieren.

»Wenn uns die weiterhelfen, gerne!«

Doch von Förster kam nichts mehr. Er lehnte sich zurück und schaute erneut auf seine Armbanduhr. »Frau Halvorsen hat angegeben, dass die Studentin vor ihrem Tod mit einem Mann Richtung Halbinsel lief. Haben Sie sie ebenfalls gesehen? War eine fremde Person auf dem Gelände?« Förster schüttelte den Kopf. »Nee. Ich bin ja aber auch schon viel früher nach Hause gefahren als Frau Halvorsen.«

»Und haben Sie abends mit Ihrer Frau telefoniert? Sie sagten, sie sei auf Mallorca.« Ira berief sich auf die Notizen von ihrer letzten Vernehmung im Speisesaal der Jugendherberge.

»Wir haben kurz geschrieben. Wenn die mit ihren Mädels unterwegs ist, lass ich sie lieber in Ruhe.«

Die Kommissare ließen sich den Chatverlauf zwischen Förster und seiner Frau zeigen. Sehr aufschlussreich war dieser jedoch nicht. Ob Förster tatsächlich zu Hause gewesen war oder nicht, ließ sich anhand der wenigen gewechselten Worte nicht rekonstruieren.

»Wie ist Ihre Ehe so?«

Gleich platzt ihm die Hutschnur, dachte Ira, als sie sah, wie Försters Gesicht ob Toblers Nachfrage rot anlief.

»Was erlauben Sie sich eigentlich? Wie alt sind Sie? Achtundzwanzig? Neunundzwanzig? Glauben Sie, Sie können so mit mir reden und mir solche Fragen stellen? Ich muss Ihnen gar nichts mehr sagen. Seien Sie froh, dass ich überhaupt mit Ihnen kooperiere!«

»Neununddreißig. Das nehme ich mal als Kompliment«, kam es von Tobler, ohne dass er von seinem Block aufsah. »Also nicht gut?«, fuhr er unbeirrt fort. Schweigen. Ira rutschte auf ihrem Stuhl herum und räusperte sich, um die Stille zu unterbrechen.

»Wir lieben uns«, kam es schließlich in scharfem, aber weitaus ruhigerem Ton von Förster. »Wir haben natürlich auch unsere Probleme, aber das ist doch normal, oder nicht? Sind Sie verheiratet? Dachte ich mir. Sie haben ja keine Ahnung, wie viel Arbeit in so einer Ehe steckt.«

Tobler lächelte sein Gegenüber unbeeindruckt an. »Danke, das reicht schon.«

»Eine Sache noch.« Ira hätte beinahe die braune Farbe an der Hose der Toten vergessen und war froh, das Thema wechseln zu können. »Kennen Sie die Holzart, aus der Ihre Bänke sind, die vor der Rezeption stehen?«

»Klar. Eiche. Das war damals das Erste, was ich neu machen ließ, als ich die Jugendherberge übernommen habe.«

»Gibt es bei Ihnen auf dem Gelände etwas, das aus Lärchenholz ist?«

»Nicht, dass ich wüsste.«

»Alles klar. Danke, Herr Förster.«

Der Herbergsvater erhob sich, tippte sich kaum merklich an die Stirn und hinterließ beim Verlassen des Raumes einen Duftschwall Aftershave.

Ira und Tobler blieben schweigend zurück. Tobler atmete schwer aus und trommelte mit dem Kuli auf seinem Notizblock herum. Sie wechselten kein Wort, schienen aber dasselbe zu denken: Wieder nichts. Auch wenn Förster sich noch so verdächtig verhielt und im Großen und Ganzen ein unsympathisches Arschloch war, sie hatten nichts gegen ihn in der Hand.

Lutz Zimmermann war überpünktlich. Eigentlich hatte er erst um zwölf im Kommissariat sein sollen, er stand aber bereits zwanzig Minuten vorher im Flur und sah sich verloren um. Er erkannte Tobler und Ira erst auf den zweiten Blick. Sie begrüßten sich, und er folgte ihnen gehorsam in den Vernehmungsraum.

Die Befragung verlief gänzlich anders als mit Förster. Der Professor war höflich, aber bestimmt und versuchte, die Fragen der beiden Kommissare adäquat zu beantworten.

Er konnte nachweisen, dass er täglich und auch zur Tatzeit mit seiner Frau und im Anschluss mit seiner Tochter telefoniert hatte, und durch seine Ausführungen machte es auf Ira und Tobler nicht den Anschein, dass er der Typ Mann war, der seine Frau mit Studentinnen betrog.

»Würden Sie uns erlauben, Tagesausflüge nach Rügen durchzuführen? Dann können wir die Exkursion abschließen und haben auch Ablenkung. Meine Studenten haben danach gefragt, und mir täte es ehrlich gesagt auch ganz gut, mal etwas anderes zu sehen als diese Jugendherberge.«

Ira und Tobler tauschten einen kurzen Blick. Wieso eigentlich nicht? Sollte etwas Wichtiges passieren und sie bräuchten die Gruppe für weitere Vernehmungen, wären sie innerhalb einer Dreiviertelstunde wieder in Stralsund.

Die Kommissare willigten ein, und Zimmermann verabschiedete sich dankbar.

Iras Handy vibrierte. Verstohlen schaute sie auf den Bildschirm. Es war eine Nachricht von Tanja. Blitzschnell griff sie nach dem Smartphone und hielt es sich vors Gesicht, sodass Tobler keinen Einblick hatte.

»Tanja Prümmer?« Ungläubig blickte Tobler sie an. »Ihr scheint euch ja gut zu verstehen.« Er klemmte sich seinen Notizblock unter den Arm und verließ den Vernehmungsraum.

Wie hatte er es geschafft, so schnell den Namen auf dem Display zu lesen? Ira war fasziniert, wenngleich auch verärgert darüber, dass Tobler anscheinend alles um sich herum mitbekam.

Sie blieb noch eine Weile in dem kahlen Vernehmungszimmer sitzen und las sich Tanjas Nachricht wieder und wieder durch.

Ihre Kollegin fragte, ob sie abends wieder Zeit habe. Kein Wort darüber, dass sie den Abend gestern mit Ira genossen hatte, und auch keine anderen liebevollen Worte. Obwohl sich Ira über die Nachricht freute und erleichtert war, dass Tanja ihr das plötzliche Verschwinden nicht übel nahm, war sie auch ein wenig enttäuscht.

Sieben Minuten lang hielt sie es aus, ihr nicht zu antworten, dann wurde sie schwach. Natürlich wollte sie Tanja heute Abend wiedersehen. Sie tippte eine Antwort und ging mit müden Schritten zurück ins Büro.

14

Als Ira am frühen Abend nach Hause ging, war es bereits stockduster. In Köln war es im Winter mindestens eine Dreiviertelstunde länger hell gewesen als hier an der Ostsee. Dafür wurde es hier im Sommer bereits um halb fünf hell, wenn die Möwen früh begannen, über der kleinen Hansestadt zu kreisen, was Ira hoffnungsvoll auf das nächste Jahr blicken ließ. Bevor sie die Haustür ihres Wohnhauses aufschloss, warf sie einen Blick auf die von Laternen beleuchtete Pflasterstraße. Die hübschen verschnörkelten Altbauten lagen still und wie im Winterschlaf da, durch die Fenster drang warmes Licht, und vereinzelt konnte man bereits mehr oder weniger geschmackvolle Weihnachtsdekorationen sehen. Aber solange sie keine Filzwichtel ertragen musste, deren rote Mützen so tief ins Gesicht gezogen waren, dass nur noch ihre Knollennasen zu sehen waren, war für Ira alles im grünen Bereich. Bis jetzt waren die kleinen Männchen auch noch nicht bei der Arbeit aufgetaucht, und Ira hoffte inständig, dass dies so bleiben würde.

Es war der 29. November, und der erste Advent würde dieses Jahr auf den 1. Dezember fallen. Es würde ihre erste Vorweihnachtszeit fern von ihrer Familie und ihren besten Freunden sein. In gewisser Weise beruhigte Ira der Gedanke, doch ein wenig fürchtete sie sich auch davor, ohne vertraute Gesichter um sich herum in die noch dunklere Jahreszeit einzutauchen.

In ihrer Wohnung war es angenehm warm. Anscheinend hatte ihr hilfsbereiter Nachbar Witt – ein Ur-Stralsunder vom alten Schlag – den »Heizungsmongteur«, wie er zu sagen pflegte, wie besprochen hereingelassen. Ira musste jedes Mal schmunzeln, wenn sie sich mit ihm unterhielt, denn er sprach den charmanten vorpommerschen Dialekt mit gerolltem R und wollte immer, wenn sie sich im Hausflur trafen, einen »Lütten« mit ihr trinken, was sie jedoch stets dankend ablehnte. Vielleicht, dachte sie, wäre es aber hinsichtlich der nahenden Adventstage an der Zeit, die Einladung anzunehmen.

Die Therme bollerte emsig vor sich hin, und als Ira den Wasserhahn im Badezimmer betätigte, stellte sie erleichtert fest, dass das Wasser heiß wurde.

Sie ließ sich sogleich ein Schaumbad ein, las die herumliegenden Klamotten in ihrem Schlafzimmer auf und knüllte sie in ihren überquellenden Kleiderschrank. In der Küche stand noch schmutziges Geschirr vom Vortag und vom Tag davor, das sie hastig wegspülte. Dann fegte sie einmal durch ihre Wohnung, um den gröbsten Dreck zu entfernen. So konnte sie Tanja guten Gewissens empfangen, stellte sie schließlich fest, zog sich aus und ließ sich in die Wanne gleiten.

Seit Tagen quälten sie schon Rückenschmerzen, die sie immer dann heimsuchten, wenn sie angespannt und gestresst war. Das warme Wasser um ihren Körper zu spüren, tat ihr gut, und sie merkte, wie der Schmerz allmählich nachließ. Sie schloss die Augen und versuchte zu entspannen, doch ihre Gedanken begannen, um alle möglichen Themen zu kreisen. Sie sprangen von Tanja zu Tobler, zurück zu Tanja, dann zum Mordfall und zu ihren Kölner Freundinnen, bei denen sie sich unbedingt mal wieder melden musste, noch mal zu Tanja und schließlich zu dem immer wieder aufkeimenden Wunsch, einen Hund aus dem Tierheim zu holen. Wie schön es wäre, wenn jemand abends auf sie warten und sich freuen würde, wenn sie nach Hause käme. Vielleicht könnte sie den Hund sogar wirklich mit ins Büro nehmen? Vermutlich nicht. Tobler hatte ihr ja schon seine Meinung zum Thema Bürohund mitgeteilt. Und was würde Tanja sagen, wenn sie sich einen Hund anschaffte? Schnell verwarf Ira den Gedanken und schämte sich sogleich dafür, ihre Kollegin schon in alltägliche Fragen ihres Privatlebens einbezogen zu haben, obwohl sie sich gerade erst kennengelernt hatten.

Nach einer halben Stunde kletterte Ira mit aufgeweichten Fingern und Zehen wieder aus der Wanne. Ihr wurde kurz schwarz vor Augen, da sie zu schnell aufgestanden war, sie atmete tief durch und ging ins Schlafzimmer, um sich frisch einzukleiden.

Unschlüssig probierte sie mehrere Hosen und Oberteile an. Manche waren zu schick, manche sahen zu schlampig aus. Sie entschied sich schließlich für ein schwarzes T-Shirt und eine Jeans, von der sie fand, dass ihr Hintern darin einigermaßen gut aussah. Dann föhnte sie ihre glatten hellbraunen Haare, bemerkte dabei resigniert, dass die nächsten grauen Strähnen aufgetaucht waren, trug ein leichtes Make-up auf und ging in die Küche, um ein paar Snacks vorzubereiten.

Um kurz nach acht klingelte es endlich. Ira wischte ihre Handflächen an ihrer Jeans ab und atmete mit geschlossenen Augen tief durch. Sie betätigte den Türöffner und überlegte. Sollte sie die Tür offen stehen lassen und zurück in die Küche gehen oder Tanja im Wohnungseingang empfangen?

Sie ging ins Wohnzimmer, entschied sich dann aber doch anders und eilte zurück zur Wohnungstür, wo Tanja gerade angekommen war.

Unsicher, wie sie ihre Kollegin begrüßen sollte, stellte sich Ira halb hinter die Tür und machte eine einladende Handbewegung ins Innere der Wohnung. Sie kam sich augenblicklich lächerlich dabei vor, versuchte aber, sich nichts anmerken zu lassen, und geleitete Tanja ins Wohnzimmer.

Die sah sich kurz um und setzte sich aufs Sofa.

»Hast du Wein da?«

»Ja, klar. Weiß oder rot?« Ira griff nach den zwei Flaschen, die bereits in der Küche parat standen. Da sie wusste, dass Tanja Wert auf guten Wein legte, hatte sie auf dem Heimweg eine Freundin aus Berlin angerufen, deren Mann Halbfranzose und Iras persönlicher Sommelier war, wenn sie wieder einmal völlig ratlos vor dem Weinregal stand. Er hatte sie auch diesmal sehr professionell beraten, und so war sie schließlich mit einem Côtes du Rhône und einem Chardonnay ausgestattet aus dem Supermarkt gekommen.

»Rot«, entschied Tanja, nachdem sie die Flaschen ausgiebig studiert hatte.

Ira setzte sich zu Tanja aufs Sofa, die sogleich begann, durch Iras Haare zu streichen. »Du siehst müde aus«, bemerkte sie, und Ira lachte.

»Ja, wieso wohl?«

Auch Tanja musste grinsen. »Ja, du hast mich gestern auch ganz schön wach gehalten.« Sie beugte sich vor und küsste Ira. Die erwiderte zunächst mit klopfendem Herzen den Kuss, stellte dann aber ihr Weinglas auf den kleinen Tisch und stand auf.

»Möchtest du irgendetwas essen? Ich kann auch Musik anmachen.«

Tanja schüttelte den Kopf. »Ich bleibe nicht lange. Komm.« Sie streckte ihre Hand aus und zog Ira zurück aufs Sofa. Während sie Ira küsste, zog sie ihr langsam das T-Shirt aus der Jeans und über den Kopf. Iras Gedanken rasten. Wieso wollte Tanja nicht bleiben? Fühlte sie sich bei ihr nicht wohl? Hatte sie etwas falsch gemacht?

Während Tanja sie küsste, versuchte Ira, sich zu entspannen und die negativen Gedanken wegzudrängen. Sie nahm sich vor, den Abend zu genießen, und schaffte es schließlich tatsächlich, sich nach und nach fallen zu lassen.

Sie ließen nach einem kurzen Vorspiel ihre Weingläser stehen und gingen in Iras Schlafzimmer. Tanja kramte auf dem Weg dorthin kurz in ihrer Tasche und hielt Ira dann mit einem auffordernden Lächeln einen kleinen Vibrator unter die Nase. Ira war froh, dass Tanja wieder die Führung übernahm, als sie sich ins Bett fallen ließen.

Diesmal ging es schneller als gestern. Tanja war ungestüm, und Ira hatte Mühe, ihr mit dem gleichen Temperament zu begegnen. Nach kurzer Zeit lagen sie dank des kleinen Hilfsmittels erschöpft nebeneinander.

»Ich hole uns etwas zu trinken«, sagte Ira und stand auf. Sie hoffte inständig, Tanja würde noch bleiben und mit ihr den

Abend verbringen. Sie hatte sich sogar schon ausgemalt, mit ihr in Jogginghose eine Serie zu schauen.

Sie kam mit zwei Wassergläsern zurück ins noch dunkle Schlafzimmer. Tanja saß bereits auf der Bettkante und zog sich an. »Na, hat's dir gefallen?«, fragte sie und streichelte Ira ohne aufzublicken über den Oberschenkel. Ira nickte und hielt ihr ein Glas hin.

»Ich bin spät dran, habe noch eine Verabredung«, erklärte Tanja, während sie sich ihren Rollkragenpulli überzog.

»Ja, kein Problem«, log Ira, stellte die unberührten Wassergläser auf den Nachttisch und band sich die Haare zu einem Dutt.

»Bist du enttäuscht?«, fragte Tanja und schaute Ira beinahe entsetzt an.

Ira schüttelte den Kopf. Sie wusste nicht, was sie sagen sollte.

Doch Tanja hatte den Braten wohl schon gerochen, denn sie begann, herunterzurattern, was sie vermutlich schon vielen Männern und Frauen gesagt hatte. »Es macht echt Spaß mit dir, wir haben bisher eine schöne Zeit miteinander. Aber mehr als das ist es für mich nicht. Ich bin nicht der Typ für Beziehungen.«

Aber Zuneigung zeigen kann man doch trotzdem, schoss es Ira durch den Kopf.

»Wir können morgen einen Kaffee trinken, wenn du willst«, schlug Tanja vor, doch Mitleid war das Letzte, was Ira wollte.

»Das wird schwierig, wir haben so viel mit dem Mordfall zu tun«, sagte sie und zog sich ebenfalls wieder an. »Ist doch alles in Ordnung so. Du kannst dich ja melden, wenn du wieder Lust auf ein Treffen hast.«

»Mach ich.« Tanjas Blick fiel auf den Flyer des örtlichen Tierheims, der auf dem Nachttisch lag und den Ira kürzlich vom schwarzen Brett im Supermarkt mitgenommen hatte. Ira griff schnell danach und zerknüllte ihn hinter ihrem Rücken.

»Willst du dir ein Haustier holen?«, fragte Tanja mit einem belustigten Unterton, während sie sich hinkniete und ihre Schuhe zuband.

»Ach, ich überlege schon länger. Vielleicht einen Hund. Der könnte vielleicht auch mit ins Kommissariat«, antwortete Ira und kam sich plötzlich furchtbar kindisch vor.

Tanja stand auf und griff nach ihrer Jacke. »Hunde machen enorm viel Arbeit. Würd ich mir gut überlegen. Und ins Büro kannst du den schon mal auf keinen Fall mitnehmen. Aber mich brauchst du nicht fragen.« Sie lachte. »Ich bin eh ein Katzenmensch.«

Sie umarmte Ira und küsste sie zum Abschied auf den Mund. Dann öffnete sie die Tür und verschwand.

Ira blieb im Flur zurück und lauschte Tanjas Schritten, die im Treppenhaus widerhallten. Sie schien es eilig zu haben. Wenige Augenblicke später hörte sie die schwere Eingangstür ins Schloss fallen.

Mit einem Male fühlte sich Ira schrecklich einsam. Sie hatte sich viel von dem Abend erhofft, wahrscheinlich zu viel. Laut ausatmend lehnte sie sich an die Wand und legte den Kopf zurück. Sie merkte, wie ihr Tränen in die Augen stiegen. Doch anstatt sie zu unterdrücken, ließ sie ihnen diesmal freien Lauf. Sie ging schluchzend zurück in die Küche, wo die noch geschlossenen Antipasti vom Rewe neben dem Herd standen. Die eingelegten Paprikas und der matschige Oliven-Mix schienen Ira fragend anzuschauen, und plötzlich verspürte sie eine solche Scham darüber, dass sie überhaupt in Erwägung gezogen hatte, Tanja etwas so Unkultiviertes aufzutischen, dass sie nach den ovalen Plastikverpackungen griff und sie mit voller Wucht in den Müll pfefferte.

Die Flasche Chardonnay verbannte Ira ebenfalls aus ihrem Sichtfeld, und den Rest des Rotweins kippte sie in den Ausguss. Dann setzte sie sich auf ihr Sofa. Als sie aufschaute, fiel ihr Blick durch die offene Tür auf die Garderobe. In ihrer Jackentasche ruhte die Packung Marlboro, die sie durch den dicken Stoff zu rufen schien.

Was soll's. Ohne lange zu überlegen, stand Ira auf, kramte die Zigaretten heraus und hüllte sich in einen langen Strickmantel.

Auf dem Balkon wehte ein eisiger Wind. Ira setzte sich eng an die Wand und wickelte den Mantel noch fester um den Körper. Sie zog an der Zigarette und spürte, wie sie allmählich ruhiger wurde. Ihr Blick schweifte über die Stralsunder Altstadt und die Marienkirche. Sie wohnte in einer schönen und beeindruckenden Stadt, doch fühlte sie sich nach wie vor völlig fremd. Gerade jetzt, wo sie dringend jemand zum Reden gebraucht hätte, wurde Ira schmerzlich bewusst, dass sie weit entfernt von dem war, was sie sich von ihrem Umzug an die Ostsee erhofft hatte.

In Köln hätte sie jetzt ihre beste Freundin angerufen und wäre in die nächste Straßenbahn gestiegen und zu ihr gefahren. Klar, sie könnte Carmen auch von hier aus anrufen. Aber sie hatte ihr bisher nichts von Tanja erzählt, und auch sonst war der Kontakt zwischen ihnen beiden in den letzten Wochen sporadisch gewesen. Ihren Wegzug aus dem Rheinland hatte Carmen trotz der Vorfälle, die Ira dazu gezwungen hatten, nicht nachvollziehen können. Ira wusste, dass ihre beste Freundin es ihr immer noch übel nahm, dass sie nach der Sache mit ihrem ehemaligen Kollegen in kürzester Zeit und ohne Vorwarnung ihrer gemeinsamen Heimat den Rücken gekehrt hatte. Bei ihrem letzten Telefonat vor zwei Tagen, nachdem sie ihre Kollegen in der Kneipe verlassen hatte, hatte sie erneut feststellen müssen, dass Carmen aktuell nicht diejenige war, der sie sich anvertrauen konnte.

Ira nahm einen weiteren kräftigen Zug. Und Marleen? Ihre Cousine war sicher schon im Bett und hatte andere Sorgen, schließlich musste sie ihren Sohn Michel allein großziehen. Dieser war gerade drei geworden und eine echte Herausforderung. Marleen auch noch mit ihren Problemen zu behelligen, schien Ira nicht die richtige Lösung zu sein.

Mit Schrecken stellte sie fest, dass die Liste an Leuten, die sie gerne angerufen hätte, bereits erschöpft war.

Da war noch Tobler. Sie wunderte sich, dass sie ausgerechnet an ihn denken musste, doch seltsamerweise sehnte sie sich plötzlich nach seiner pragmatischen und zumindest in den meisten Fällen beruhigenden Art. Doch sie erinnerte sich, dass es auch zwischen ihnen kriselte, und während sie die Zigarette am Balkongeländer zerdrückte, notierte sie sich in Gedanken, dass sie dringend Toblers Einladung zu einem klärenden Gespräch folgen musste.

Doch was wäre, wenn sie Tobler einfach jetzt anrief? Würde er sich Zeit für sie nehmen, obwohl sie ihm das Gefühl gegeben hatte, sie hätte Besseres zu tun?

Ira nahm ihr Handy und scrollte durch ihre Kontakte. Bei T hielt sie inne. Sie hatte ihn nur als Tobler eingespeichert, was ihr plötzlich nicht mehr richtig erschien. Sie tippte auf den Button »Bearbeiten« und ergänzte Toblers Vornamen. »Konstantin Tobler« stand nun dort, und Ira starrte auf das Hörersymbol. Kurz bevor sie darauf tippen wollte, schloss sie mit einem Wischen nach oben das Telefonbuch und legte das Smartphone zur Seite. Sie merkte, wie ihr Herz zu pochen begonnen hatte. Nein, Tobler anzurufen wäre keine gute Idee gewesen, auch wenn sie sich insgeheim wünschte, mit ihrem Kollegen zu reden und sich von ihm Ratschläge geben zu lassen.

Ihre Zigarette war längst aufgeraucht, doch Ira blieb noch eine Weile in der Dunkelheit sitzen. Die Traurigkeit war mit dem kalten Ostseewind, der über ihr Wohnhaus gefegt war, weitgehend verflogen.

Sie versuchte, nicht an Tanja zu denken. Doch immer wieder schob sich die Erinnerung an ihr letztes Gespräch in den Vordergrund. Dass Tanja davon ausgegangen war, Ira wolle nach bereits zwei Tagen eine Beziehung, war ihr unangenehm. Natürlich wäre es schön, jemanden an ihrer Seite zu haben, aber das wäre auch ohne den offiziellen Stempel »Beziehung« möglich gewesen, fand Ira. Doch dass Tanja ihr dies gleich nach dem zweiten Treffen auf ihre dominante Art vor die Füße geworfen hatte, machte sie wütend. Ira hatte sich bei Tanja das erste Mal seit Langem sicher und geborgen gefühlt. Für ihre Kollegin war es jedoch etwas ganz anderes, das musste Ira sich nun eingestehen. Tanja war längst auf dem Weg zum nächsten Date, und sie saß hier und trauerte ihr nach.

Ira stand auf und ging zurück in die Küche. Dort nahm sie sich ein Eis aus dem Eisfach und kuschelte sich damit aufs Sofa. Sie zückte ihr Handy und rief ihren Bruder an.

Leo war drei Jahre jünger als sie und wohnte in Amsterdam. Sie sahen sich nicht oft, trotzdem war ihre Beziehung seit Kindertagen gut, und er war aktuell die einzige Person, mit der sie sich ansatzweise vorstellen konnte, über ihren Herzschmerz zu reden.

Nach einem endlos langen Freizeichen meldete sich Leo endlich.

»Ira! Wie schön!«

»Ich sitze gerade auf meinem Sofa und esse ein Fürst-Pückler-Eis. So wie früher«, antwortete sie und musste lächeln. »Da habe ich an dich gedacht und wollte hören, wie es dir geht.«

»Superlieb von dir, dass du an mich denkst.« Plötzlich begann Leo zu flüstern. »Ich bin aber gerade auf einem Date. Und es läuft echt richtig gut. Sie ist Maskenbildnerin und fünf Jahre älter. Das Witzige ist, sie heißt Leoni und wird auch von allen nur Leo genannt. Sie ist Belgierin. Ich glaube, ihr würdet euch gut verstehen. Wann kommst du mich eigentlich endlich mal besuchen?«

»Wie schön, Leo.« Ira freute sich aufrichtig für ihren Bruder, wenngleich sie auch gern ein Erfolgserlebnis in Sachen Liebe verkündet hätte. »Ich habe hier gerade einen Mordfall, plane aber, spätestens im Frühjahr Urlaub zu nehmen. Dann würde ich auch zu dir nach Amsterdam –«

»Oh, sie kommt zurück, ich muss auflegen! Bis bald!«

Ihr Bruder beendete das Gespräch abrupt, und Iras Verabschiedung hallte ins Leere.

Sie sah auf die Uhr. Es war noch nicht mal zehn. Der Einzige, der jetzt vermutlich gerne Zeit für sie eingeräumt hätte, war ihr Nachbar Witt. Doch ihr war nicht nach Kümmelschnaps, und wie sie ihn einschätzte, würde sie kaum vor Mitternacht wieder zu Hause sein. Sie biss in die aufgeweichte Eiswaffel und ertrug tapfer, wie die Kälte sich in ihre Zähne bohrte. Nach einem kurzen Blick durchs Wohnzimmer stand sie mit einem Ruck auf und ging ins Badezimmer, wo sie sich nachlässig die Zähne putzte. Dann legte sie sich ins Bett, wo sie noch einige Augenblicke an die Decke starrte. Sollte sie Tanja noch einmal schreiben? Würde es etwas bringen? Auf eine Nachricht ihrer Kollegin würde sie sicher lange warten können, auch wenn Ira sie sich noch so sehr wünschte. Sie legte ihr Handy auf den Nachttisch, jedoch ohne es auf Flugmodus zu schalten. Wer weiß, vielleicht meldet sich Tanja ja doch noch bei mir, dachte sie, bevor sie in einen unruhigen Schlaf fiel.

15

»Ira! Wo bleibst du denn?«

Schlaftrunken hielt Ira sich ihr Smartphone ans Ohr. Sie war von ihrem durchdringenden Klingelton geweckt worden. Das war nicht Tanja, die sie da anbrüllte.

»Es ist Samstag«, murmelte sie und schlug wie in Zeitlupe ihre Bettdecke zurück.

»Ja, und wir haben Dienst.«

Ira hielt inne. Sie waren erst übernächstes Wochenende wieder dran.

»Wir haben mit Carl und Linda getauscht, schon vergessen?«

Ira hielt inne. Davon hörte sie gerade zum ersten Mal.

»Ich hatte dir einen Zettel hingelegt«, fügte Tobler hinzu, als sei es das Selbstverständlichste der Welt, in dieser Form zu kommunizieren, wenn man sich ein Büro teilte.

Sie legte wütend auf, kroch aus dem Bett und pfefferte ihr Handy auf die zerwühlte Decke. Wenn Tobler dachte, sie würde sich jetzt beeilen, hatte er sich geschnitten. Sie ließ sich beim Anziehen Zeit, kochte Kaffee und putzte sich seelenruhig die Zähne. Als sie fertig war, überlegte sie kurz, goss den Kaffee dann aber doch in eine Thermoskanne. Sie wollte Toblers Nerven trotz ihres Unmuts nicht zu sehr strapazieren und ihn unnötig warten lassen.

Gegen halb neun öffnete Ira die Tür des gemeinsamen Büros. Ihr Blick fiel sogleich auf ihren Schreibtisch, denn auf ihrer Tastatur lag ein quadratischer Notizzettel. Von der Tür aus konnte sie schon die Musterschülerhandschrift ihres Kollegen erkennen.

»Den hast du doch eben erst dorthin gelegt«, schnaubte sie und zerknüllte den Zettel mit einer Hand.

»Keineswegs. Der liegt da schon seit vorgestern. Ich habe ihn nur aus deinem Chaos herausgekramt und so hingelegt, dass du ihn sehen kannst.« Tobler deutete auf den riesigen Papierstapel neben Iras Computerbildschirm.

»Wieso haben wir überhaupt getauscht?«

»Weil ich es wichtig finde, dass nicht Carl und Linda jetzt an dem Fall arbeiten, sondern wir. Außerdem bekomme ich in zwei Wochen Besuch von meiner Schwester und ihren Kindern.«

Ira atmete tief ein und aus. Sie ließ sich in ihren Stuhl fallen und schaltete langsam den Computer an. Anstatt weiter auf Toblers Alleingang einzugehen, begann sie, ohne System ihre Unterlagen zu sortieren. Sie fand ein altes Protokoll von einem längst abgeschlossenen Fall, ungeöffnete Briefe vom Personalrat der Polizeigewerkschaft, Gehaltsnachweise und alte To-do-Listen, die sie nie abgearbeitet hatte. Nach wenigen Minuten gab sie auf. Sie stapelte alles wieder akkurat aufeinander und justierte die Blätter so, dass sie an den Kanten genau aufeinander lagen und zumindest nach außen einen geordneten Anschein machten.

»Was steht denn heute an?«

Tobler schaute auf. »Ich schreibe den Bericht der letzten Tage und hoffe, dass sich hier mal was tut.«

»Meinst du, der Mörder wird sich telefonisch bei uns melden?«

»Sehr witzig. Nein, das glaube ich nicht. Aber ich telefoniere gleich mit Zimmermanns Frau. Willst du vielleicht die Tochter anrufen?«

Ira schüttelte den Kopf. »Mach du das bitte. Ich werde in Försters Umfeld nachforschen, die Frau ist sicher von ihrem Kurztrip zurück.«

Der Tag schleppte sich trotz der Telefonate mit den Angehörigen ereignislos dahin. Auch von Försters Frau waren keine neuen Erkenntnisse gekommen, außer dass es nicht den Anschein hatte, als führten sie eine glückliche Ehe.

Es war nicht so, dass Ira etwas geplant hatte an diesem stürmischen Samstag, der gleichzeitig auch der letzte Novembertag in diesem Jahr war. Aber eigentlich hätte sie gerne ausgeschlafen und sich endlich dem längst überfälligen Putzplan gewidmet, dessen Umsetzung sie seit Wochen vor sich herschob. Für Tanjas Besuch hatte sie nur das Nötigste oberflächlich aufgeräumt, so wie sie es schon seit ihrer Ankunft in Stralsund tat. Wieso nicht Carl und Linda ihre Schicht hatten wie geplant übernehmen sollen, war Ira immer noch schleierhaft, als sie ihren Computer endlich ausschaltete. Sie hätte heute hier fürwahr nichts verpasst.

Doch da klopfte es. Michaela Landgraf, die Sekretärin von Polizeichef Labonde, trat ein. Sie hatte ihre blondierten Haare wirr hochgesteckt, und ihre langen glitzernden Acrylnägel krallten sich in etwas, das aussah wie ein Filzknäuel. Erst auf den zweiten Blick erkannte Ira, was die etwa Fünfzigjährige da anschleppte.

Bitte nicht, schoss es ihr sofort durch den Kopf. Doch sie konnte das Unheil nicht mehr abwenden. Michaela hatte bereits einen verschwörerischen Blick aufgesetzt und drehte die Filzkugel so, dass den beiden Kommissaren nun eine dicke Knollennase aus Filzwolle entgegenschaute. Direkt über der Nase war eine große rote Zipfelmütze festgenäht, unter der graue strohige Haare zum Vorschein kamen.

»Das ist Pelle«, flüsterte Michaela und stellte den Wichtel vorsichtig auf Iras Schreibtisch ab. »Morgen ist der erste Advent, und ich verteile in jedem Büro die kleinen Bediensteten des Weihnachtsmannes. Auf dass ihr gut durch die Vorweihnachtszeit kommt!« Michaela hielt beide Fäuste in die Luft und zwinkerte Ira und Tobler begeistert zu.

Ira starrte Pelle an und war froh, dass Tobler als Erster das Wort ergriff.

»Danke«, erwiderte er und fügte hinzu: »Der ist ja echt süß.«

Erwartungsvoll schaute Michaela zu Ira. Die lächelte und tätschelte aus Verlegenheit die raue steife Weihnachtsmütze des Wichtels. »Sehr lieb von dir«, brachte sie schließlich hervor.

Zufrieden deutete Michaela auf ihren Jutebeutel, in dem offensichtlich noch weitere Pelles auf ihre Auslieferung warteten. »Die muss ich jetzt noch verteilen. Schönen Feierabend euch zweien!«

Damit verschwand sie lautlos durch die Tür.

»Na großartig.« Ira betrachtete das Mitbringsel mit hängenden Schultern. »Ich hasse diese Dinger.«

»Wieso denn das?« Tobler stand empört auf und stellte sich schützend neben den Wichtel. »Der ist doch total niedlich.«

»Überhaupt nicht.«

»In Schweden sind die in der Weihnachtszeit überall anzutreffen. Ich liebe das. Die heißen da Jultomte.«

Ira musste sich ein Lachen verkneifen. Tobler schien wirklich stolz auf seine Schwedisch-Kenntnisse zu sein.

»Ja, in Schweden ist das ja auch eine lange Tradition. Aber bei uns kann man die Dinger in jedem Ein-Euro-Laden in Massen kaufen, und das hat gar nichts mehr mit dem eigentlichen Ursprung zu tun. Guck mal, hier geht schon der Kleber ab.« Ira hielt Tobler den Wichtel unter die Nase.

»Gib her!« Tobler griff nach Pelle und setzte ihn behutsam unter seinen Computerbildschirm. »Wenn du ihn nicht zu schätzen weißt, ist er bei mir besser aufgehoben.«

»Danke, dass du dich seiner annimmst. Ich gehe jetzt nach Hause.« Ira griff nach ihrem Mantel, und Tobler nickte ihr zu. Sie bemerkte, dass er noch etwas sagen wollte, doch er schien zu zögern und wandte den Blick schließlich ab.

Ira schloss die Tür hinter sich und blieb nach einigen Metern auf dem Flur stehen. Sicherlich hatte er sie fragen wollen, wann sie Zeit für ein klärendes Gespräch habe. Auch sie hatte mittlerweile keine Lust mehr auf diesen Eiertanz, den sie tagtäglich vollführten. Doch anstatt zurück ins Büro zu gehen, seufzte sie tief und zückte ihr Handy. Immer noch kein Wort von Tanja. Vielleicht sollte sie diesmal diejenige sein, die die Initiative ergriff. Ira öffnete den gemeinsamen Chat und begann eine Nachricht zu schreiben. Ohne wie sonst lange nachzudenken, tippte sie auf »Senden« und verstaute ihr Handy augenblicklich in den Tiefen ihrer Handtasche.

Doch als sie abends auf ihrem Sofa saß, hatte Tanja noch immer nichts von sich hören lassen.

Ira las sich ihre eigene Nachricht wieder und wieder durch und ärgerte sich zunehmend über ihre Wortwahl: *Ich habe noch Wein da, magst du heute Abend vorbeikommen?* Im Flur des Kommissariats waren ihr diese beiden Sätze völlig in Ordnung vorgekommen, jetzt dröselte sie jedes einzelne Wort in seine Einzelteile auf und hatte sich bereits mehrere Szenarien überlegt, wie Tanja die Nachricht aufgefasst haben könnte.

Ira legte das Smartphone wieder weg und versuchte, sich erneut auf ihr Buch zu konzentrieren, das sie nun zum dritten Mal innerhalb der letzten zwei Monate begonnen hatte. Aber nach einigen Zeilen war die Verlockung zu groß, und sie drehte das Handy wieder so, dass sie den Bildschirm sah. Immer noch nichts. Sie knetete ihre Hände und stand plötzlich abrupt auf.

Nach kurzem Zögern friemelte sie die zerquetschte halb volle Packung Marlboro aus dem Mülleimer hervor, die sie gestern fest entschlossen hatte entsorgen wollen.

Auf dem Balkon sog sie gierig das Nikotin in ihre Lungen. Es beängstigte sie, dass sich ihre Nerven sofort ein wenig beruhigten. Sie hatte nach ihrem Wegzug aus Köln nicht wieder mit dem Rauchen anfangen wollen, und obwohl sie es in diesem Augenblick sehr genoss, an der Zigarette zu ziehen, sorgte sie sich, dass die Sucht zurückgekommen war. Es war an diesem Abend milder als gestern, und Ira lehnte sich an das Balkongeländer und starrte in die Dunkelheit.

Von irgendwoher stieg ihr der Duft von Bratkartoffeln in die Nase, doch statt Appetit auszulösen, machte sich ein unangenehmes Völlegefühl in ihr breit. Wieso schrieb Tanja ihr nicht zurück? Den ganzen Tag über war ihre Kollegin in Iras Kopf herumgeschwirrt, und allmählich machte es sie wütend, dass sie nicht mehr Herrin ihrer Gefühle war.

Tanjas Abgang gestern Abend hatte Ira sehr gekränkt, und ihr war trotzdem nichts Besseres eingefallen, als sie ein weiteres Mal zu sich einzuladen. Über die Möglichkeit, die Nachricht nachträglich noch zu löschen, dachte Ira kurz nach, verwarf den Gedanken jedoch ziemlich schnell wieder. Tanja hatte sie sicherlich längst gelesen. Und sollte sie doch noch auf die Idee kommen zu antworten, würde plötzlich nur noch *17:56: Diese Nachricht wurde gelöscht* in ihrem Chatverlauf stehen, was für Ira noch viel peinlicher wäre, als zu akzeptieren, dass die Nachricht unbeantwortet blieb.

Gegen zweiundzwanzig Uhr fasste Ira schließlich einen Entschluss. Sie griff nach ihrer Jacke, kramte ihre Wollmütze hervor und zog sich im Flur die Stiefel an. Dann verließ sie eilig die Wohnung.

16

Der Türsummer ertönte, und Ira drückte die schwere Holztür auf. Beim Anblick des Treppenhauses meldete sich sofort ihr rechter Ringfinger mit einer Art Phantomschmerz. Vor vier Tagen hatte hier ihr Meditationsversuch ein jähes Ende gefunden, als sie sich den Splitter in den Finger gerammt hatte.

Er steckte noch immer fest unter der Haut und schien bereits mit dem Fleisch verwachsen zu sein. Schmerzen hatte sie keine mehr, also hatte Ira ihr Schicksal hingenommen und jegliche Versuche, den Splitter herauszuoperieren, eingestellt.

Im zweiten Stock blieb sie stehen und stellte sich mit geradem Rücken vor eine blaue Wohnungstür. Gerade als sie anklopfen wollte, wurde sie von innen geöffnet.

»Hey, Ira.« Tobler lächelte sie aufrichtig freundlich an und ließ sie eintreten.

»Hey.« Ira senkte den Blick und zog hastig ihre Schuhe aus, bevor sie seiner Einladung folgte und die warme Wohnung betrat. Sie ging automatisch auf Zehenspitzen, weil sie sich an die knarrenden Dielen erinnerte. Überhaupt schien Toblers Wohnung ein Ort zu sein, an dem man sich zu jeder Tageszeit nur schleichend und leise bewegen sollte.

»Möchtest du etwas trinken?«

»Gern.«

Tobler entfernte sich, und Ira ging ins Wohnzimmer und sah sich um. Das Malen-nach-Zahlen-Bild lag wie bei ihrem ersten Besuch im Regal. Jetzt, da sie allein im Raum war und sich unbeobachtet fühlte, trat Ira einen Schritt näher und erkannte das Motiv. Das Bild war nur zur Hälfte fertig gemalt, und Ira musste den Kopf neigen, um das Original auf dem Karton zu erkennen. Es war ein terracottafarbenes Haus mit blauen Fensterläden, eingerahmt von Palmen und Olivenbäumen. Das Haus schien auf einem Hügel zu stehen, im Hintergrund erkannte Ira das blaue Meer. Wenigstens keine kitschigen Welpen mit Schleifchen um den Hals, dachte sie erleichtert. Fast hätte man das Motiv, das Tobler gewählt hatte, als »schön« bezeichnen können. Aber eben nur fast.

»Hier, dein Tee.« Tobler stand in der Tür, und Ira fuhr herum. Sie fühlte sich ertappt und entfernte sich vom Regal. Dankend nahm sie die große Tasse entgegen und setzte sich auf das Sofa.

»Ich hoffe, ich habe dich nicht von anderen Plänen abgehalten«, begann Ira und verkniff sich einen Kommentar zum Malen-nach-Zahlen-Bild.

Sie hatte, nachdem sie vergeblich auf eine Nachricht von Tanja gewartet hatte, Tobler beim Hinausgehen angerufen und ihn gefragt, ob er nicht doch heute Abend Zeit für ein Treffen habe. Er hatte zwar überrascht gewirkt, aber sie dann doch bereitwillig zu sich eingeladen. Ira hatte erleichtert aufgelegt, da sie nicht hatte ausschließen können, nach einer Absage ihres Kollegen einen Abstecher zu Tanja zu machen. Und wie das ausgegangen wäre, das vermochte sie nicht zu sagen.

»Nein, alles gut. Ich wollte mir nur die neue ›Take me out‹-Folge angucken und dabei malen.« Er sagte dies mit einer beeindruckenden Selbstverständlichkeit.

»Was malst du denn?«, fragte Ira scheinheilig.

Tobler schaute sie verständnislos an. »Das hast du dir doch gerade angeschaut. ›Ferienhaus am Meer‹.« Er deutete auf das Regal.

Ira trank einen Schluck des Salbeitees, der überraschenderweise nicht ganz so schlecht war, wie sie bisher immer vermutet hatte, und musste sich ein Lachen verkneifen. Gleichzeitig fühlte sie sich überführt und schämte sich.

Einen Moment lang herrschte Stille. Dann ergriff Tobler wieder das Wort. »Ich weiß schon, was du denkst. ›Oh Gott, der malt nach Zahlen, was für ein Freak!‹«

Ira wollte protestieren, musste sich aber im selben Moment eingestehen, dass sie genau das dachte.

Sie schwieg.

»Weißt du, Ira, ich kann das verstehen. Ich bin Ende dreißig, arbeite bei der Kripo und müsste Hobbys wie Radfahren, Fitnessstudio oder Pokern haben. Mache ich auch alles ab und zu mal. Aber das da entspannt mich.« Er zeigte erneut auf das halb fertige Ferienhaus. »Ich kann überhaupt nicht malen«, fügte er hinzu. »Darum geht es auch gar nicht. Die Bilder sind auch alles andere als schön, und ich bin nicht so verrückt, als dass ich sie mir einrahmen und aufhängen oder gar verschenken würde. Mir ist schon klar, dass das kitschige und amateurhafte Motive sind.«

»Das Ferienhaus finde ich gar nicht so schlimm«, gab Ira zu. Ihre Blicke trafen sich, und Ira konnte nicht anders, als loszulachen. Auch Tobler wurde angesteckt und lachte mit.

»Schön, dich mal lachen zu sehen«, sagte er schließlich. »Ich habe das Gefühl, dass du viel zu oft viel zu bedrückt und verbittert bist.«

Iras Lachen verstummte, und sie schaute auf den Boden. »Wie meinst du das?«

»Na, zum Beispiel Pelle.«

Ira musste kurz überlegen, wen Tobler meinte. Da fiel es ihr wieder ein: der unmögliche Filzwichtel, der sie ab sofort täglich im Büro begrüßen würde.

»Den nimmst du als Beispiel, um mir Betrübtheit zu diagnostizieren?«

»Ja, du hast echt negativ reagiert, in meinen Augen viel zu extrem. Es ist eine nette Aufmerksamkeit, und ich kann nicht nachvollziehen, dass man solch boshafte Gefühle einem Dekogegenstand gegenüber haben kann.«

Ira sagte nichts. Sie leerte die Teetasse und hing ihren Gedanken nach. Was Tobler da sagte, hörte sie nicht zum ersten Mal.

»Das ist doch total destruktiv, Ira. Du bist neu hier in Stralsund und bist verschlossener als wir Pommern.« Er machte eine theatralische Pause. »Und das muss schon was heißen.«

Er sah Ira von der Seite an. »Das mit dem Malen nach Zahlen solltest du mal probieren. Das entspannt wirklich. Lass dich doch mal auf Sachen ein, die außerhalb deiner Komfortzone liegen!«

Ira wusste noch immer nicht, was sie sagen sollte. Eigentlich war sie nicht hergekommen, um sich von Tobler analysieren zu lassen und sich anzuhören, dass sie eine destruktive und verbitterte Person war. Aber wenn sie ganz ehrlich zu sich war, musste sie zugeben, dass er in gewisser Weise recht hatte. Sie hatte gegen viele Dinge eine starke Abneigung und konnte sich in ihre Aversionen stets sehr hineinsteigern, was ihr ein Stück weit auch Freude bereitete. Leute, die nicht mit Leidenschaft Dinge hassen konnten, waren Ira suspekt. Tobler war so jemand. Er schien alles und jeden zu mögen oder zumindest mit Gleichgültigkeit zu akzeptieren. Er verstand nichts davon, wie erfrischend es sein konnte, sich hemmungslos über etwas aufzuregen. Er schien für alles einen gewissen Grad an Verständnis aufzubringen. Das könnte sie ihm ebenso vorwerfen. Zwanghafter Optimismus führte ihrer Meinung nach auf Dauer auch zu psychischem Ungleichgewicht.

Doch auf Ira und ihre Geheimniskrämerei hatte er tatsächlich sehr emotional reagiert, was Ira überrascht hatte. Da fiel ihr ein, weshalb sie eigentlich hier war.

Auch Tobler schien sich wieder zu erinnern.

»Tut mir leid, dass ich die Schicht getauscht habe, ohne dir Bescheid zu sagen. Ich dachte, du würdest den Zettel lesen, und als kein Einwand von dir kam, habe ich es als geklärt abgespeichert. Das war bescheuert. Und kindisch.«

»Ja, war es.« Ira schaute ihn an. »Wieso hast du das eigentlich gemacht?«

Nun war es Tobler, der in seine leere Teetasse schaute und nach Worten rang. »Ich glaube, ich wollte es dir heimzahlen«, sagte er nach einigen Augenblicken. »Du hast etwas vor mir verheimlicht und tust es übrigens immer noch, und ich war so sauer und enttäuscht, dass ich es nicht eingesehen habe, dich über Änderungen zu informieren. Ganz nach dem Motto: Wie du mir, so ich dir.«

Ira sah, dass es Tobler unangenehm war, mit ihr so deutlich über sein Fehlverhalten zu sprechen.

»Gibt's noch Tee?«, fragte sie, um ihn zumindest für einen kurzen Moment aus der Situation zu befreien.

Tobler schaute sie verwundert an. »Du willst noch mehr von meinem Salbeitee?«, fragte er ungläubig und musste lachen.

»Er schmeckt ganz okay. Und ist sicherlich besser für mich, als jeden Abend Wein zu trinken.«

Tobler verließ das Wohnzimmer und kam mit zwei vollen Teetassen zurück.

»Wieso? Trinkst du so viel?«

»Eigentlich nicht.« Sie stockte. War jetzt der richtige Augenblick, um ihm von Tanja zu erzählen?

Doch er kam ihr zuvor. »Bevor wir jetzt über deine Alkoholeskapaden reden, wollte ich dir sagen, dass es mir leidtut, dass ich über deinen Kopf hinweg entschieden habe. Das war albern, und ich hoffe, du kannst es mir verzeihen.«

Ira spürte, wie ihr Ärger durch Toblers aufrichtige Worte mit einem Mal verpuffte. Ja, sie konnte ihm verzeihen.

»Schwamm drüber. Ich hatte tatsächlich nichts vor dieses Wochenende«, gab sie zu.

»Und mit wem trinkst du immer Wein?«

Gäbe es einen Grund, ihm das mit Tanja zu verheimlichen? Wenn man es genau nahm, dachte Ira, war ihre gemeinsame Kollegin ja auch der Grund, weshalb sie jetzt hier bei Tobler auf dem Sofa saß.

»Na ja, *immer* ... Das stimmt nun auch wieder nicht«, begann sie.

Tobler wartete ruhig darauf, dass sie weitersprach.

»Ich hatte zwei Dates mit Tanja.«

»Ah, dachte ich es mir doch.« Tobler grinste beinahe triumphierend. »Hat sie dir Sauvignon Blanc aufgetischt?«

Ira geriet in leichte Panik. Was wollte Tobler mit diesem Kommentar andeuten?

»Guck mich nicht so an!«, wehrte er lachend ab. »Ich meine

nur … Es ist bekannt, dass Tanja oft und gerne guten Wein trinkt.« Und leise fügte er hinzu: »Ich habe das auch schon durch.«

»Wie?«

»Na ja …« Er holte tief Luft und sah ihr mit einem Male direkt und bestimmt in die Augen. »Es war vor fünf Jahren nach Carls Geburtstag. Da waren Tanja und ich sehr betrunken, und ich bin nach der Party mit zu ihr. Es war sehr lustig, sie hat mich echt umgehauen. Wir haben bei ihr noch Wein getrunken und sind im Bett gelandet. Aber mehr ist daraus nicht geworden.«

Er machte eine Pause.

»Wir sind sehr, sehr verschieden, Tanja und ich.«

Aus irgendeinem Grund war Ira erleichtert. Sie schämte sich plötzlich weniger dafür, mit jemandem von der Arbeit eine Affäre begonnen zu haben. Nicht zuletzt, weil es Tobler war, der eigentlich stets sehr korrekt und regelkonform agierte und faktisch die letzte Person gewesen wäre, der Ira eine solche Eskapade zugetraut hätte.

»Ich glaube, sie und ich sind auch sehr verschieden«, räumte sie mit gedämpfter Stimme ein.

»Du magst sie, stimmt's?«

Ira starrte auf den Couchtisch vor ihr. Es ärgerte sie, dass er sie las wie ein offenes Buch. Ja, sie mochte Tanja, auch wenn ihr klar war, dass sie sie im Prinzip überhaupt nicht kannte und ihre dominante Art ihr sehr zu schaffen machte.

»Für mich war es auch hart am Anfang.«

»Du meinst …«

»Ja, ich hatte geglaubt, mich in sie verliebt zu haben damals. Oder zumindest verguckt oder wie man das nennt.«

So offen hatte sie ihren Kollegen noch nie sprechen hören. Sie meinte sogar, eine gewisse Verletztheit in seiner Stimme zu erkennen.

»Also haben wir beide das Gleiche durch?«

Tobler nickte und warf ihr einen nicht ganz ernst gemeinten gequälten Blick zu. Er grinste und sagte: »Ja, sieht ganz so aus.«

Ein warmes Gefühl der Befreiung machte sich in Ira breit. Plötzlich schien die Sache mit Tanja nicht mehr ganz so schwer auf ihren Schultern zu lasten. Sie lächelte zurück und musste dem Drang widerstehen loszuheulen, ein Gefühl, das ihr in den letzten Tagen schon häufig begegnet war.

»Komm mal her«, kam es von Tobler in einem väterlichen, etwas unbeholfenen Ton, während er die Arme ausbreitete.

Ira kam es im ersten Moment seltsam und fremd vor, die Umarmung zuzulassen, doch sie gab sich einen Ruck.

Es war eine feste und wohltuende Berührung, nicht zu lang und nicht zu kurz, genau richtig, sodass es zu Iras Überraschung zu keinem Punkt unangenehm oder merkwürdig war.

»Danke«, sagte Ira und atmete laut und gedehnt aus.

»Ich finde es stark, dass du heute vorbeigekommen bist«, bemerkte Tobler. »Und dass du meinen Salbeitee getrunken und für okay befunden hast.«

Ira prostete ihm mit der Tasse zu.

»›Take me out‹ fängt erst in einer halben Stunde an. Meinst du, wir sind jetzt an dem Punkt, an dem du mir von Köln erzählen kannst?«

Als Ira beschlossen hatte, ihren Abend bei Tobler zu verbringen, war ihr bewusst gewesen, dass das Thema früher oder später zur Sprache kommen würde. Schließlich beruhte ihre Auseinandersetzung auf der Tatsache, dass sie ihrem Kollegen einen wichtigen Teil ihrer Vergangenheit verschwiegen hatte.

Ein Druckgefühl machte sich in ihrer Brust breit. Der Wunsch nach einer Zigarette wurde von Sekunde zu Sekunde stärker, und sie warf einen verstohlenen Blick auf ihre Handtasche, die sie neben dem Sofa abgestellt hatte.

»Hast du einen Balkon?«

»Ja, an der Küche.«

Ira beugte sich nach links über die Sofalehne und griff in ihre Tasche. Auf die Gefahr hin, dass Tobler nun auch dieses Geheimnis kennen würde, fragte sie: »Darf ich eine rauchen?«

Tobler setzte seinen moralisch erhabenen Blick auf und zog

eine Augenbraue hoch. Aber er sagte nichts, sondern stand auf und öffnete die Tür zum Flur. Ira folgt ihm in die Küche und wartete, bis er die Balkontür geöffnet hatte.

»Die verzieht sich im Winter auch immer«, sagte er und ruckelte am Griff.

Endlich gab die Tür nach, und Ira schlüpfte hinter ihm ins Freie. Auf dem winzigen Balkon war nur Platz für zwei Klappstühle und einige Topfpflanzen. Sie setzten sich, und Ira zündete sich eine Zigarette an. Dabei wich sie Toblers prüfendem Blick aus und begann zu rauchen, während er in regelmäßigen Abständen an seinem Salbeitee nippte.

»Seit wann rauchst du?« Toblers Stimme klang ungewöhnlich besorgt.

»Mit sechzehn habe ich angefangen.« Ira hielt es für besser, ihren Kollegen nicht anzulügen, auch wenn es der bequemere Weg gewesen wäre. »Letztes Jahr habe ich endlich aufgehört.« Sie machte eine Pause. »Wenn ich so darüber nachdenke, vor ziemlich genau einem Jahr, am ersten Advent. Da war ich gerade frisch Single geworden.«

»Und warum hast du wieder angefangen? Das ist doch eine Wahnsinnsleistung, dass du nach so langer Zeit aufhören konntest.«

Ira nickte. Sie hoffte immer noch, dass ihre Sucht sie noch nicht wieder im Griff hatte.

Sie schwiegen eine Weile, bis Tobler das Gespräch wieder aufnahm. »Wegen Tanja?«

Ira schüttelte den Kopf. »Das spielt zwar auch eine Rolle, ja. Aber um ehrlich zu sein, habe ich mir die Zigaretten gekauft, nachdem du mich auf Robert Schlinger angesprochen hast.«

»Ach ja, dein wütender Abgang.«

Sie knuffte ihn in die Seite und war froh, dass sie mittlerweile darüber lächeln konnte.

17

Ira begann zu erzählen. Sie fing mit dem Telefonat an, das sie nach dem Besuch im »Alten Schimmel« mit ihrer Freundin Carmen geführt hatte.

»Ich habe sie angerufen, weil ich mich durch eure Fragen, warum ich aus Köln weggezogen bin, in die Ecke gedrängt gefühlt habe.«

Ihre Gedanken waren wirr, und es fiel ihr schwer, Tobler eine verständliche Erklärung zu liefern.

Tobler half ihr auf die Sprünge. »Du hast von Robert Schlinger gesprochen und zu ihr gesagt: ›Ich kann das nicht mehr lange geheim halten.‹«

Ira atmete tief ein und nickte.

Ihr war klar, dass Tobler natürlich schon wusste, wer ihr Kölner Kollege war und worin er verwickelt gewesen war. Dafür hatte er nur den Artikel des Kölner Stadt-Anzeigers zu lesen brauchen, den er ihr am Morgen nach ihrem Kneipenbesuch verärgert präsentiert hatte. Was er jetzt wollte, war, ihre Version zu hören und zu erfahren, auf wessen Seite sie stand.

Ira gab sich einen Ruck und blätterte in ihren Erinnerungen einige Jahre zurück.

»Ich habe vor acht Jahren in Köln bei der Kripo angefangen. Von Anfang an habe ich häufig mit Schlinger zusammengearbeitet, wir waren ein gutes Team. Ich wusste nicht viel über sein Privatleben, was auch okay war, denn ich habe auch nicht viel von mir erzählt, und er hat nicht gefragt. Ich hatte andere Kollegen, mit denen ich mich gut verstanden und mit denen ich mich auch privat getroffen habe. Die Arbeit mit Schlinger war effektiv und zufriedenstellend, als Privatperson war er mir relativ egal. Irgendwann wurden unsere gemeinsamen Einsätze aber sporadischer, und wir haben uns einige Monate lang kaum gesehen.«

Sie machte eine Pause. Was sie jetzt im Begriff war zu erzählen, hatte sie außer ihrem Bruder und Carmen noch niemandem anvertraut. Sie schämte sich, und die Angst davor, dass sie von ihren neuen Kollegen, allen voran Tobler, dafür verurteilt werden würde, war so präsent wie nie.

»Ich hatte gerade mit einer Kollegin an einem Fall gearbeitet, der uns ziemlich viele Nerven gekostet hat. Ein junges Mädchen war erwürgt am Rhein gefunden worden, und die Ermittlungen haben uns als Team sehr mitgenommen. Ich weiß noch genau, dass ich gerade ein Verhör mit einem der Verdächtigen hinter mir hatte, als Schlinger mich nach mehreren Wochen Funkstille plötzlich anrief. Ich war von dem Fall noch sehr aufgelöst und wusste erst nicht, was er von mir wollte.«

Tobler hatte sich auf seinem Klappstuhl zurückgelehnt und schaute ihr aufmerksam in die Augen. Er sagte nichts, trank nur zwischendurch seinen Tee und nickte ihr fast unmerklich zu, was sie als Ermutigung auffasste weiterzuerzählen. Und sie war ihm dankbar für die konzentrierte Ruhe, die er ausstrahlte.

»Schlinger war so wie immer, freundlich, ein bisschen gestresst, das war typisch für ihn. Er bat mich, ihm bei einer Ermittlung zu helfen. Im Nachhinein bin ich diesen Moment so oft im Kopf durchgegangen und könnte mich dafür ohrfeigen, dass ich ihn nicht gefragt habe, wo er gerade ermittelt und mit wem. Ich habe einfach getan, um was er mich gebeten hat. Ich wollte ihm einen Gefallen tun.«

Tobler schaute sie nachdenklich an.

»Und was wollte er von dir?«

»Er brauchte POLAS-Informationen über eine Journalistin. Wie oft haben wir das für irgendwelche Ermittlungen gemacht, ein kurzer Klick hier, ein Scrollen da, und schon hat man alles, was man braucht. Ich habe Schlinger vertraut, wir haben das so oft gemacht, als wir noch zusammengearbeitet haben.«

Tobler presste die Lippen aufeinander und nickte. »Lass mich raten. Sie war nicht deutschstämmig.«

Ira zog die Augenbrauen hoch, während sie in die Dunkelheit starrte. Tobler hatte es auf den Punkt gebracht.

»Sie war in Deutschland geboren, hatte einen deutschen Pass. Aber ihr Name war nicht deutsch. Wafa Mejri, ihre Eltern kamen aus Tunesien. Sie hat als freie Journalistin investigativ über die rechte Szene in Dortmund und später in ganz Deutschland recherchiert und Artikel veröffentlicht, deshalb ist sie in deren Visier geraten.«

Tobler sah sie fragend an. Er hatte zwar den Artikel des Kölner Stadt-Anzeigers gelesen und war bei seinen Recherchen sicherlich über den Namen der Vereinigung gestolpert, doch schien er sich jetzt dumm zu stellen, damit sie ihm keine Informationen vorenthielt.

»Ins Visier der Division Rhein-Sieg.«

Er nickte wissend und verschränkte seine Arme vor der Brust. »Und Schlinger war dort Mitglied?«

»Das wusste ich damals nicht. Aber ja, einige Wochen später kamen dann die Machenschaften der Vereinigung und somit auch seine Verbindung ins rechtsextreme Milieu ans Licht.«

»Was hat er mit den Informationen gemacht, die du ihm gegeben hast?«, wollte Tobler jetzt wissen, und Ira merkte, wie die Nervosität von eben wieder überhandnahm.

»Damals wurden anonym reihenweise Morddrohungen per Mail und Brief verschickt, hauptsächlich an Frauen mit Migrationsbiografie, Frauen wie Wafa Mejri.«

»Ich erinnere mich leider zu gut«, murmelte Tobler und schaute über das Balkongeländer in Richtung Altstadt. Plötzlich stand er auf und hielt einen Arm fühlend in die Dunkelheit. »Es schneit«, sagte er und schaute Ira begeistert an.

Na klar, dachte Ira und musste schmunzeln. Wenn sich jemand über Schnee am ersten Advent freute, dann Konstantin Tobler.

Sie stand ebenfalls auf und stellte sich neben ihren Kollegen. Für einen kurzen Moment schauten sie schweigend in die Dunkelheit und erfreuten sich am spärlichen Neuschnee.

Nach ein paar Minuten deutete Tobler mit dem Kopf in Richtung Küche. »Lass uns reingehen.«

Ira nickte und warf einen Blick auf die Untertasse, die Tobler ihr als Aschenbecherersatz gegeben hatte. Dort lag der Filter mit dem heruntergebrannten Tabak, dessen Asche noch die Form der Zigarette hatte, die Ira nach ein paar Zügen abgelegt und vergessen hatte. Ihre Blicke trafen sich, und Ira sah, dass sich um Toblers Mundwinkel der Hauch eines Lächelns legte.

Im Wohnzimmer war es angenehm warm. Sie setzten sich zurück aufs Sofa, und ohne dass Tobler sie zum Weitererzählen animieren musste, fuhr Ira fort.

»Ich kann es drehen und wenden, wie ich will: Ich habe der Division Rhein-Sieg dabei geholfen, die Morddrohung an Wafa Mejri zu schicken. Ohne mich wäre es nicht dazu gekommen.«

Tobler verneinte. »Wieso? Ohne dich hätte er es selbst gemacht. Oder einen anderen Dummen gefunden.« Sofort ruderte er zurück. »Entschuldigung, so habe ich das nicht gemeint.«

»Doch, doch, im Grunde hast du ja recht. Schlinger hat mich nicht zufällig ausgewählt, um an die Information zu gelangen. Ich war halt nett, loyal und naiv. Und ich muss jetzt damit leben, dass ich bei der Welle der Morddrohungen mitgemischt habe, egal ob unbewusst oder nicht.«

»Was ist mit Wafa Mejri passiert?«

»Sie hat über Wochen Morddrohungen per Mail erhalten, dann hat man ihrer Tochter nach der Schule aufgelauert und sie rassistisch beschimpft. Zum Glück ist es bei den Drohungen geblieben, aber was so etwas psychisch mit den Betroffenen macht, kann man sich gar nicht ausmalen. Die Familie ist schließlich in eine andere Stadt gezogen und lebt jetzt dort anonym. Ich weiß gar nicht, ob sie noch journalistisch tätig ist.«

»Eine Schande. Gerade jetzt wäre ihre Arbeit so enorm wichtig. Ich weiß, wovon ich rede, wir haben hier in Vorpommern ein massives Nazi-Problem, und ich kenne Kollegen, denen würde ich so etwas, was Schlinger getan hat, auch zutrauen.«

Tobler schüttelte energisch den Kopf und schaute Ira wütend an. »Hast du jemals Kontakt zu Wafa Mejri aufgenommen?« Das war die andere Sache, die schwer auf Iras Schultern lastete. Nein, sie war der Journalistin nur bei der Gerichtsverhandlung begegnet und hatte sich nicht getraut, sie anzusprechen oder ihr zu schreiben. Zwar hatte sie gegen ihren Kollegen Robert Schlinger ausgesagt, jedoch war allen im Gerichtssaal klar gewesen, dass sie diejenige gewesen war, die die Informationen unerlaubt im POLAS-System abgefragt und weitergegeben hatte. »Dafür ist es noch nicht zu spät, Ira.« Tobler sah sie eindringlich an. Auch wenn er einen Hang zum Theatralischen hatte und Ira ihn deswegen oft genug nicht ernst nahm, hatte er diesmal recht.

Sie seufzte. »Die Verhandlung ist ein Jahr her, ich bin am Ende freigesprochen worden«, fuhr Ira fort. Toblers Salbeitee schien eine wahrheitsfördernde Wirkung auf sie zu haben. »Nachdem Schlinger weg war, hatte ich das Gefühl, dass man mich trotz des Freispruchs immer mit diesem Fall in Verbindung bringen würde. Eine Kollegin hat mir sogar offen gesagt, dass sie mir nicht traue und überzeugt sei, dass ich wissentlich mitgemischt hatte.«

»Die ›Neustart nach frischer Trennung‹-Version ist also nur halb wahr?« Tobler schaute sie von der Seite an.

»Ja. Das alleine wäre kein Grund gewesen, das Rheinland zu verlassen.«

»Und jetzt bist du hier. Bereust du es?«

Ira fand keine sofortige Antwort auf diese Frage. Zu oft hatte sie schon selbst darüber nachgedacht.

»Ich komme hier nicht richtig an«, erklärte sie schließlich. »Es ist, als wenn ich irgendwo zwischen dem Rheinland und Vorpommern in der Luft hänge und keinen Fuß auf den Boden kriege.«

»Vielleicht solltest du dich mal auf dein neues Leben einlassen. Andere teilhaben lassen. Du bist gedanklich noch in Köln und bei Schlinger und Wafa Mejri.«

Dass ihr Kollege auch damit recht hatte, leuchtete Ira in diesem Moment mehr ein als je zuvor.

»Was passiert ist, ist scheiße und hätte nicht passieren dürfen. Und du solltest dich unbedingt bei der Journalistin melden, nicht zuletzt, um Frieden mit deiner unfreiwilligen Beteiligung an der Sache zu schließen. Aber das Leben geht weiter, und du bist eine sehr gute Polizistin, Ira.«

Er machte eine Pause und sah sie dann fest entschlossen an. »Ich habe deine Vernehmung mit Talk belauscht. Ich war beeindruckt, wie cool du geblieben bist. Ich weiß nicht, ob ich das so hingekriegt hätte.«

Ira schaute ihn ungläubig an. Sie fragte sich, wie er es geschafft hatte, unbemerkt die Befragung von Thomas Talk mitzuhören. Aber noch mehr wunderte sie sich über seine Einschätzung, sie habe bei dem Verhör gute Arbeit geleistet. Hatte sie ganz umsonst Tanja ihr Herz ausgeschüttet und wegen des ihrer Meinung nach misslungenen Verhörs in ihren Armen geweint?

Tobler stand auf und ging zu der weißen Kommode, auf der sein Fernseher stand. Er kramte im untersten Fach und zog einen Pappkarton hervor.

»Hier. Probiere es doch einfach mal aus.« Er reichte ihr die bunte und noch originalverpackte Schachtel. Es war ein Malen-nach-Zahlen-Bild mit einer nächtlichen Großstadt als Motiv.

Zaghaft nahm Ira es entgegen. »Mal sehen«, antwortete sie grinsend und legte es neben sich aufs Sofa. Doch sie nahm sich fest vor, es wirklich zu versuchen, sobald sie die Zeit dafür fand.

Tobler verließ den Raum, und Ira hörte ihn in der Küche rumoren. Wenige Augenblicke später kam er mit einem Tablett zurück, auf dem er zwei Schüsseln mit Nüssen und Chips und zwei Flaschen mit alkoholfreiem Bier balancierte.

»So. ›Take me out‹ geht gleich los«, sagte er bestimmt und betätigte die Fernbedienung.

»Worum geht's denn da?« Ira wurde bewusst, dass sich die Abwesenheit eines Fernsehers in ihrer Wohnung nun als nachteilig für sie herausstellte.

»Das ist eine Dating-Show.« Tobler überspielte seine Empörung gekonnt und klärte Ira über das Konzept auf. »Dreißig Single-Frauen treffen auf drei Single-Männer, die im Laufe der Sendung nacheinander vorgestellt werden und die Frauen von sich überzeugen müssen. Die Frauen können einen Buzzer betätigen, wenn sie nicht an einem Date interessiert sind, und am Ende bleibt im besten Falle eine übrig, die dann den jeweiligen Mann kennenlernen darf.«

»Und wenn ihn alle wegbuzzern?«

»Dann gibt's kein Date. Wenn am Ende zwei übrig sind, entscheidet der Mann, wen er daten will.«

Ira zog die Augenbrauen hoch und fixierte den Bildschirm, über den nun der Vorspann mit hoheitsvoller Musik flimmerte.

»Na denn«, sagte sie und griff in die Schüssel mit den Chips.

Tobler schaute sie lachend von der Seite an. »*Na denn?* Das höre ich dich zum ersten Mal sagen.« Er nickte lobend. »Du bist auf dem richtigen Weg, Ira. Deine Füße sind nicht mehr weit vom MV-Boden entfernt.«

Ira lachte auf und kuschelte sich noch weiter in das Sofa hinein. Mit ihrem Bier in der einen und einigen Chips in der anderen Hand verfolgte sie mit ihrem Kollegen die Dating-Show. Die interessierte sie zwar nur mäßig, dafür aber genoss sie es umso mehr, das erste Mal seit ihrer Ankunft in Stralsund einen ungezwungenen Abend mit ihrem Kollegen zu verbringen.

Es war kurz nach Mitternacht, als Tobler den Fernseher ausschaltete. Ira hatte die nachfolgende Sendung nur noch halb mitbekommen, immer wieder war sie weggedöst.

»Möchtest du hier schlafen?« Tobler stand neben ihr und hielt das Tablett mit den leeren Schüsseln und Bierflaschen mit beiden Händen fest.

Ira setzte sich auf. Sie war hundemüde, und es graute ihr bei dem Gedanken daran, mit dem Fahrrad nach Hause zu fahren.

»Liegt viel Schnee?«

Tobler ging zum Fenster und schob mit zwei Fingern den

Vorhang zur Seite. Sein Gesicht erhellte sich. »Und ob. Die Straßen sind komplett weiß. Bist du mit dem Rad da?«

Ira nickte. War es komisch, das Angebot anzunehmen und bei ihrem Kollegen zu übernachten? Sie fühlte sich hier wohl, und sicherlich könnte sie auf dem Sofa schlafen, dann würde keine unangenehme Situation zwischen ihnen entstehen.

»Ich kann dir das Sofa ausklappen. Ich habe es extra vor zwei Jahren für Gäste gekauft, und bisher wurde es nur einmal benutzt.« Er sah, dass Ira überlegte. »Wirklich, Ira, das ist kein Problem. Es wäre echt gefährlich, jetzt bei dem Wetter mit dem Fahrrad zu fahren. Was, wenn du ausrutschst und hinfällst? Dann muss ich den Mord in den nächsten Wochen alleine aufklären, und das kann und will ich nicht.« Er lächelte sie an.

»Na schön. Ich habe aber keine Zahnbürste dabei.«

Tobler verschwand durch die Tür und kam einige Augenblicke später mit einer noch verpackten Zahnbürste zurück. Er legte ihr außerdem Bettzeug und ein großes blaues T-Shirt aufs Sofa und kratzte sich verlegen am Hinterkopf. »Also falls du es brauchst. Du musst es natürlich nicht anziehen.«

Als er den Raum wieder verlassen hatte, machte Ira es sich auf dem Sofa bequem. Auch das T-Shirt, das ihr bis zu den Knien reichte, zog sie an und schlüpfte unter die Bettdecke.

»Brauchst du noch etwas?«, rief Tobler aus der Küche. Ira verneinte, doch ihr Kollege betrat noch einmal das Wohnzimmer und brachte ihr eine Flasche Wasser ans Bett. »Na denn.«

»Na denn.« Ira schmunzelte. »Danke. Dafür, dass ich hier schlafen darf, und für den schönen Abend.«

Tobler stand in der Tür und nickte ihr behutsam zu. Dann drehte er sich um und schloss die Tür hinter sich.

18

Ira brauchte eine Weile, um sich zu orientieren. Der Raum um sie herum war noch dunkel, und sie hatte Mühe, anhand der verschwommenen Umrisse zu erkennen, wo sie sich befand. Sie war von einem Handyklingeln wach geworden, das aus einem der Nebenräume gekommen war. Langsam ertastete sie den Lichtschalter an der Wand und wollte gerade die Bettdecke zurückschlagen und sich strecken, als die Tür aufgerissen wurde und ein ebenfalls noch verschlafener Tobler im Zimmer stand.

»Wir müssen ins Kommissariat«, sagte er, das Handy noch in der Hand.

»Was ist los? Und wie spät ist es?«

»Kurz vor sechs. Carl hat mich aus seiner Nachtschicht angerufen. Jana Bluhm hat sich eben gemeldet und will mit uns sprechen.«

Wann habe ich in den letzten Tagen eigentlich mal länger als fünf Stunden geschlafen, fragte sich Ira, während sie sich, gerädert von der kurzen Nacht, für die Abfahrt ins Kommissariat fertig machte.

Carl hatte Jana Bluhms Handynummer auf einem Zettel notiert und Tobler auf den Schreibtisch gelegt. Etwa eine Stunde nachdem sie mit der Studentin telefoniert hatten, traf sie im Kommissariat ein. Sie wirkte müde und nervös, als sie im Büro von Tobler und Ira Platz nahm.

»Weshalb haben Sie uns angerufen?«, fragte Tobler und zog sich einen Stuhl heran. Sie saßen an dem runden Tisch vorm Fenster, der sonst nur für seltene gemeinsame Mittagspausen genutzt wurde.

»Ich konnte die ganze Nacht nicht schlafen. Sie haben mich doch gefragt, ob ich noch Informationen für Sie habe. Ich fürchte, ich habe Ihnen nicht die volle Wahrheit gesagt.«

»Wie meinen Sie das?« Ira beugte sich leicht nach vorne, um der Studentin ins Gesicht blicken zu können, doch die schaute starr auf den Boden.

»Ich habe am Abend vor dem Mord gesehen, wie Katrin in ein Auto gestiegen ist.«

»Wessen Auto? Und wohin ist es gefahren?«

»Wohin, weiß ich nicht, ich denke, grob in Richtung Innenstadt. Ich habe es nur vom Bungalow aus gesehen. Sie hat sich kurz von mir verabschiedet und mir gesagt, dass sie noch mal unterwegs ist.«

»Was für ein Auto war es?«

Jana Bluhm schaute Ira und Tobler abwechselnd in die Augen.

»Ein blauer VW.« Die Studentin stockte, und Ira hatte das Gefühl, dass sie wusste, wem das Auto gehörte.

»Haben Sie den Wagen vorher schon mal gesehen?«

Jana Bluhm nickte. »Ja, es steht ständig an der Jugendherberge. Es gehört Georg Förster.«

In Iras Kopf ratterte es. Sie schaute zu Tobler hinüber, und ihre Blicke trafen sich.

Also doch. Sie hatte es im Gefühl gehabt, dass der Herbergsvater etwas verbarg, und obwohl sie jetzt schnell handeln mussten, fühlte sie ein angenehmes Gefühl der Entspannung. Sie wusste, dass sie den richtigen Riecher gehabt hatte, und das wirkte wie ein Booster für ihr Selbstvertrauen.

»Sind Sie absolut sicher, dass es sein blauer VW war und nicht ein ähnlicher Wagen?«

»Ich denke schon. Ich habe ihn öfters damit auf das Gelände fahren sehen.«

»Wieso haben Sie uns das nicht sofort gesagt, Frau Bluhm? Wir haben Sie mehrfach gebeten, mit uns zu kooperieren«, drängte Tobler mit einem vorwurfsvollen Unterton in der Stimme.

Es dauerte eine Weile, bis die junge Frau eine Antwort formulierte. »Herr Förster hat wohl geahnt, dass ich von dem nächtlichen Ausflug wusste. Vielleicht dachte er, Katrin hätte mir davon erzählt, oder er wusste, dass ich sie zusammen habe wegfahren sehen. Jedenfalls ist er zu mir gekommen, nachdem Sie bei uns waren und uns befragt haben.«

»Hat er Sie bedroht?« Tobler rechnete wohl mit dem Schlimmsten.

Die Studentin zuckte mit den Schultern. »Ich weiß nicht, ob es eine Drohung war. Er kam zu mir in den Bungalow und wirkte sehr fahrig. Dann hat er mir gesagt, dass, egal was ich wüsste, ich der Polizei gegenüber nichts davon erzählen dürfe. Er ist sehr vage geblieben, hat aber auf jeden Fall auf sich und Katrin angespielt. Er hat mir nicht direkt gedroht, aber ich hatte Angst vor ihm. Und natürlich habe ich mich erst mal an seine Forderung gehalten. Ich dachte mir, wenn er mit dem Mord etwas zu tun hat, zu was wäre er dann noch fähig? Aber heute Nacht konnte ich wegen der ganzen Sache nicht schlafen und habe mit einer Freundin telefoniert. Die hat mir ins Gewissen geredet, dass ich diese Information nicht für mich behalten darf. Und da bin ich sozusagen endlich aufgewacht und habe sofort hier angerufen. Es tut mir leid, dass ich jetzt erst damit rausrücke.«

»Besser spät als nie«, sagte Tobler und kritzelte etwas auf seinen Notizblock.

»Sie bringen uns ein ganzes Stück weiter. Wenn Sie wollen, fahren wir Sie gleich zurück. Haben Sie Herrn Förster heute schon gesehen?«

»Nein. Sein Auto stand auch nicht auf dem Gelände.«

»Gut. Wir fahren hin.« Tobler sprang auf und schnappte sich seine Jacke. Ira und die Studentin folgten ihm nach draußen.

Der Schnee auf den Straßen war matschig und dreckig geworden und türmte sich wie von einer schwarzen Glasur überzogen neben den Gehwegen. Doch auf den Dächern und Bäumen lag noch unberührt und fest die dicke weiße Schicht, die gestern Abend begonnen hatte, sich über die Stadt zu legen. Wären sie nicht gerade wegen eines Mordfalles unterwegs gewesen, so hätte die Autofahrt durch das winterliche Stralsund als idyllische Fahrt durch ein romantisches Winter-Wonderland durchgehen können. Doch Ira saß angespannt auf dem Vordersitz. Sie mussten Georg Förster unbedingt finden. Vermutlich würden sie dann auch dem richterlichen Beschluss näher kommen, der ihnen erlauben würde, eine DNA-Probe von Förster für einen Vergleich mit den Spermaspuren einzufordern.

Auf dem Jugendherbergsgelände war es ruhig. Es war halb neun, und nur in zwei Bungalows brannte ein schwaches Licht. Die Rezeption war noch dunkel und schien unbesetzt.

Ira zückte ihr Telefon und wählte. Nach einer halben Ewigkeit legte sie auf.

»Förster geht nicht ran.«

Tobler nickte in Richtung Rezeption, und die Kommissare baten Jana Bluhm, in ihren Bungalow zurückzukehren. Dann gingen sie zum Büro der Jugendherberge.

Tobler klopfte an und legte ein Ohr an die Tür. Es blieb still. Zu ihrer Überraschung war die Tür jedoch nicht verschlossen. Tobler drückte vorsichtig die Klinke herunter.

Er knipste das Licht an, und Ira trat hinter ihm ins Empfangszimmer. Die Glückskastanie auf dem Empfangstresen ließ nach wie vor durstig die Blätter hängen, ansonsten machte das Büro einen aufgeräumten Eindruck. An der Wand hinter dem Schreibtisch hing der Einsatzplan für die laufende Woche. Ira studierte ihn aufmerksam.

»Frau Müller hat heute ab neun Uhr Dienst.«

»Und Förster?«

»Steht nicht drauf. Das scheint nur der Plan für die Angestellten zu sein. Benjamin Stolz ist aber seit halb sieben für den Frühstücksdienst eingeteilt.«

Tobler schlug vor, im Speisesaal nachzusehen. Tatsächlich füllte der Student dort gerade die Obstschale auf, als die Kommissare ihn ansprachen.

Da auch er nicht wusste, wann Georg Förster in der Jugendherberge eintreffen würde, beschlossen Ira und Tobler, mit einem Getränk auf Ute Müller zu warten. Im Speisesaal saß außer ihnen noch ein Mann und trank Kaffee. Ira erkannte ihn als den Jogger, der die Leiche von Katrin Simonis auf der Halbinsel gefunden hatte.

Sie nickte ihm kurz zu, dann stand sie auf und ging zu ihm.

»Guten Morgen, Herr Vogt. Sie sind ja immer noch hier.«

Der korpulente Mann stand hastig auf und strich sich das T-Shirt glatt. »Ja. Heute ist mein letzter Tag. Mein Zug fährt um elf Uhr vom Hauptbahnhof.«

»Zurück nach Oldenburg?«

Vogt nickte.

Ob er seinen Urlaub trotz des Leichenfunds noch habe genießen können, fragte Ira ihn. Er sei viel in anderen Städten gewesen, in Greifswald und Rostock, um sich abzulenken, erklärte er. Durch den Schnee seien die düsteren Gedanken dann von selbst verschwunden.

Ira wollte ihr Gegenüber gerade fragen, ob es noch irgendetwas gebe, das wichtig für die Ermittlungen sein könnte, als Vogt ihr zuvorkam. »Ich hätte Ihnen sofort Bescheid gesagt, wenn ich noch etwas bemerkt hätte oder mir im Nachhinein etwas eingefallen wäre. Aber ich habe Ihnen alles gesagt, und die letzten Tage war ich nicht viel hier.« Er atmete laut aus. »Ich hoffe, Sie können den Fall schnell aufklären.«

Ira bedankte und verabschiedete sich und ging langsam zurück zu Tobler. Der saß an einem Tisch und trank einen Kamillentee. Doch Ira fand keine Ruhe. Sie ging hinüber zum Fenster. Auf einer der großen Bananenstauden lag eine dünne Staubschicht, die sie behutsam mit dem Zeigefinger abstreifte.

»Ira. Du machst mich ganz nervös mit deinem Herumgetigere«, zischte Tobler in ihre Richtung.

Ira setzte einen entschuldigenden Blick auf und kam zu ihm zurück. Sie zog einen Stuhl unter dem Tisch hervor, an dem Tobler saß, und setzte sich.

Als er plötzlich aufsprang, zuckte sie zusammen. Er zeigte

auf eine Frau, die soeben mit ihrem Fahrrad auf den Hof gefahren kam. Mit eiligen Schritten verließen sie den Speisesaal, um Ute Müller noch vor der Rezeption abzufangen.

Die Mitarbeiterin der Herberge war sichtlich überrascht, dass die Kommissare so hartnäckig nach dem Verbleib ihres Chefs fragten.

Er sei oft erst um die Mittagszeit da, erzählte sie Ira und ihrem Kollegen, während sie seelenruhig die Rezeptionstür öffnete. Sie murmelte verwundert etwas vor sich hin, als sie bemerkte, dass sie nicht verschlossen war, und ließ sich dann in den Bürostuhl fallen.

»Haben Sie schon probiert, ihn anzurufen?«

»Ja.« Ira verdrehte kaum merklich die Augen. »Haben Sie noch eine andere Nummer? Oder die Nummer seiner Frau?«

»Ich probiere es auf dem Festnetz.« Während Ute Müller wählte, trat Tobler aus der Bungalowhütte nach draußen. Er kniete sich auf den Boden und fuhr mit der Hand über den Schotter.

»Hier ist ein Auto gewesen, die Spur führt nach draußen auf die Straße.«

Ira stand in der Türzarge und blickte zwischen Tobler und Ute Müller hin und her.

»Wer von Ihnen, außer Förster, kommt mit dem Auto?«

Die Mitarbeiterin zog die Augenbrauen hoch, während sie den Telefonhörer an ihr Ohr drückte. »Wir fahren alle Fahrrad. Aktuell ist nur eine Familie aus Berlin mit dem Auto hier. Die parken aber immer draußen auf den vorgesehenen Parkplätzen. Hier vorne steht immer nur der VW von Georg und ein-, zweimal die Woche ein Lieferwagen.«

»Woher sollen wir wissen, ob die Spur nicht von gestern oder vorgestern ist?«, fragte Ira in Toblers Richtung.

Er stand auf und zuckte die Schultern. »Gar nicht. Dazu bräuchten wir jetzt Tanja.«

Tanja. Allein der Namen versetzte Ira einen Stich, doch sie hatte jetzt keine Zeit, um sich ihrem Herzschmerz hinzugeben. Sie stellte sich mit durchgedrücktem Rücken auf die Türschwelle und zog die Schultern zurück.

Ute Müller legte unterdessen den Hörer geräuschvoll auf und schüttelte den Kopf.

Ira seufzte. Na schön. Ihnen lagen zwar Aussagen zweier Frauen vor, Hiba Ameen und Jana Bluhm, die darauf schließen ließen, dass Georg Förster derjenige gewesen war, der Sex mit Katrin Simonis gehabt hatte, für eine Fahndung hatten sie allerdings noch nicht genug Beweise.

»Danke, Frau Müller. Hier ist unsere Nummer.« Sie legte geräuschvoll eine Visitenkarte auf den Tresen. »Sagen Sie ihm bitte, er soll uns sofort anrufen, wenn er hier ist.«

»Das gibt's doch nicht!« Tobler griff sich in die Locken, als Ira auf ihn zukam. »Der war heute Morgen oder heute Nacht hier, da bin ich mir ganz sicher.« Er lachte verächtlich. »Wir müssen zu ihm fahren.« Damit drehte er Ira den Rücken zu, um zum Wagen zurückzukehren.

Doch Ira folgte ihm nicht, sondern blieb stehen, das Knirschen des Schotters unter ihren Füßen verstummte. Ein ihr nur allzu vertrautes Ziehen machte sich plötzlich in ihrem Unterleib breit.

Auch das noch, dachte sie und legte eine Hand auf ihren Bauch. Wenige Augenblicke später spürte sie, wie sich eine warme Flüssigkeit in ihrem Slip ausbreitete. Sie rechnete nach. Ja, es passte. Vor exakt vier Wochen hatte sie ihre letzte Blutung gehabt. Wenn sie sich auf eines verlassen konnte, dann darauf, dass ihr Zyklus wie ein Uhrwerk funktionierte. Trotzdem wurde sie jeden Monat in den unmöglichsten Situationen von ihrer Periode überrascht. Jedes Mal nahm sie sich wieder vor, den Beginn ihres Zyklus zu notieren. Dann würde sie auch nicht immerzu vor ihrer Gynäkologin erröten, wenn sie hastig zu rekonstruieren versuchte, wann der erste Tag ihrer letzten Periode gewesen war. Ihre Gedanken rasten. Hatte sie einen Tampon dabei? Sie tastete ihre Taschen ab. Fehlanzeige.

»Ich muss mal aufs Klo«, rief sie Tobler hinterher, der schon fast wieder an der Straße war.

Kein Wunder, dass sie die letzten Tage ständig angefangen hatte zu heulen. Am Ende jedes Zyklus war Ira dünnhäutiger als sonst, angespannter und fast depressiv verstimmt. Das einzig Gute daran war, dass sich ihre Stimmung ab morgen wieder bessern würde. Zumindest war das ihre Hoffnung.

Sie ging zurück zur Rezeption und fragte Ute Müller nach einer Toilette. Die gab ihr den Schlüssel für die Gemeinschaftsbäder, und Ira lief eilig zu dem lang gezogenen Gebäude, das an einem Wäldchen lag. Die Hoffnung, hier Hygieneartikel zu finden, schwand augenblicklich, als sie sich im Innern umsah. Jede öffentliche Toilette sollte zumindest ein paar Binden bereithalten, fand Ira und schloss sich in einer der Kabinen ein. Bei dieser Gelegenheit leerte sie auch ihre volle Blase und stopfte anschließend mehrere Lagen Toilettenpapier in ihre Unterhose.

Sie wusch sich die Hände, und als sie das Gemeinschaftsbad verließ, fühlte sie sich wie ein Cowboy, der mit O-Beinen zu seinem Pferd zurückkehrte. Das Toilettenpapier saß ungünstig und drückte, aber sie hatte jetzt keine Zeit, sich darum zu kümmern.

Tobler hatte geduldig auf sie gewartet. Als Ira auf Höhe des Rezeptionsgebäudes war, riss Ute Müller noch einmal die Tür auf. »Monika hat gerade angerufen und gefragt, ob ich wüsste, wo er ist«, rief sie den Kommissaren zu.

Ira blieb stehen, und Tobler kam mit großen Schritten zurück zum Vorplatz. »Wer ist Monika?«, fragte er.

»Seine Frau. Er war die ganze Nacht nicht zu Hause, und als sie heute Morgen nach dem Frühschwimmen zurückkam, war er immer noch nicht wieder da. Jetzt mache ich mir langsam auch Sorgen.«

Tobler sah Ira bitter an. »Der hat sich aus dem Staub gemacht.«

19

Den Rest des Vormittags erlebte Ira wie ferngesteuert. Ihre Bauchschmerzen waren schlimmer geworden, deshalb hatte Tobler die Führung übernommen. Sie waren ins Kommissariat zurückgekehrt und hatten die Fahndung nach Georg Förster eingeleitet, während Ira einen Salbeitee nach dem anderen trank. Gegen Mittag erkundigte sich Tobler nach Iras Befinden.

»Fühlst du dich in der Lage, wieder aufzubrechen? Wir müssen uns an der Suche beteiligen, Linda ist krank, und einer der Streifenwagen hat einen anderen Einsatz.«

Ira nickte. Die Schmerztablette würde sicher bald wirken. Tobler lächelte ihr aufmunternd zu, und sie raffte sich auf, um mit ihrem Kollegen das Kommissariat zu verlassen.

Draußen war es eiskalt, der Schnee lag gefroren auf Gehwegen und Dächern, aber zum ersten Mal, seit man die Leiche am Strelasund gefunden hatte, schien die Sonne. Während Tobler nach dem Autoschlüssel kramte, hielt Ira ihr Gesicht mit geschlossenen Augen gen Himmel.

»Wir können«, riss Tobler sie aus dem Sonnenbad, und sie beeilte sich, neben ihm im Auto Platz zu nehmen.

Die zaghaften Sonnenstrahlen hatten ihren Körper kurz aufgewärmt. Als Tobler vom Parkplatz fuhr, musste sie die Blende herunterklappen, um die Straße erkennen zu können. Tobler tat es ihr nach. Dann setzte er eine sportliche Sonnenbrille auf, die er vom Armaturenbrett geangelt hatte. Ira musterte ihren Kollegen. Mit der Brille sah er plötzlich merkwürdig jugendlich aus, und Ira wusste nicht, ob sie diesen Style lächerlich oder doch erfrischend fand. Sie grinste und schaute aus dem Fenster, während Tobler den Wagen durch die Stralsunder Innenstadt lenkte.

Zuerst fuhren sie zum Haus des Herbergsleiters. Sie verließen die Stadt, ließen die Hochschule hinter sich, und schließlich bog

Tobler in Kramerhof ein, wo er den Wagen vor einem stattlichen schlammfarbenen Backsteinhaus parkte. Anstelle eines Vorgartens war vor der Hauswand grauer Kies aufgeschüttet worden. Ein paar bunte Miniatur-Windräder aus Plastik standen starr auf der Steinwüste verteilt.

»Schon wieder so ein Bienenparadies«, bemerkte Tobler genervt und schüttelte den Kopf, während er sich abschnallte.

»Wundert dich das?«, fragte Ira und folgte ihrem Kollegen zur Haustür, ohne eine Antwort abzuwarten. Sie klingelten zweimal, dann wurde die Tür geöffnet.

»Monika Förster?«

Die schlanke dunkelhaarige Frau nickte stumm und ließ sich die Ausweise der Kommissare zeigen. Dann erst bat sie sie herein. Sie deutete auf eine hellgrüne Sitzgruppe im Wohnzimmer und setzte sich dazu, ohne ihnen etwas anzubieten.

Tobler fragte die Ehefrau, wann sie ihren Mann das letzte Mal gesehen habe.

»Gestern Morgen. Wir sind uns nur kurz in der Küche begegnet, er musste zu einem Meeting, und ich war zum Brunchen verabredet. Nachmittags hat er mich angerufen und mir gesagt, dass er erst spät wiederkäme. Er musste in der Jugendherberge aushelfen.«

»Arbeiten Sie nicht?«

»Doch, ich habe diese Woche noch Urlaub.« Auf Toblers fragenden Blick hin fügte sie hinzu: »Ich bin Zahnarzthelferin.«

»Warum musste er aushelfen?«, fragte Ira. Sie bemerkte, dass die Frau kaum Emotionen zeigte und eine ungewöhnliche Kälte ausstrahlte.

»Was weiß ich? Angeblich sind sie seit Wochen unterbesetzt. Er ist immer da und bleibt bis spät in die Nacht weg.«

»Und das glauben Sie ihm nicht?«

Monika Förster lachte verächtlich. »Nein. Eine Mitarbeiterin ist zwar seit drei Monaten krankgeschrieben, aber um diese Jahreszeit ist sowieso nicht viel los. Als ob er sich dazu herablassen würde, in der Küche auszuhelfen.«

In ihrer Stimme lag so viel Verachtung, dass Ira sich fragte, warum sie überhaupt nach ihrem Mann suchte. Es klang, als wäre es ihr ganz recht, dass er nicht mehr da war.

»Frau Förster, was ich Ihnen jetzt sage, wird Sie sicherlich nicht erfreuen«, sagte Tobler und erhob sich.

Die Frau schaute ihn mit dem gleichen teilnahmslosen Ausdruck im Gesicht an, den sie seit ihrer Ankunft gezeigt hatte.

»Sie haben sicherlich mitbekommen, dass vor ein paar Tagen eine junge Studentin in Devin ermordet wurde.« Die Frau nickte langsam. »Eine Bewohnerin der Jugendherberge hat uns mitgeteilt, dass sie gesehen hat, wie das Opfer zu Ihrem Mann ins Auto gestiegen ist.«

Keine Regung. Nach einigen Momenten des Schweigens erkannte Ira ein leichtes Lächeln auf den Lippen der Frau.

»Wie kann ich Ihre Freude deuten?« Auch Tobler schien die Veränderung in Monika Försters Gesicht bemerkt zu haben.

»Es tut gut zu wissen, dass ich mich nach all den Jahren der Lügen und Demütigungen immer noch auf mein Bauchgefühl verlassen kann. Darüber bin ich froh. Da bin ich ganz ehrlich.«

Ira konnte sich eines seltsamen Gefühls der Verbundenheit mit der Frau nicht erwehren. Sie hatte recht, es war viel wert, wenn man für sich selbst erkannte, dass man seiner Intuition vertrauen konnte. Vor allem, wenn man von seinen Mitmenschen ständig gesagt bekam, dass man falschliege.

Aber Ira verdrängte ihr Mitgefühl und konzentrierte sich darauf, der Frau wieder neutral gegenüberzusitzen.

»Wo waren Sie in der Nacht des Mordes?«, fragte Tobler.

»Auf Mallorca«, antwortete die Frau selbstgefällig und lehnte sich zurück.

»Ach ja. Kann das jemand bestätigen?«

»Natürlich. Sie können meine drei Freundinnen anrufen, mit denen ich dort war. Ich kann Ihnen sogar ganz genau sagen, was ich zum Zeitpunkt des Mordes gemacht habe. Wir saßen zu viert an der Hotelbar, und ich habe mit einem portugiesischen Studenten geknutscht.«

Kein Wunder, dachte Ira. Monika Förster war eine sehr attraktive Frau in ihren Vierzigern. Dass sie auf Mallorca junge Kerle abschleppte, überraschte sie überhaupt nicht.

»Und Sie haben keine Ahnung, wo Ihr Mann sein könnte?« Monika Förster zog die Mundwinkel nach unten und schüttelte den Kopf. »Vielleicht ist er bei einem seiner Betthäschen untergekommen. Aber da kann ich Ihnen nicht weiterhelfen.«

Die Kommissare bedankten sich, verließen das Haus der Försters und fuhren zurück Richtung Innenstand. Als sie den Frankenwall überquerten, klingelte plötzlich Iras Handy.

»Sie haben ihn.« Ira schaute zu Tobler.

Der trat, ohne zu zögern, aufs Gaspedal.

»Wir müssen zum Dänholm«, fügte Ira hinzu, nachdem sie aufgelegt hatte. Tobler nickte stumm und steuerte das Auto konzentriert durch die Stadt.

Ira war froh, dass ihr Kollege am Steuer saß. Sie kannte sich in Stralsund noch nicht gut genug aus, um ohne Navi den kürzesten Weg zum Dänholm zu finden. Auf der kleinen Insel, die Stralsund über eine Brücke mit Rügen verband, war sie bisher erst einmal gewesen.

Knapp fünf Minuten später trafen sie am Parkplatz ein, den Carl ihnen am Telefon genannt hatte. Zwei Kollegen standen neben der offenen Fahrertür eines blauen VWs und winkten ihnen zu.

Ira und Tobler näherten sich mit schnellen Schritten. Durch die Heckscheibe des Autos war der Umriss einer Person zu erkennen, die auf dem Fahrersitz saß.

Ira ging jetzt langsamer, behielt dabei aber den vorderen Teil des Wagens ohne Unterbrechung im Auge. Allmählich erkannte sie den Oberkörper der Person, der in eine dicke Daunenjacke mit Camp-David-Aufdruck gehüllt war. Toblers und Iras Blicke trafen sich. Auch er schien die Kleidung des leblosen Mannes wiederzuerkennen. Die beiden standen nun seitlich neben dem Körper, der schlaff auf dem Fahrersitz hing und dessen Kopf zur Seite weggeknickt war.

Ira hörte, wie Tobler laut ausatmete.

Besorgt schaute sie ihn an. Sie erinnerte sich, dass er Mühe gehabt hatte, sich beim Anblick von Katrin Simonis' Leiche nicht zu übergeben. Tobler schloss die Augen und sah sie dann bestimmt an. Er gab ihr mit einem Nicken zu verstehen, dass er sich unter Kontrolle hatte, und Ira machte einen weiteren Schritt auf den VW zu.

»Er ist total aufgequollen«, bemerkte sie und machte Anstalten, den Puls des Mannes zu fühlen.

»Bemüh dich nicht, Ira.« Tobler nahm eine entspanntere Haltung ein und schüttelte den Kopf. »Der ist tot.«

20

»Wie geht's dir?« Tobler lehnte am Dienstwagen. Sie sahen dem Bestattungswagen nach, der mit der Leiche von Georg Förster gerade hinter dem kleinen Wäldchen am Parkplatz verschwand.

Ira bemerkte jetzt erst, dass sie mittlerweile keine Unterleibsschmerzen mehr hatte. »Gut. Die Schmerztablette hat gewirkt. Danke noch mal dafür.«

Tobler winkte ab.

»Hast du schon mal so eine Leiche gesehen?«, wollte Ira wissen und ließ die Hände in ihren Hosentaschen verschwinden. Sie zog die Schultern hoch und schaute Tobler von der Seite an.

»Nee.«

»Ich auch nicht. Vielleicht ein anaphylaktischer Schock?«

Tobler zuckte mit den Schultern. »Hoffentlich sind die in der Rechtsmedizin schnell.« Er stieß sich vom Auto ab und zückte den Schlüssel.

»Komm, lass uns fahren. Wir können von unterwegs den Erkennungsdienst rufen.«

Ira war anderer Meinung. »Nein. Ich möchte noch mal den Wagen durchsuchen.«

Zu ihrer Überraschung protestierte Tobler nicht, sondern folgte ihr zum VW.

»Also. Förster war mit dem Auto unterwegs«, murmelte Ira, während sie um den Wagen schlich. »Ist er hier zufällig gelandet, oder war der Dänholm sein Ziel?« Sie bückte sich und schaute unter die Karosserie. Tobler tat es ihr auf der anderen Seite nach.

Als sie sich wieder aufgerichtet hatten, trafen sich ihre Blicke.

»Vielleicht war er auch nicht alleine.« Tobler sah sich um. Plötzlich zeigte er auf Fußspuren im matschigen Schnee, die von der Beifahrerseite wegführten.

»Wenn das nicht die Spuren der Kollegen sind, dann vielleicht von einem Mitfahrer?«

»Wohin führen sie?« Ira ging um das Auto herum und inspizierte ebenfalls die kaum sichtbaren Spuren. Sie folgten den Abdrücken bis zur Straße, doch hier verliefen sie sich auf dem nassen Asphalt.

»Der Erkennungsdienst muss so schnell wie möglich kommen. Vielleicht können sie noch irgendetwas Verwertbares in den Spuren finden. Das könnte in ein, zwei Stunden anders aussehen.«

Ira zögerte. Sollte sie den Dienstweg gehen oder Tanja direkt anrufen?

Tobler schien ihre Gedanken zu lesen. »Ist schon gut. Ich kümmere mich. Schau du bitte noch mal nach, ob wir im Wageninneren etwas übersehen haben.«

Ira kehrte erleichtert zum VW des Herbergsleiters zurück. Ein weiteres Mal durchsuchte sie das Handschuhfach, fand aber auch dieses Mal außer einigen Taschentüchern, einer zerfledderten Parkscheibe und abgelaufenen Lakritzbonbons nichts, was ihnen weiterhelfen würde. Auch unter den Sitzen und im Kofferraum blieb die Suche erfolglos.

»Tanja ist unterwegs.«

Ira schlug die Kofferraumtür zu und sah ihren Kollegen an.

»Willst du schon mal los?«, fragte Tobler. »Ich kann hier auf sie und ihren Kollegen warten.«

Ira überlegte. Was würde das für einen Eindruck auf Tanja machen?

»Ich sage ihr einfach, dass du ins Kommissariat gerufen wurdest«, sagte Tobler. »Also natürlich nur, falls sie fragt.«

Ira musste lächeln. Dass ihr Kollege so umsichtig war, schmeichelte ihr. »Okay. Danke.«

Wenige Minuten später steuerte Ira den Wagen auf den Parkplatz des Kommissariats. Obwohl Tobler ihr versichert hatte, dass es für ihn kein Problem war, allein auf den Erkennungsdienst zu warten, überkam sie jetzt ein schlechtes Gewissen. Sie hatte sich von ihren privaten Befindlichkeiten zu sehr einnehmen und diese in ihre Ermittlungen reingrätschen lassen. Sie schüttelte den Kopf und legte die Stirn auf dem Lenkrad ab. Das war höchst unprofessionell gewesen. Sie blieb noch einige Augenblicke so im Auto sitzen und dachte nach. Ab jetzt würde sie über die ganze Tanja-Sache nur noch zu Hause grübeln und weder ihre Arbeit noch Tobler damit behelligen.

Damit stieg sie aus dem Wagen und erklomm schnellen Schrittes die Treppen zur ersten Etage, wo ihr Büro lag. Sie schlüpfte hinein und schloss die Tür hinter sich.

Nervös setzte sie sich an ihren Schreibtisch und ließ den Computer hochfahren. Kaffeedurst überkam sie. Doch ein Blick auf ihr unkontrolliert wippendes Bein reichte, um festzustellen, dass Koffein jetzt das Letzte war, was sie brauchte.

Nach einer schier endlosen Zeit betrat Tobler ihr gemeinsames Büro. Er ließ sich in seinen Stuhl fallen und seufzte laut. »Die haben sich die Spuren noch mal ganz genau angeguckt. Viel war daraus nicht mehr zu schließen. Aber es muss jemand mit sehr großen Füßen gewesen sein. Mindestens Schuhgröße 47, hat Tanja geschätzt. Und vermutlich Sportschuhe.« Sein Blick wanderte auf Iras Bein. »Sag mal, wurde bei dir eigentlich mal ADHS oder so diagnostiziert?«

Ira schaute ihn ungläubig an. Ihr Bein hörte mit einem Male auf zu wippen.

»Sorry, war nicht böse gemeint. Aber –«

»Jaja, ich weiß«, unterbrach Ira ihn. Sie konnte ihm noch so viel Empörung vorgaukeln, am Ende hatte er, wie so oft, recht. Sie hatte in den letzten Jahren schon häufig ihre Verhaltensweisen und Unruhesymptome gegoogelt und war immer wieder auf das Aufmerksamkeitsdefizitsyndrom als Ursache gestoßen.

»Ich finde das nicht schlimm«, sagte Tobler. »Lass das mal durchchecken. Ist doch auch irgendwie cool, so eine Diagnose.«

»Du spinnst.« Ira schüttelte den Kopf. Was sollte daran cool sein?

»Na, jedenfalls brauchst du dich nicht dafür schämen.«

»Jetzt mach aber mal halblang, wer hat denn gesagt, dass ich ADHS habe?«

Tobler zuckte mit den Schultern. »Ich meine ja nur. Manche Dinge werden weniger belastend, wenn man weiß, woher sie kommen.«

Ira wusste nicht, was sie sagen sollte. Bevor sie sich eine Antwort zurechtgelegt hatte, war Tobler wieder zum Fall zurückgekehrt. »Also, lass uns mal scharf nachdenken: Wer in Försters Umfeld hat solche Quadratlatschen?«

»Die Wahrscheinlichkeit, dass es ein Mann war, ist sehr hoch«, sagte Ira und ging in ihrem Kopf jede Person durch, die sie im Zuge der Ermittlungen befragt hatten.

»Aber sei mal ehrlich: Hast du beispielsweise bei Zimmermann auf die Schuhe geachtet?«

»Ja. Er trug schwarze orthopädische Opa-Schuhe«, gab Tobler trocken zurück.

Ira nickte anerkennend. »Okay. Aber waren die besonders groß?«

Tobler schüttelte den Kopf.

»Ich achte nie auf die Füße anderer. Sollte ich vielleicht mal machen«, dachte sie laut. Plötzlich schoss ihr eine Szene durch den Kopf, an die sie sich eigentlich ungern zurückerinnerte.

Tobler bemerkte sofort ihren veränderten Gesichtsausdruck. »Woran denkst du?«

»An Thomas Talk. Als er mir am Strand davongelaufen ist.« Ira war jetzt aufgestanden und schritt durch den Raum.

»Er hatte keine Schuhe an, das war auffällig. Und ich weiß noch, dass ich mich gefragt habe, ob seine Füße extrem groß sind oder ob das durch den Sand eine optische Täuschung war. Vielleicht konnte er sich auch deshalb so schnell am Strand fortbewegen.«

Tobler nickte langsam. »Okay. Das ist besser als nichts.«

»Also noch mal zur Jugendherberge?«

»Du fährst«, sagte Tobler und warf ihr den Schlüssel zu.

Der Weg zur Jugendherberge zog sich diesmal wie Kaugummi. Jede Ampel sprang auf Rot, sobald sie sich ihr näherten, und sie brauchten in Iras Wahrnehmung doppelt so lang wie sonst.

»Hat sich eigentlich etwas ergeben mit dem verschwundenen Koks?«, fragte Tobler, als sie endlich in die Einfahrt zur Jugendherberge rollten.

»Bisher nicht. Aber vielleicht hat uns Talk ja doch nicht die ganze Wahrheit gesagt.«

Die beiden Kommissare gingen zu Thomas Talks Bungalow und klopften an. Zu ihrer Überraschung wurde die Tür sofort von einem der Studenten geöffnet. Die Kommissare platzierten sich in der geöffneten Tür, und kalte Luft wehte durch den muffigen Raum.

»Nanu, es ist doch erst fünfzehn Uhr. Schon wach?«, bemerkte Tobler trocken und nickte den Studenten zu, die ihn verständnislos anschauten.

»Was wollen Sie?« Thomas Talk lehnte am anderen Ende des quadratischen Raums am gekippten Fenster und rauchte. Er trug eine graue Jogginghose und einen verwaschenen Hoodie. Die Kapuze hatte er über seine strähnigen Haare gelegt. Mit einem durchdringenden Blick fixierte er Tobler.

»Wir brauchen Sie noch mal«, sagte Ira entschlossen und zeigte auf den Vorplatz. »Wären Sie so nett?«

Talk drückte in Zeitlupe seine Zigarette aus und blies den Rauch durch den offenen Fensterspalt nach draußen. Dann kam er mit gemächlichen Schritten zur Tür.

Ira sah an Toblers Blick, dass ihn Talks provokantes Gehabe nervte. Ihr Kollege schloss ungeduldig die Tür hinter dem Studenten, nachdem dieser es endlich geschafft hatte, seine Schuhe zu schnüren und nach draußen zu treten.

Iras Blick fiel auf Talks Füße. Blaue Sportschuhe. »Welche Schuhgröße haben Sie?«, fragte sie direkt.

Der Student lachte. »Wie bitte?« Nervös verschränkte er die Arme vor der Brust.

»Ja, Sie haben richtig gehört. Wie groß sind Ihre Füße?«

Ira konnte jetzt das erste Mal seit Beginn der Ermittlungen Unsicherheit in den Augen Talks erkennen.

»Siebenundvierzigeinhalb.«

»Herr Talk, gibt es etwas, das Sie uns sagen wollen?«

Der Student wandte seinen Blick ab und kramte nach seinem Tabakbeutel. Dabei schenkte er den Kommissaren keine Beachtung und konzentrierte sich darauf, in aller Seelenruhe eine Zigarette zu drehen. Als er fertig war, zündete er sie an und schaute in Richtung Bootsanleger.

Tobler deutete mit dem Arm in dieselbe Richtung, und die drei gingen langsam zu den heruntergekommenen Ruder- und Tretbooten, die im Wasser dümpelten.

»Herr Talk, es wurden DNA-Spuren im Auto von Georg Förster gefunden«, log Ira, und als sie merkte, dass Tobler mitspielte, fuhr sie fort: »Wir werden bald die Ergebnisse haben. Georg Förster ist tot. Und wir wissen, dass jemand bei ihm gewesen ist, kurz vor seinem Tod. Oder währenddessen.«

Talk zog verkrampft an seiner Zigarette. Seine Stirn war in tiefe Falten gelegt. Er sprach noch immer nicht, sondern verbrachte einige endlose Momente damit, Tabakreste von seinen Lippen zu friemeln. Dann, plötzlich, kam der Moment, in dem etwas in ihm einbrach. Sein Blick wurde leer, und er ließ die halb aufgerauchte Zigarette auf den Boden fallen.

»Ich habe so was noch nie gesehen«, sagte er stammelnd und mit leerem Blick. Dann sprudelte es förmlich aus ihm heraus. »Er ist putzmunter gewesen, und plötzlich hat er gestöhnt und gewimmert und nach Hilfe gerufen. Sein Gesicht war mit einem Mal rot und angeschwollen. Er hat nach seinem Pen gerufen, aber ich wusste nicht, was er von mir will.« Er atmete tief aus. »Und dann bin ich weggelaufen.«

Ira spürte, wie sich der Körper ihres Kollegen anspannte. Vermutlich hätte er den Studenten am liebsten geschüttelt vor lauter Wut.

»Sie haben einen sterbenden Mann alleine gelassen?«

Ira drückte ihren Ellbogen vorsichtig in Toblers Seite. Dass

Thomas Talk so freigiebig mit ihnen sprach, sollte er mit derartigen Kommentaren nicht kaputtmachen.

Sie trat einen Schritt vor, um Tobler etwas den Wind aus den Segeln zu nehmen. »Wieso waren Sie mit Förster auf dem Dänholm?«, fragte sie, um den Studenten von Toblers Frage abzulenken.

Talk atmete schwer und setzte sich langsam auf eine morsche Bank. Ira bemerkte, dass er zitterte.

»Ich hab Ihnen doch erzählt, dass das Koks verschwunden war.«

Sie nickte.

»Raten Sie mal, wer es kurz vorher in meinem Rucksack gefunden und mitgenommen hat ...«

Tobler und Ira wechselten einen raschen Blick.

»Das erklärt aber noch nicht, weshalb Sie mit ihm auf dem Dänholm waren.«

Ira bemerkte abermals, wie Ungeduld in Toblers Stimme aufkeimte. »Hat er Sie unter Druck gesetzt? Erpresst?«, fragte sie.

Der Student druckste. »Ja ... nein. Ach, was weiß ich.«

Fragend sahen die Kommissare den Studenten an, der wie ein Häufchen Elend vor ihnen auf der alten Holzbank saß und mit dem Fuß im sandigen Boden kreiste. Und schwieg. Zu Iras Erleichterung schien Tobler im Kopf bis zehn zu zählen, um nicht die Fassung zu verlieren, denn er blieb ruhig und hielt die Stille aus, die die drei jetzt umgab.

Endlich sprach Thomas Talk weiter. »Als ich nach dem Verhör zurückgekommen bin, ist er abends zu mir gekommen und wollte unter vier Augen reden. Das war super *weird*, ich kannte den Typen ja gar nicht. Er hat sofort gesagt, was er wollte: das Koks, das er bei mir gefunden hatte, an einen Dealer verscherbeln. Ich sollte ihm helfen.«

»Und Sie haben Kontakte?«

»Na ja. Ein paar. In Hamburg und so. Die haben was arrangiert.«

»Wieso haben Sie mitgemacht?«

Wieder schwieg der Student.

Diesmal schien Tobler seine kleine Achtsamkeitsübung nicht zu helfen. Er ging einen Schritt auf Talk zu. »Wegen des Geldes, stimmt's? Ist ja auch verlockend, mal eben so viel Geld zu verdienen, vor allem, wenn man dadurch auch die Drogen ein für alle Mal los wird.«

»Ey, ich wollte das Koks doch erst an Sie übergeben, erzähl nicht so 'ne Scheiße! Der Wichser hat's vorher geklaut, was kann ich dafür?«

Talk war aufgesprungen und stand jetzt direkt vor Tobler. Die Männer waren beide gleich groß, und Ira fand, dass sie aussahen wie zwei streitende Hähne.

»Okay, okay, ist gut jetzt«, ging sie dazwischen und funkelte Tobler böse an. Der verstand augenblicklich und trat einen Schritt zurück.

»Förster hat Sie also gebeten oder gezwungen, mit ihm das Koks loszuwerden«, fasste Ira zusammen und fuhr fort: »Was passierte dann?«

»Ich habe ein Treffen mit einem Dealer organisiert.«

»Auf dem Dänholm?«

Der Student nickte.

»Können Sie sich erklären, wieso Georg Förster plötzlich diese starken Schocksymptome hatte? Hat er im Auto etwas gegessen?«

Anstatt zu antworten, blickte Thomas Talk zu den Booten. Da klingelte plötzlich Toblers Handy. Er machte eine entschuldigende Handbewegung und entfernte sich einige Meter.

Talk schwieg weiter und begann, sich eine weitere Zigarette zu drehen. Als er sah, dass Ira ihn dabei beobachtete, hielt er inne. »Auch eine?«

Ira schaute den Studenten perplex an. Hatte sie einen so gierigen Gesichtsausdruck gehabt?

»Schon gut. Hier.« Talk streckte ihr mit zitternder Hand die Tabakpackung mitsamt Filtern und Blättchen entgegen. »Nur dem würde ich keine anbieten«, sagte er und nickte verächtlich in Richtung Tobler, der bis zu den Bungalows gelaufen war und dort mit dem Rücken zu den beiden stand und telefonierte. Ira zögerte einen Moment. Mit einem verstohlenen Blick zu ihrem Kollegen beeilte sie sich schließlich, eine Zigarette zu drehen, und gab dem Studenten rasch sein Equipment zurück. Als dieser ihr ein Feuerzeug hinhielt, schüttelte sie den Kopf und suchte in ihrer Jackentasche nach ihrem eigenen.

Sie wusste, dass sie bereits mit der geschenkten Zigarette gegen die Regeln verstoßen hatte, und sie wollte auf keinen Fall, dass Tobler sie dabei beobachtete, wie sie sich von ihrem Tatverdächtigen Feuer geben ließ. Sie fand schließlich ihr eigenes Feuerzeug, ließ es klicken und schaute sich mit der glimmenden Zigarette um, unsicher, wie sie die plötzlich zwischen ihnen herrschende Stille aufbrechen sollte. Ihr Blick streifte die hohen Birken, die am Ufer standen und sich sachte im Wind bewegten. Daneben moderte ein altes Bootshaus vor sich hin, und auch der Steg, der schief und morsch aus dem Wasser ragte, sah so aus, als ob er bei der nächsten Nutzung in sich zusammenkrachen würde. Neben dem Steg lagen einige Ruderboote, die ihre besten Tage ebenfalls bereits hinter sich hatten.

Ira zog an ihrer Zigarette und musste ein Husten unterdrücken. Der Tabak, den Thomas Talk rauchte, war stärker als der ihrer fabrikfertigen Zigaretten, und sie hatte Mühe, sich dies nicht anmerken zu lassen.

Sie zählte die Boote, es waren acht, und vier davon größer als die anderen. Die kleinen Boote waren jeweils mit zwei Holzplanken ausgestattet, die wohl als unkomfortable Sitzflächen dienen sollten. Ira wagte ein paar Schritte Richtung Wasser, ohne jedoch den Studenten aus den Augen zu verlieren. Er wirkte ruhig, beinahe erschöpft. Der Boden war hier matschig, und sie sank bei jedem Schritt ein paar Millimeter ein. Unwillkürlich musste sie an das Gespräch mit Tobler denken, das sie bei ihm in der Wohnung geführt hatten. Fühlte es sich etwa so an, mit beiden Beinen auf MV-Boden anzukommen? Schlammig und energiezehrend? Sie sah zurück zu Talk. Sie musste diesen Fall aufklären. Sie wollte sich beweisen, dass ihre Entscheidung, nach Stralsund zu kommen, die richtige gewesen war und dass sie immer noch in der Lage war, Mordfälle aufzuklären.

Sie schaute wieder zum Ufer. Plötzlich bemerkte sie ein winziges Detail. Die Boote waren allesamt aus Holz, und erst bei genauerem Hinschauen konnte man sehen, dass sie vor vielen Jahren alle mit derselben braunen Holzfarbe angestrichen worden waren. Die Farbe war an den meisten Stellen abgeblättert, doch eines der Boote schien weniger häufig benutzt worden zu sein als die anderen.

Ira sah sich um. Thomas Talk stand immer noch regungslos dort, wo sie ihn stehen gelassen hatte, und machte keine Anstalten zu fliehen. Sie überlegte kurz und ging dann noch ein paar Meter auf die Boote zu. Jeder Schritt fiel ihr schwer, sie hatte Mühe, auf dem glitschigen Boden vorwärtszukommen. Ira hatte den Steg fast erreicht. Sowohl auf der Sitzfläche der Boote als auch im Inneren war noch an vielen Stellen das dunkle Braun vorhanden. Ira beschleunigte ihre Schritte und trat vorsichtig auf den Steg, der sogleich zu knarzen begann. Sie hockte sich hin und zog das Boot zu sich heran. Mit der einen Hand hielt sie das Seil fest, mit der anderen griff sie in ihre Jackentasche und holte eine Plastiktüte heraus. Dann beugte sie sich ins Boot und schabte mit der Handfläche die alte Farbe, die sich mühelos löste, von der Sitzfläche.

Sie ließ die Farbprobe in das Tütchen rieseln und stand wieder auf. Die halb aufgerauchte Zigarette ließ sie in den Sand fallen, dann wandte sie sich wieder Thomas Talk zu, der noch immer an derselben Stelle stand und sie wortlos beobachtet hatte.

Im Hintergrund sah sie Tobler mit einem eindringlichen Blick zu ihnen zurückkommen. Er hatte den letzten Ausbruchsversuch des Studenten vermutlich nicht vergessen, und Ira konnte nicht anders, als seinen Gesichtsausdruck so zu deuten, dass er wenig erfreut darüber war, dass sie ihren Tatverdächtigen erneut alleine gelassen hatte.

Zu ihrer Überraschung winkte er sie jetzt jedoch aufgeregt zu sich, und anstatt ihr eine Moralpredigt zu halten, beugte er sich vor und berichtete mit unterdrückter Stimme: »Du hattest recht. Es war ein anaphylaktischer Schock.« Er machte eine seiner dramatischen Pausen. »Aber kein gewöhnlicher.«

Ira sah ihn verwundert an. »Was bedeutet das?«, fragte sie. Sie hatte mal wieder den Eindruck, dass Tobler mit Absicht diese dramatische Pause einbaute und erst mehr verriet, wenn sie eine Nachfrage gestellt hatte.

»Er war hochgradig gegen Erdnüsse allergisch.« Toblers Stimme war noch leiser geworden, und Ira musste sich vorbeugen, um ihn zu verstehen.

Plötzlich kam ihr die erste Begegnung mit dem Herbergsleiter in den Sinn. Georg Förster hatte Ute Müller, die Rezeptionistin der Herberge, aufgefordert, eine offene Dose Erdnüsse zu verstauen, die auf dem Tresen gestanden hatte.

»Ich habe ihn sogar noch gefragt, ob er allergisch ist«, berichtete Ira und dachte nach. »Er schien Erdnüsse im hohen Maße zu umgehen, das kann also kein Unfall gewesen sein«, schussfolgerte sie und sah Tobler an. »Hat er die Erdnüsse im Essen gehabt, ohne es zu merken?«

Tobler schüttelte verschwörerisch den Kopf. »Nein, so war es nicht. Die zwei haben nichts im Auto gegessen«, sagte er und deutete mit dem Kopf in Richtung des Studenten.

»Aber ...?«, fragte Ira, genervt von Toblers Art, ihr neue Einzelheiten zu überbringen.

»Er hat die Allergene geschnupft.«

Ira fiel die Kinnlade herunter. Dann zählte sie eins und eins zusammen.

»Die zwei haben gekokst?«, fragte sie ungläubig und starrte Tobler eine gefühlte Ewigkeit an.

Ihr Kollege nickte und richtete sich auf, hatte er doch während der Unterhaltung ein wenig zu lange zu Ira hinuntergebeugt gestanden.

»Jemand hat Erdnussmehl ins Kokain gemengt. *Erdnussmehl.*

Darauf muss man erst mal kommen.« Tobler schien wieder einmal beeindruckt. »Das erklärt auch, weshalb er in seinem Todeskampf nach seinem Allergiker-Pen gerufen hat. Den muss er doch eigentlich ständig bei sich getragen haben. Es sei denn, jemand hat ihn vorsichtshalber entfernt ...«

Ira hatte genug gehört. Sie trat ihre Zigarette aus, machte eine ruckartige Bewegung mit dem Kopf in Richtung des immer noch wartenden Studenten und ging zielstrebig zu ihm hinüber. »Herr Talk. Haben Sie mit Georg Förster auf dem Dänholm Kokain zu sich genommen?«

Der Student schaute sie verblüfft an. Dann wanderte sein Blick zwischen den Kommissaren hin und her.

Tobler wurde unruhig und schien nicht länger auf eine Antwort warten zu wollen.

»Die Frage können wir uns eigentlich selbst beantworten. Herr Förster war hochgradig gegen Erdnüsse allergisch. Sie haben seinen Schock miterlebt, während Sie gemeinsam im Auto auf den Dealer gewartet haben. So was geht sehr schnell, Sie müssen also dabei gewesen sein, als er die Allergene aufgenommen hat.« Ungeduldig fügte er hinzu: »Nasal, um Ihnen auf die Sprünge zu helfen.«

Talk nickte. »Ja.«

»Was ›ja‹?«

Ira griff nach Toblers Unterarm. Dieser trat widerwillig einen Schritt zurück und ließ sie abermals das Verhör übernehmen.

»Ja, wir haben gekokst. Aber nicht das, was wir verkaufen wollten. Da haben wir uns nicht rangetraut. Förster meinte, er hätte da was ganz Besonderes, beste Ware, direkt aus Kolumbien.«

»Wo hatte er das?«

»Im Handschuhfach. Er war total nervös, und wir waren zu früh dran. Er hat mich gefragt, ob ich auch 'ne Line will. Zuerst wollte ich nicht, aber dann dachte ich mir, dass es für so eine Aktion sicherlich von Vorteil wäre, nicht ganz nüchtern zu sein.«

»Ist Ihnen am Kokain etwas aufgefallen?«

»Jetzt, wo Sie das fragen, ja. Es hat seltsam gerochen, war anders als das Zeug, was ich sonst mal probiert habe. Aber das habe ich darauf geschoben, dass es ja angeblich ganz besonderer Stoff war, nicht so nullachtfünfzehn.«

»Und dann kam der Schock?«

Der Student nickte. Er wirkte müde und weniger angriffslustig als noch zu Beginn der Befragung.

»Haben Sie den Stoff verkauft?«

Thomas Talk schüttelte den Kopf. »Nee. Der Typ ist nicht gekommen. Ich bin zu Fuß zurück zur Jugendherberge. Das Zeug liegt unter meiner Matratze. Können Sie mitnehmen.«

»Und Försters Stoff? Das Handschuhfach war leer, als wir das Auto durchsucht haben.«

Der Student seufzte laut und schaute wieder zu Boden. »Liegt alles unter der Matratze.«

»Sie wissen, dass wir eine Anzeige wegen unterlassener Hilfeleistung machen müssen. Und Sie waren die letzte Person, die Georg Förster lebend gesehen hat, Sie sind also selbstverständlich aktuell unser Hauptverdächtiger.« Tobler klang wie ein Oberlehrer. »Und Unterschlagung von Beweismitteln ist auch nicht ohne.«

Doch zu Iras Überraschung zuckte Talk nur mit den Schultern und ließ sich widerstandslos von den Kommissaren zum Auto begleiten.

21

»Was ist in so einem Allergiker-Pen eigentlich drin?« Tobler lehnte am Fenster des kleinen Büros und schaute nach draußen. Es hatte erneut angefangen zu schneien, einzelne Schneeflocken wehten in den Raum und legten sich auf das Fensterbrett. Draußen tobte wieder der Hund mit seiner Besitzerin und jagte wild hinter einem Ball her. Ira bemerkte verblüfft, wie ihr Kollege nahezu verträumt diesem Szenario zusah.

»Adrenalin. Das öffnet die Bronchien und stabilisiert den Kreislauf«, antwortete Ira und registrierte, dass die Wespenstichallergie ihres Vaters sich zum ersten Mal als vorteilhaft herausstellte. Sie hatte selbst einmal miterleben müssen, wie ihre Tante ihm nach einem Stich den Autoinjektor in den Oberschenkel rammen musste. »Jemand muss ihm den Pen geklaut haben, bevor er zum Dänholm gefahren ist«, mutmaßte sie nachdenklich. »Bei so einer starken Allergie wäre es lebensmüde, den Pen nicht immer dabeizuhaben.«

»Er hat ja auch danach gerufen«, sagte Tobler. »Also ich meine, wenn wir Talks Aussagen Glauben schenken dürfen«, fügte er hinzu.

Thomas Talk hatte ihnen ein weiteres Mal in dem ungemütlichen Verhörzimmer Frage und Antwort gestanden und diesmal tatsächlich kooperiert. Nun war es an ihnen, den Studenten für seine Fehltritte zur Verantwortung zu ziehen. Doch für Ira war dies nur weitere Arbeit, die ihr den Weg zur Aufklärung des Falles erschweren würde. Für sie hatte der junge Mann zwar im Zuge seiner amateurhaften und am Ende gescheiterten Dealer-Tätigkeit das Gesetz gebrochen, doch war sie überzeugt davon, dass er den Tod des Herbergsvaters nicht willentlich herbeigeführt hatte. Tobler allerdings glaubte noch nicht an Talks Unschuld im Zusammenhang mit Georg Försters Ableben.

»Ach, das hätte ich fast vergessen!« Ira sprang auf und ging zur Garderobe. Sie griff in ihre Jackentasche und fischte das Plastiktütchen heraus, in dem sie die Farbreste des Bootes gesammelt hatte. »Das müssen wir einschicken. Könnte dieselbe Farbe sein wie an Katrin Simonis' Hose.«

Tobler reckte lässig einen Daumen hoch, stieß sich, nachdem er noch einen Blick auf den tollenden Hund geworfen hatte, von der Fensterbank ab und machte einige wenige große Schritte zu seinem Schreibtisch.

»Die sollen auch gleich mal die DNA von Förster mit dem Sperma vergleichen, das wir bei der Toten gefunden haben. Dann können wir das hoffentlich auch bald abhaken«, sagte er mehr zu sich selbst als zu Ira und griff nach dem Telefon.

Wenige Minuten später klopfte es an der Bürotür. Ira hob den Kopf nicht, sondern sagte abwesend: »Herein«, während sie weiter in Thomas Talks Akte blätterte.

»Ihr habt noch etwas für uns?«

Ira blickte von den Papieren auf. Ein Schauer lief über ihren Rücken. Es war Tanja, die ins Büro gekommen war, und ihre Stimme löste in Ira ein schmerzliches Sehnsuchtsgefühl aus.

»Ja, hier, das hat Ira ... Nein, das habe ich ... höchstpersönlich, Ira war gar nicht da, also, ja, das habe ich an der Jugendherberge gefunden«, stammelte Tobler. Seine Versuche, Tanja von Ira abzulenken, als wäre sie gar nicht da, machten alles nur noch schlimmer.

Ira hörte es rascheln und vernahm hinter ihrem Rücken, wie er Tanja das Plastiktütchen überreichte.

»Überprüft das bitte mal mit den Farbproben, die wir an der Kleidung der Toten gefunden haben.«

»Klar.«

»Wie bist du denn so schnell hierhergekommen?«

»Ich war eh im Haus, eure Kollegen hatten noch Proben für das Labor von einem anderen Fall. Und du hast genau im richtigen Moment angerufen.« Tanjas Stimme konnte Ira entnehmen, dass sie lächelte.

Ira gab sich einen Ruck und drehte sich langsam um, die Augen noch auf die Akte gerichtet, hoffend, dass es so aussah, als sei sie bis zu diesem Moment darin vertieft gewesen.

»Hallo«, sagte sie und ignorierte ihr wie wild pochendes Herz.

»Hallo, Ira«, sagte Tanja sanft und schaute erst Ira, dann Tobler und dann wieder Ira an. Dann folgte ein kurzer Moment der Stille. »Tja«, seufzte Tanja schließlich und blickte den beiden Kommissaren ein weiteres Mal in die Augen. »Ich sehe schon, ihr habt zu tun.«

Tobler nickte und hob entschuldigend die Arme.

Tanja trat zurück an die Tür. »Na denn.«

»Na denn«, erwiderte Ira.

»Ach so«, sagte Tanja, »an der Überprüfung der DNA sind wir auch dran.«

»Großartig.« Tobler faltete die Hände und tat so, als würde er beten.

Tanja stand schon wieder auf dem Flur, da öffnete sie die gläserne Tür ein weiteres Mal und steckte ihren Kopf ins Büro. »Ich bin noch nicht dazu gekommen, dir zu antworten, Ira. Entschuldige bitte.«

»Ach was, kein Thema.« Ira winkte großzügig ab. »Ich habe eh grad sehr viel zu tun.« Sie deutete auf das Chaos auf ihrem Schreibtisch.

Damit verschwand Tanja.

»Nicht sehr überzeugend.« Tobler schaute Ira mit einem liebevollen Blick an.

Sie ließ ihren Kopf auf den Schreibtisch fallen und stöhnte laut auf.

»Wieso musste sie unbedingt hierherkommen?«, fragte sie laut in den Raum. »Wir schicken den Kram doch sonst auch *immer* ein!«

Da spürte sie eine Hand auf ihrem Rücken. »Mach dir nichts draus«, sagte Tobler und strich ihr sanft über die Schulter. Ira genoss die warme Berührung und schloss die Augen.

Viel konnten sie an diesem Tag in Sachen Förster und Katrin

Simonis nicht tun, denn sie waren gezwungen, auf die Ergebnisse der Farb- und DNA-Analyse zu warten.

»Wollen wir etwas essen gehen?«, fragte Tobler.

Ira schaute auf die Uhr. Es war bereits nach neunzehn Uhr, und wie sie gerade merkte, käme ihr eine Mahlzeit definitiv gelegen.

Tobler legte den Kopf schief. »Ich kann auch noch eine halbe Stunde warten.«

»Okay, ich mache hier noch alles fertig«, gab sie zurück, wusste aber bereits, dass sie die gestapelten Blätter allenfalls ein paarmal umherschieben und jeden Versuch der Sortierung nach wenigen Minuten abbrechen würde.

Schon eine Viertelstunde später stand Tobler an der Garderobe und schaute auf Iras unordentlichen Schreibtisch. »Lass doch gut sein für heute. Wollen wir?«

Ira warf einen letzten Blick auf ihr Chaos und folgte ihrem Kollegen auf den Flur.

»Pizza?« Tobler hielt Ira die schwere Eingangstür auf. Ein eiskalter Wind fegte über den Vorplatz des Kommissariats.

»Mir ist alles recht, ich sterbe vor Hunger.«

Die kleine Pizzeria »Il Cavallo« am Hafen war bereits gut besucht. Ira und Tobler suchten sich einen kleinen Tisch am Fenster und studierten die Speisekarte. Erst jetzt bemerkte Ira, wie groß ihr Hunger wirklich war. Sie drehte und wendete die Karte einige Male und besprach sich mit ihrem Kollegen über die Wahl der Pizza. Gerade als sie ihn dafür rügen wollte, dass er tatsächlich in Erwägung zog, nach einer Pizza Hawaii zu fragen, die gar nicht auf der Karte stand, leuchtete ihr Handy auf. Sie versuchte es zunächst zu ignorieren. Tobler jedoch starrte auf ihren Bildschirm, und Ira konnte aus dem Augenwinkel erkennen, dass er sie nun eindringlich musterte.

Schließlich nahm sie sich ein Herz und lugte ebenfalls auf ihr Smartphone. Tanja hatte geschrieben.

»Kann ich?«, fragte sie.

Tobler nickte mit Nachdruck und machte eine scheuchende Bewegung mit den Händen.

Ira lächelte ihn dankbar an und stand auf. Toblers Präsenz machte sie nervös, und ihr war wohler, die Nachricht auf neutralem Boden, sprich: der Damentoilette, zu lesen. Sie schloss sich in eine der spärlich beleuchteten Kabinen ein und setzte sich auf den Klodeckel. Tanjas Nachricht war kurz, aber verfehlte ihre Wirkung nicht.

Ohne sich für ihre späte Antwort zu entschuldigen, lud sie Ira spontan zu sich ein, um einen Film zu schauen.

Ira lehnte sich zurück an den Toilettenkasten und legte ihren Kopf gegen die gekachelte Wand. Sie hatte sich auf das Essen mit Tobler gefreut und wollte ihn auf keinen Fall im Stich lassen. Doch auf genau diese Nachricht von Tanja hatte sie den ganzen Tag gewartet, auch wenn sie immer noch enttäuscht von ihrem Abgang war.

Sie schloss die Augen, und die Erinnerung an die beiden Nächte, die sie mit ihrer Kollegin verbracht hatte, kam zurück. Sie blieb noch einige Momente mit wippenden Beinen auf der Toilette sitzen, dann ging sie zurück zu Tobler.

»Und?«, fragte er erwartungsvoll und sah von der Speisekarte auf.

Ira fuhr sich durch die offenen Haare. »Ach, nichts weiter. Wollen wir bestellen?« Ihre Stimme zitterte leicht, und sie hoffte, dass Tobler nichts bemerkte.

»Okay«, sagte der und rieb sich die Hände.

Ira zwang sich, sich auf den gemeinsamen Abend mit ihrem Kollegen zu konzentrieren und nicht an den wackeligen Entschluss zu denken, den sie auf dem Weg von der Toilette zurück zum Tisch gefasst hatte. Sie würde Tanja absagen und auch weitere Treffen ablehnen. Ein Teil von ihr fühlte sich merkwürdig befreit, der andere klammerte sich noch an die sehnsüchtigen Gedanken, die hartnäckig um Tanja kreisten.

»Meinst du, das ist richtig?«, schoss es plötzlich aus ihr heraus.

Tobler blickte verwirrt von der Speisekarte auf und lachte auf. »Was meinst du?«

»Tanja will sich mit mir treffen.«

»Jetzt?«

»Ja.«

»Na ja«, erwiderte Tobler und zuckte mit den Schultern. »Wir müssen ja jetzt nichts essen. Das wär schon okay. Wenn es dir darum geht, ob ich sauer wäre, wenn du jetzt gehen würdest – nein, wäre ich nicht. Du weißt ja, dass ich mal in der gleichen Situation war wie du.«

Ira nickte.

»Aber mit der Weisheit, die ich ja nun erlangt habe, nachdem ich über Tanja hinweggekommen bin, kann ich dir sagen, dass es sicherlich besser wäre, ihr abzusagen und dich für dich zu entscheiden.«

»*Dich für dich zu entscheiden*«, wiederholte Ira abschätzig und runzelte die Stirn.

»Ja, das ist vielleicht nicht deine Sprache. Aber du läufst ihr ja jetzt schon wie ein orientierungsloser Welpe hinterher. Wie soll das erst in ein paar Wochen oder Monaten sein? Ich möchte nicht, dass dich das immer wieder runterzieht und du immerzu auf die kleinen Hoffnungsschimmer wartest, die sie dir häppchenweise hinwirft. Das sage ich dir als Freund. Und als Kollege sage ich dir, dass ich mit dir als selbstbewusster Kollegin zusammenarbeiten möchte, die weiß, was sie will, und deren private Angelegenheiten sie nicht auch im Beruflichen ausbremsen. Ich weiß, sie hat eine wahnsinnige Anziehungskraft, in der man schnell gefangen ist. Aber das hast du doch gar nicht nötig, Ira. Frag dich doch mal: Brauchst du Tanja, um glücklich zu sein?«

Ira schwieg. Sie wusste nicht, was sie antworten sollte, und ohne es sich erklären zu können, machte sich eine enorme Wut in ihr breit. Auf was sie so wütend wurde, wusste sie nicht, doch da Tobler ihr gegenübersaß, ließ sie diese Wut ungefiltert an ihm aus. »Was soll denn diese beschissene Frage?«, fragte sie bissig und legte die Speisekarte weit weg von sich auf den leeren Platz neben ihr. »Weißt du überhaupt, was Glück ist? Bist du glücklich?«

Tobler lehnte sich zurück. »Ja, ich würde sagen, dass ich die meiste Zeit meines Lebens glücklich bin. Weil es mir mittlerweile egal ist, was andere über mich denken, und wenn jemand sich nicht für mich interessiert, dann verschwende ich keine Zeit damit, dieser Person hinterherzulaufen und alles dafür zu tun, ihr zu gefallen. Ich liebe mich auch nicht abgöttisch. Das muss ich auch gar nicht. Aber ich kann meiner Meinung nach schon gut einschätzen, wann es sich lohnt, Energie in etwas zu stecken, und wann nicht. Das ist alles eine Frage der Selbstachtung.«

Tobler war ganz ruhig geblieben und hatte bei seiner Antwort kein einziges Mal seine Stimme erhoben. Als die Kellnerin kam, um die Bestellung aufzunehmen, vertröstete er sie auf seine freundliche Art und bat sie, in ein paar Minuten wiederzukommen.

»Ich bin dir nicht böse, wenn du jetzt aufstehst, dir dabei denkst, was ich für ein blöder Kerl bin, und zu Tanja fährst. Wirklich nicht. Aber wird es dadurch besser werden? Wird Tanja sich dadurch um hundertachtzig Grad wenden? Versteh mich nicht falsch, Tanja darf auch machen, was sie will. Und viele machen da mit und können damit umgehen. Ich konnte es nicht. Und mir scheint, als könntest du es auch nicht. Und das ist okay.«

Ira schob mit einem lauten Geräusch ihren Stuhl zurück und stand auf. »Ich brauche kurz frische Luft«, sagte sie leise und ging eilig zur Tür.

Draußen war es eisig, und die wenigen Menschen, die am Hafen unterwegs waren, liefen gegen den Wind geduckt an Ira vorüber. Sie überquerte schnellen Schrittes die schmale Hafenstraße und steuerte den alten und wackeligen Zigarettenautomaten an, der an einer Hauswand angebracht war. Dass Tobler sie vermutlich sehen konnte, war ihr in diesem Moment egal. Sie kramte ihr Portemonnaie aus der Jackentasche und drückte auf eine der Tasten. Der Automat zeigte den zu zahlenden Betrag an, doch als sie das Geld zusammenhatte, hielt sie inne.

Nach einigen Augenblicken ließ sie die Münzen mit einem klimpernden Geräusch zurück in den Geldbeutel fallen und drehte sich um. Nach einem tiefen Ausatmen trabte Ira schließlich zurück auf die andere Straßenseite und öffnete die schwere Restauranttür. Im Windfang des Restaurants blieb sie noch einmal stehen und zückte ihr Handy. Sie tippte eine Nachricht an Tanja, ließ es dann in die Jackentasche gleiten und steuerte die Garderobe an, wo sie ihre Jacke aufhängte.

Tobler saß vor einem Glas Bier – bestimmt alkoholfrei, dachte Ira – und schaute aus dem Fenster.

»Für mich auch so eins«, gab sie der Kellnerin zu verstehen, indem sie auf Toblers Getränk zeigte.

»Ist aber alkoholfrei«, mahnte der.

»Umso besser.«

22

Am nächsten Morgen erwachte Ira noch vor dem Wecker. Sie fühlte sich seit Langem mal wieder ausgeschlafen und nutzte die gewonnene Zeit, um ein paar Gymnastikübungen zu machen. Erschrocken stellte sie fest, dass ihre Muskeln und Gelenke entsetzlich steif waren. Also nahm sie sich vor, sich ab sofort jeden Morgen wenigstens zehn Minuten zu dehnen. Mit einer Kanne Grüntee machte sie sich schließlich auf ins Kommissariat.

Tobler traf zur gleichen Zeit wie sie im Büro ein, ebenso ein Kollege des Erkennungsdienstes, der Neuigkeiten für sie hatte.

»Stimmt überein.« Er tippte mit dem Finger auf das Dokument, das er in den Händen hielt.

»Was?«

»Beides. Also sowohl die DNA-Spuren als auch die Farbspuren von den Booten.«

Der Kollege drückte Ira die Ergebnisse in die Hand und verschwand.

Hastig blätterte sie darin und las die Seite, die für sie interessant war.

Tobler schaute ihr über die Schulter. »Förster hat also mit ihr geschlafen«, schlussfolgerte er.

»Ja. Und Katrin Simonis hat kurz vor ihrem Tod auf einem der Boote gesessen. Vielleicht ist sie gar nicht über den Landweg an die Stelle gelangt, wo man sie gefunden hat. Sondern übers Wasser.«

Ira ließ die Dokumente sinken und setzte sich langsam auf ihren Bürostuhl.

»Aber sie wurde doch gesehen. Vielleicht hat sie vorher auf einem der Boote gesessen, ganz unabhängig von dem Mord.«

»Auch möglich. Oder Frau Halvorsen hat sich schlicht und ergreifend geirrt und gar nicht Katrin Simonis in Richtung Halbinsel gehen sehen. Schließlich war es schon dunkel, und laut ihrer Aussage waren die zwei Personen bereits weiter weg. Und so richtig sicher war sie sich ja auch nicht.«

Die beiden Kommissare schwiegen einige Augenblicke. Wo sollten sie weitermachen? Hatten sie etwas übersehen? Beide hingen sie für ein paar Minuten ihren Gedanken nach. Dann plötzlich stand Ira auf. »Und wenn wir noch mal mit jemandem aus ihrem direkten Umfeld sprechen? Ich kann mir nicht vorstellen, dass der Mord einfach im Affekt passiert ist. Zumal es gut sein kann, dass sie eben nicht zu Fuß mit irgendwem nach Devin gekommen ist, sondern mit dem Ruderboot. Und dann muss jemand das Boot wieder zurückgebracht haben. Das ist natürlich großartig, denn ein Boot hinterlässt keine Spuren im Wasser. Aber vielleicht am Ufer. Wir müssen das noch mal überprüfen.«

»Aber Tanja hat doch alles untersucht dort«, wandte Tobler ein. »Auf dem Kies am Ufer waren keine Spuren zu sehen.«

»Aber es führten auch keine Spuren weg vom Fundort. Das heißt, es ist doch gut möglich, dass der Mörder mit der Studentin über das Wasser nach Devin kam, sie auf dem Boot oder am Ufer erschlagen hat und dann still und heimlich wieder zurückgerudert ist.«

»Ja. Das ist möglich. Sogar sehr wahrscheinlich.«

»Und wieso musste Förster sterben?«, fragte Ira.

Tobler kratzte sich am Hinterkopf. »Er hat vielleicht etwas gesehen. Und wie wir ihn kennengelernt haben, war es ihm ja eine große Freude, Leute unter Druck zu setzen und sie zum Schweigen zu bringen. Vielleicht hat es ihm auch Spaß bereitet, Leute zu erpressen.«

»Oder wir haben es mit zwei Mördern zu tun«, dachte Ira laut nach. »Georg Förster, der Katrin Simonis auf dem Gewissen hat. Vielleicht weil er Sorge hatte, dass die Affäre rauskommt. Oder sie hat ihn erpresst. Und dann gibt es noch jemand, der Förster getötet hat. Da gäbe es ja auch genügend Gründe, ihm etwas Böses zu wollen: Rache für Katrin Simonis' Tod, Eifersucht, Geld … Was ist mit seiner Frau? Sie hat ihn zwar als vermisst gemeldet, aber ein handfestes Alibi hat sie doch gar nicht.«

Tobler war inzwischen ans Fenster gegangen und lehnte mit der Schulter an der Wand, während er hinausschaute. »Vielleicht weiß diese Maja Ladwig mehr. Immerhin hat Katrin Simonis ihre Identität angenommen. Wir müssen irgendwie an sie herankommen.«

»Und Hiba Ameen, die Mitbewohnerin? Beim letzten Telefonat war sie noch so aufgelöst, vielleicht hat sie etwas vergessen. An Maja Ladwig kommen wir erst mal nicht ran.«

»Bevor wir gar nichts machen, ist das sicherlich eine gute Idee. Wobei ich nicht glaube, dass uns das weiterbringt. Ruf diese Hiba mal an. Ich versuche es noch mal bei der Mutter.«

Toblers Telefonat war jedoch sehr schnell beendet. Katrin Simonis' Mutter hatte ihn abgewimmelt, da sie mit den Plänen für die Beerdigung ihres vor zwei Tagen verstorbenen Mannes beschäftigt sei. Dass ihre Tochter ebenso in der Rechtsmedizin auf ihre Beisetzung wartete, schien sie nicht weiter zu interessieren.

Ira versuchte zweimal, Hiba Ameen zu erreichen, beim dritten Mal hatte sie Erfolg.

Die junge Frau schien weitaus gefasster als noch vor einigen Tagen und war bereit, weitere Fragen zu beantworten.

»Seit wann wohnten Sie zusammen?«, wollte Ira wissen und zog sich ein Notizbuch heran.

»Katrin ist vor einem halben Jahr zu mir gezogen. Mein Ex-Freund hatte mich verlassen, und ich habe jemanden gesucht, der das freie Zimmer übernimmt.«

»Wo hat sie vorher gewohnt?«

»In Essen in einer WG.«

»Gab es da besondere Vorkommnisse, von denen sie berichtet hat?«

»Nein. Sie wollte einfach näher bei ihren Freunden sein, die alle in Bochum gewohnt haben.«

»Hatte sie damals einen Freund?«

»Ja. Ich kenne aber nur seinen Vornamen, Lukas. Der hat auch in Bochum studiert. Nach einem halben Jahr ist er aber nach Südamerika für ein Auslandssemester, da haben sie sich dann getrennt.«

»Und danach? Hat sie jemanden kennengelernt?«

»Nein, sie hatte erst mal genug von den Männern, hat sie gesagt. Sie war sehr hübsch, müssen Sie wissen. Die Typen sind ihr alle hinterhergelaufen. Einer hat ihr sogar ständig Nachrichten geschrieben.«

Ira horchte auf. Sie legte das Handy auf ihren Tisch und stellte es auf laut, damit Tobler mithören konnte. Der rollte geräuschlos mit seinem Bürostuhl zu ihr herüber.

»Was war das für ein Typ, Frau Ameen?«

»Ich weiß auch nicht genau, habe ihn nie kennengelernt. Er wohnte weiter weg, aber wo, weiß ich nicht, das hat sie nie gesagt. Sie hatte wohl vor zwei Jahren etwas mit ihm angefangen, das lief über ein paar Monate. Das ist aber alles gewesen, bevor sie zu mir gezogen ist.«

»Haben Sie einen Namen für mich?«

Hiba Ameen dachte einen kurzen Moment nach. »Ja, ich glaube, er hieß Sebastian.«

»Haben Sie seine Nachrichten gelesen?«

»Nein. Aber er hat ihr wohl immer wieder seine Liebe gestanden und sie angefleht, zu ihm zurückzukommen. Das hat aber irgendwann vor ein paar Wochen aufgehört, deshalb habe ich dem keine weitere Bedeutung beigemessen. Jedenfalls war sie genervt und wollte erst mal keine neuen Typen kennenlernen.«

»Hat sie mit anderen Leuten über diesen Sebastian gesprochen? Stand sie irgendwem nahe, der vielleicht den Nachnamen kennen könnte?«

»Na ja, vielleicht diese Maja, mit der soll sie ja gut befreundet gewesen sein. Ansonsten fällt mir niemand ein.«

»Gut, danke. Das hilft uns weiter.«

Ira verabschiedete sich und legte auf.

Tobler schlug mit den flachen Händen auf seine Oberschenkel. »Wir müssen jetzt mit dieser Maja Ladwig sprechen. Und wenn ich dafür höchstpersönlich in den Ruhrpott fahren muss.« Er rollte schwungvoll zurück zu seinem Schreibtisch und nahm erneut das Telefon in die Hand.

Ira schaute ihrem Kollegen belustigt dabei zu, wie er fest entschlossen die Nummer der Dortmunder Psychiatrie wählte und ungeduldig darauf wartete, dass jemand antwortete. Nach wenigen Minuten hatte er die Mitarbeiterin geknackt. Sie willigte ein, dass sie mit ihrer Patientin reden würde, um den Nachnamen von Katrin Simonis' Verehrer herauszufinden.

»Na schön«, sagte Tobler zu ihr. »Aber beeilen Sie sich bitte. Es geht hier immer noch darum, dass wir den Mörder einer jungen Frau finden.« Damit legte er auf.

Ira nickte mit wertschätzender Miene. »Nicht schlecht, deine Performance«, sagte sie und klatschte in die Hände.

Tobler musste lachen. »Na, hoffentlich hat es etwas genützt.«

Es dauerte gefühlt eine halbe Ewigkeit, bis das Telefon wieder klingelte.

Tobler stellte es auf laut, und diesmal war Ira es, die sich zu ihrem Kollegen setzte und gespannt zuhörte.

»Herr Tobler, ich habe mit Frau Ladwig gesprochen. Sie möchte tatsächlich selber mit Ihnen über ihre Freundin Katrin sprechen.«

Am Ende der Leitung knackte es kurz, man hörte ein kurzes Flüstern, dann meldete sich eine zaghafte und dünne Stimme.

»Hallo?«

»Frau Ladwig?«

»Ja.«

»Schön, dass Sie mit uns sprechen möchten. Wir sind sicher, dass uns das sehr helfen wird.«

Die junge Frau schwieg.

Tobler veränderte seine Sitzposition und räusperte sich.

»Sie wissen, was mit Katrin passiert ist?«

»Ja.« Die Stimme der Frau war jetzt klarer und bestimmter.

Die Kommissare warfen sich einen kurzen Blick zu.

»Ich weiß, wieso Sie mich sprechen wollen. Und ich bin froh, wenn ich helfen kann. Eigentlich müsste ich wütend sein auf meine beste Freundin. Sie wissen schon, wegen meinem Perso und so. Aber ich kann sie verstehen. Sie wollte ihr Leben neu aufrollen, ein letztes Mal diese Sache mit dem Schweden durchziehen und mit dem Geld neu anfangen. Ich weiß nicht, was dann passiert ist. Aber ich hoffe, sie hat ihren Frieden gefunden.«

»Wir wüssten gern, wer der Mann war, der ihrer Freundin ständig geschrieben und ihr seine Liebe gestanden hat. Können Sie uns da weiterhelfen?«

»Es gab viele von solchen Kerlen in Katrins Leben. Aber ich denke, ich weiß, auf wen Sie hinauswollen. Sebastian Henschler heißt er.«

Tobler warf Ira einen Blick zu. Sie begann augenblicklich, den Namen zu recherchieren.

»Wissen Sie, wo er wohnt?«

»Irgendwo in Mecklenburg-Vorpommern, in einem kleinen Dorf. Die zwei haben sich bei einer ihrer Reisen nach Stralsund kennengelernt.«

Ira drehte den Bildschirm so zu Tobler, dass er freie Sicht auf ihr Suchergebnis hatte. Er nickte und reckte den Daumen hoch.

»Wissen Sie sonst noch etwas über ihn?«, fragte er noch, doch da raschelte es wieder in der Leitung, und die Stimme der Psychiaterin erklang.

»Ich denke, das reicht für heute«, sagte sie bestimmt.

Tobler gab sich geschlagen. Sie hatten das Wichtigste erfahren. »Danke für Ihre Kooperation. Und auch an Frau Ladwig. Sie hat uns sehr weitergeholfen.« Damit legte er auf. »Na, endlich! Es geht voran!«, rief er freudig aus und beugte sich über Iras Bildschirm.

Es gab tatsächlich eine gemeldete Person namens Sebastian Henschler mit Wohnsitz in Altenpleen bei Stralsund.

Tobler warf einen Blick auf die Uhr. »Schon neun. Das ist eine humane Zeit, dem mal einen Besuch abzustatten«, stellte er fest und öffnete seiner Kollegin elegant die Tür.

Altenpleen lag nordwestlich von Stralsund und etwa zwölf Kilometer vom Kommissariat entfernt. Tobler fuhr zügig, und während der Fahrt wechselten er und Ira nur wenige Worte. Ira knetete ihre Finger und starrte gedankenversunken aus dem Fenster. Langsam wurde der Druck größer, den Fall endlich aufzuklären, und viel hatten sie bisher nicht in der Hand. Sie schaute ihren Kollegen von der Seite an. Auch er schien seinen Gedanken nachzuhängen und schaute konzentriert auf die Straße.

Die Sonne warf ein warmes Licht ins Wageninnere, und Ira sah zum ersten Mal, wie gut ihr Kollege aussah. Seine blonden Locken gaben ihm nach wie vor einen jungenhaften Touch, aber um seine Augen hatte er bereits viele Fältchen, die seinem Gesicht etwas Raues verliehen. Er hatte seine Sonnenbrille, kurz nachdem er sie aufgesetzt hatte, nach oben ins Haar geschoben und sah aus, als wollte er auf direktem Weg zum Strand.

»Willst du Radio hören?«, fragte er plötzlich und schaute sie an. Ira fühlte sich ertappt und strich sich verlegen eine Strähne hinters Ohr.

»Ja, wieso nicht«, sagte sie schnell.

Tobler tippte auf das große Display, und sofort erfüllten rhythmische Eighties-Klänge den Wagen.

»Hat Carl dich jetzt auch mit ›80s80s‹ angesteckt?«, fragte Ira und sah, wie ihr Kollege zu »Sounds like a Melody« von Alphaville seine Finger auf dem Lenkrad trommeln ließ.

»Klar. Bester Radiosender!«

»Bin ich da also nirgendwo mehr sicher vor«, sagte Ira lachend und dachte an die Büros ihrer Kollegen, in denen tagtäglich der Radiosender lief, der ausschließlich und in Dauerschleife Songs der achtziger Jahre spielte.

Tobler drehte die Lautstärke hoch. »Nein, Ira, nirgendwo!

Dir bleibt nichts anderes übrig, als mitzumachen!«, rief er und sang aus voller Kehle mit.

Ira lachte und schüttelte den Kopf.

»... *like the Cary Grants and Kellys once befooooore*«, rief Tobler und beschleunigte.

Ira ertappte sich dabei, wie sie mit ihrem Fuß mitwippte, und ließ es zu.

Nach zwei weiteren Liedern, die Tobler natürlich fehlerfrei mitsingen konnte, passierten sie das Ortsschild von Altenpleen.

Kurz dahinter parkte Tobler das Auto auf einem Parkplatz, der zu dem direkt an der Straße stehenden zweistöckigen Mehrfamilienhaus gehörte.

Die Kommissare steuerten sogleich die Haustür an und studierten aufmerksam die Klingelschilder. Sie brauchten nicht lange zu suchen, der Name Henschler stand ganz oben.

Doch auch nach viermaligem Klingeln antwortete niemand, auch sonst schien nicht viel Leben in dem Haus zu sein.

Ira und Tobler machten einen Schritt zurück und besahen sich das Gebäude von oben bis unten.

Gerade als Ira um das Haus herumgehen wollte, ging die Haustür auf, und eine Frau mittleren Alters kam mit ihrem Mops heraus. Der Hund starrte die Kommissare mit glotzendem Silberblick an und hechelte angestrengt.

»Guten Tag«, sagte Ira, machte einen Schritt auf die Frau zu und zeigte ihren Dienstausweis. »Wir suchen Ihren Nachbarn Sebastian Henschler. Wissen Sie, wo er ist?«

Die Frau zog ihren Hund zu sich und nahm ihn schließlich auf den Arm.

»Nein, tut mir leid. Er ist eigentlich immer zu Hause und geht kaum vor die Tür. Manchmal kommt eine Frau und bringt Einkäufe vorbei. Die habe ich aber auch schon länger nicht gesehen. Sein Auto ist auch weg, deshalb gehe ich mal davon aus, dass er verreist ist.«

»Seit wann ist das Auto weg? Und was für eins ist es?«

»Schwer zu sagen. Vielleicht seit einer Woche. Tut mir leid, genau habe ich nicht darauf geachtet. Wissen Sie, hier lebt jeder so sein Leben, und wir lassen uns gegenseitig in Ruhe. Ich kann Ihnen leider nicht mehr sagen.«

»Und das Auto?«

»Ach so, ja. Mit Automarken habe ich es nicht so. Da müssten Sie meinen Mann fragen. Aber ich meine, es ist ein schwarzer Golf. Stralsunder Kennzeichen.«

»Gut, danke«, sagte Ira und ließ die Frau und ihren Mops lächelnd vorbei.

Ein weiterer Nachbar, beladen mit zwei schweren Einkaufstüten, kam vom Parkplatz auf das Wohnhaus zu.

Diesmal war es Tobler, der ihn ansprach und ihm seinen Ausweis zeigte. Der alte Mann mit Schiebermütze stellte ächzend die Taschen neben sich auf den Boden und widmete sich den Fragen, die der Kommissar ihm stellte. Der sieht aus wie aus der Zeit gefallen, dachte Ira und nutzte die Zeit, um die Hinterseite des Wohnblocks näher zu inspizieren. Sie ging rechts um das Haus herum und besah sich die acht Balkone, die allesamt nach hinten heraus gebaut waren. Einer war akkurater gestaltet als der andere. Zwei waren mit einem Netz versehen, vermutlich als Schutz für die dort wohnhaften Katzen, drei weitere waren mit üppigen Pflanzenkästen dekoriert, in denen irgendwelche winterharten Pflanzen blühten. Auf einem der oberen Balkone standen ein eingeklappter Sonnenschirm und eine riesige Pflanze, deren zum Teil verwelkte Blätter über das Geländer ragten.

Ira ließ ihren Blick noch einmal über die Rückseite schweifen und stellte enttäuscht fest, dass es hier nichts gab, das Misstrauen hätte wecken können. Vermutlich war der junge Mann einfach verreist, so wie es die Nachbarin vermutet hatte.

Sie machte kehrt und ging zurück zu Tobler, der immer noch mit dem alten Mann in ein Gespräch verwickelt war. Sie war fast wieder an der vorderen Hausfassade angelangt und bei ihrem Kollegen, da blieb sie plötzlich ruckartig stehen und überlegte. Vielleicht irrte sie sich und war jetzt etwas zu sehr ins Miss-

Marple-Schnüffeln gerutscht. Oder die Balkone waren tatsächlich nicht ganz so uninteressant, wie es zunächst den Anschein gehabt hatte. Egal, dachte sie, drehte sich um und ging noch einmal zur Rückseite des Hauses.

Sie kniff die Augen zusammen und stellte sich gerade vor die Hauswand, sodass sie den Balkon oben links mit der großen Pflanze genau im Sichtfeld hatte. Sie schloss kurz die Augen, dann fiel es ihr wieder ein. Die Bananenstauden in der Jugendherberge. Georg Förster hatte sie gegossen, als sie ihn im Speisesaal verhört hatte. War das ein Zufall? Wuchsen überall in Vorpommern Bananenstauden, ohne dass es ihr bisher aufgefallen war?

Sie zückte ihr Handy und machte Fotos von dem Balkon. Dann ging sie zurück zu Tobler. Der alte DDR-Mann war gerade dabei, die Haustür aufzuschließen.

»Warten Sie!«, rief Ira und lief ihm entgegen.' »Wem gehört der Balkon oben links?«

»Von welcher Perspektive?«, fragte der Mann mit ruhiger Stimme.

»Wenn man von hinten auf das Haus guckt.«

Der Mann trat ein paar Schritte zurück und zeigte auf das Fenster, das in der obersten Etage ganz rechts lag.

»Da wohnt der Herr Henschler.«

Dann zeigte er auf Tobler. »Der Mann, den Ihr Kollege sucht.«

»Danke!«, sagte Ira und machte eine grüßende Bewegung mit der Hand. Der Mann verschwand im Hausflur.

»Komm, ich muss dir was zeigen«, sagte sie zu Tobler, der ihr irritiert folgte.

»Was bist du denn jetzt so geheimniskrämerisch?«, fragte er, während er hinter ihr hertrabte. »Das ist doch eigentlich meine Aufgabe«, scherzte er und ließ sich von Ira den besagten Balkon zeigen.

»Ja und?«, fragte er und zuckte mit den Schultern.

»Hast du diese Pflanze noch nie gesehen?«

Er stemmte die Arme in die Hüften und dachte kurz nach. »Nö. Wirklich nicht.«

»Jugendherberge? Speisesaal?«, versuchte Ira, ihm auf die Sprünge zu helfen, doch bei Tobler fiel der Groschen nicht. Sie erklärte ihm, weshalb die große verwelkte Staude auf Sebastian Henschlers Balkon ihre Aufmerksamkeit erregt hatte, und die Kommissare beschlossen, dass Tobler zurück ins Kommissariat fahren und Ira ein weiteres Mal in der Jugendherberge nach der Herkunft der Bananenstauden recherchieren würde.

Ira brachte ihren Kollegen zum Kommissariat und steuerte dann eilig den Wagen in Richtung Devin und der Jugendherberge. Sie parkte diesmal nicht draußen auf den Gästeparkplätzen, sondern direkt vor dem Rezeptionsgebäude.

Mit großen Schritten betrat sie das Büro. Ute Müller saß hinter dem Tresen und erschrak, als Ira plötzlich vor ihr stand. Sie war dabei, einige Dokumente zusammenzutackern, und hob entschuldigend den Arm. »Ich bin gleich bei Ihnen, Frau Würfel, ich muss nur eben Herrn Zimmermann die Rechnung bringen. Er muss das ja einreichen, damit ihm die Extratage erstattet werden. Die Gruppe reist morgen früh ab. Endlich, so langsam gehen mir diese Studenten auf den Keks. Die haben hier vielleicht teilweise einen Müll hinterlassen! Also, wenn Sie mich fragen, die Jugend verkommt ganz schön. Aber mich fragt ja keiner.« Energisch schlug sie die Rechnungen auf dem Tisch zusammen, wohl um sicherzugehen, dass sie ordentlich und gleichmäßig aufeinanderlagen, tackerte und stand auf, um die Rezeption zu verlassen.

Ungeduldig trat Ira auf der Stelle und zupfte an ihrer Nagelhaut herum. Der Splitter in ihrem Finger war zwar noch sichtbar, aber sie spürte ihn kaum mehr. Gerade als sie versuchen wollte, ihn aus der Haut zu pulen, kam Ute Müller zurück.

»So, wie kann ich Ihnen denn jetzt helfen? Sind Sie immer noch dran an der Sache?« Ohne eine Antwort abzuwarten, fuhr sie fort: »Wir werden bald schließen, ich musste alle Buchungen stornieren. Alleine schaffe ich das nicht, und die Monika will erst mal sehen, was alles gemacht werden muss und was der Förster überhaupt so im Hintergrund getrieben hat. Ich sag Ihnen, da ist etwas ganz gehörig nicht in Ordnung gewesen mit dem. Diese Männer! Ist ja klar, dass es jetzt auf uns Frauen zurückfällt und wir alles retten müssen!«

Ira lachte.»Ja, da sagen Sie was. Ich hätte da noch eine andere Frage. Die Bananenstauden im Speisesaal, woher haben Sie die?«

Ute Müller machte eine wegwerfende Bewegung mit der Hand.»Ach, hören Sie mir mit denen auf. Ich wollte die schon längst entsorgen. Der Förster fand die so toll. Sind aber unheimlich empfindlich und völlig ungeeignet für so eine Umgebung. Angeblich winterhart. Na ja. Mir soll's egal sein, aber jetzt kommen die weg.«

Ira wiederholte ihre Frage.»Von wem sind die? Wer hat die angeschafft?«

»Unsere Karina kam damit im letzten Jahr an. Fragen Sie mich nicht, woher. Aber sie wollte allen irgendwelche Ableger andrehen.«

»Karina Halvorsen? Ihre Kollegin?«

»Ja, sag ich doch.« Ute Müller stand auf und betätigte die Kaffeemaschine.»Wollen Sie auch einen?«

Ira lehnte dankend ab.

»Wo ist Frau Halvorsen jetzt?«

Ute Müller nahm den Kaffee aus dem Automaten und schlürfte daran.

»Krankgeschrieben.«

»Also zu Hause?«

Ute Müller nickte.

»Kann ich ihre Adresse haben?«

Die Rezeptionistin legte den Kopf schief.»Wollen Sie auch so eine Staude, oder warum fragen Sie? Ich darf ja eigentlich nicht einfach so Adressen rausgeben.«

»Ja, genau. Ich find die großartig, die würden wirklich gut bei mir in die Wohnung passen.«

»Na, wenn Sie meinen. Ich suche Ihnen Adresse und Telefonnummer raus. Immerhin sind Sie von der Polizei, denen kann man ja noch vertrauen heutzutage.«

»Danke.« Ira steckte ihre Hände in die Jackentaschen und beobachtete Ute Müller, wie sie einen Ordner aus dem Regal holte und darin blätterte.

»Ah, da ist sie ja. Hier sind noch alle Mitarbeiter und Aushilfen der letzten zehn Jahre drin, da muss man erst mal suchen. Wissen Sie, wenn Leute heiraten, vertut man sich schon mal mit dem Nachnamen und schaut bei dem Mädchennamen nach. Aber bei Karina ist das ja einfach, beide Namen fangen mit H an.«

»Wie meinen Sie?«

»Na, Karina. Die hat vor sechs Jahren einen Norweger geheiratet. Na ja, nicht wirklich Norweger. Der ist als Kind hierhergekommen und hat mittlerweile den deutschen Pass. Der Gunnar Halvorsen. Das ist ein schmucker Typ, das kann ich Ihnen sagen«, kicherte Ute Müller und zückte Stift und Papier, um die Adresse aufzuschreiben. »Wobei, ich glaube ja, es kriselt zwischen denen. Man hört ja so Sachen …«

»Und wie, sagen Sie, hieß sie vorher?«

»Na, Henschler. Karina Henschler.«

Ira starrte die Rezeptionistin an, die ihr nun den Zettel mit der Adresse entgegenstreckte.

»Was ist denn mit Ihnen los?«, fragte sie verdutzt und starrte zurück. »Wollen Sie nun den Zettel oder nicht?«

»Ach, nichts«, erwiderte Ira und schüttelte den Kopf. »Danke.« Lächelnd nahm sie den Zettel entgegen und ging zur Tür. Die eine Hand winkend in der Luft, in der anderen den Zettel, verließ sie die Rezeption und ließ Ute Müller zurück. Kurz darauf startete sie eilig den Wagen.

23

Von unterwegs rief Ira im Kommissariat an. Tobler nahm nach einer halben Ewigkeit ab.

»Na, endlich. Ira hier. Schau doch bitte mal nach, ob Sebastian Henschler etwas mit Karina Halvorsen zu tun hat. Tante, Ex-Frau, was auch immer. Danke!«

Schon hatte sie aufgelegt und trat aufs Gaspedal. Dicke Wolken lagen mittlerweile über der Stadt, von der Sonne war nichts mehr zu sehen, und obwohl es erst Mittag war, kam es Ira so vor, als wenn sich über die Ostseeküste bereits die Abenddämmerung gelegt hätte.

Schmunzelnd dachte sie an Toblers perplexes Gesicht, das er in ihrer Vorstellung nach diesem knappen Telefonat gemacht hatte. Es tat ihr leid, aber sie hatte sich kurzfassen müssen, da ihr Handyakku beinahe leer war. Mal wieder hatte sie vergessen, ihn über Nacht zu laden. Hinzu kam, dass Tobler sein Ladekabel bei ihrer letzten gemeinsamen Fahrt wieder aus dem Auto mit ins Büro genommen hatte, und so blieb ihr nur die Hoffnung, schnell wieder zurück ins Kommissariat zu kommen. Tobler würde ihr sicher nicht allzu böse sein, dass sie so kurz angebunden gewesen war.

Karina Halvorsen wohnte in Altefähr, einem Ort im Süden von Rügen. Ira fuhr über die gewaltige Brücke, die das Festland mit der Insel verband, und wie so oft waren nur zwei der drei Fahrspuren geöffnet. Als sie am höchsten Punkt angelangt war, begann es sanft zu schneien. Ira drosselte das Tempo. Sie fuhr nicht gern im Schnee, und obwohl sie sonst eine sehr sichere Fahrerin war, ängstigte sie sich im Winter, sobald es schneite oder ansatzweise rutschig wurde. Kurz dachte sie daran, umzukehren und mit Tobler nach Altefähr zu fahren, doch schnell verwarf sie den Gedanken, da ihr klar wurde, dass sie schon fast am Ziel angelangt war. Und wenn Karina Halvorsen wirklich etwas mit Sebastian Henschler und dementsprechend auch mit Katrin Simonis zu tun hatte, dann durfte sie keine Zeit verlieren.

Das Haus der Halvorsens lag abseits des Ortskerns an einem abgenutzten und holprigen Plattenweg und war im Kontrast dazu von einem schönen und gut gepflegten Garten umgeben. Der Holzzaun war blau gestrichen, der Briefkasten hatte die Form eines Miniatur-Schwedenhauses.

Ira parkte den Wagen vor dem Zaun und sah sich um. Der Schnee fiel jetzt in dicken Flocken auf das Grundstück und schränkte ihre Sichtweite erheblich ein. Nur undeutlich konnte sie das Nachbarhaus zu ihrer Rechten erkennen, das mit etwas Abstand gebaut worden war und scheinbar verlassen dastand. Links vom Haus lag ein weites Feld, das langsam im Schnee zu versinken schien. Am Grundstücksrand zum Feld hin standen gewaltige Tannen, die im Wind wankten. Gegenüber dem Haus lag ein verlassener Stall mit Scheune, deren Dachstuhl zum Teil eingestürzt war.

Da es am Zaun keine Klingel gab, rief Ira mehrfach, um auf sich aufmerksam zu machen, doch niemand antwortete. Sie öffnete das Törchen und betrat den Garten. Im Haus brannte nur im oberen Stockwerk ein schwaches Licht.

Hier würde ich mich auch wohlfühlen, dachte Ira, als sie über den schmalen Weg schlenderte, der zur Haustür des alten, gemütlich ausschauenden Bauernhauses führte. Hinter dem Haus lag ein Schuppen, von dem sie aber nur noch die Umrisse erkennen konnte. Sie betätigte die Klingel und wartete.

»Hallo?« Sie trat zurück und rief in den Garten, der jetzt von immer stärkerem Schneefall eingenommen wurde. Doch niemand antwortete.

Ira zuckte mit den Schultern und machte sich auf, wieder zum Auto zu gehen. Auf Ute Müllers Zettel, den sie ins Handschuhfach gelegt hatte, war auch Karina Halvorsens Handynummer notiert. Sie würde sie anrufen und sie bitten, ins Kommissariat zu kommen. Das war ihr sowieso lieber, als hier in der Kälte auf einem fremden Grundstück zu stehen. Außerdem hatte Tobler sicher schon Salbeitee gekocht, stand freudig am Fenster und beobachtete den Schnee, während er auf sie wartete.

Ira öffnete die Beifahrertür und beugte sich nach vorne, um das Handschuhfach zu öffnen. Ihr Handyakku war bei drei Prozent. Für einen Anruf würde es noch reichen, beschloss sie und wählte die Nummer.

Es nahm zwar niemand ab, doch Ira meinte, weit entfernt einen Klingelton zu hören. Sie ließ das Handy sinken und sah zum Wohnhaus und dem dahinter liegenden Schuppen. Sie legte nicht auf, sondern ließ es weiter klingeln, während sie erneut das Grundstück betrat, um sich dem Schuppen zu nähern, aus dem das Klingeln zu kommen schien.

»Hallo?«, rief sie erneut und merkte, wie ihr Herz schneller zu schlagen begann. Mein Gott, was machst du dir jetzt in die Hosen, ärgerte sie sich. Was würde Tobler tun, ging es ihr schließlich durch den Kopf, nachdem sie tief eingeatmet und sich aufrecht hingestellt hatte. Dann ballte sie ihre Fäuste, umklammerte mit der einen Hand ihr Handy und machte einen energischen Schritt nach vorne.

Plötzlich hörte sie ein Rumpeln aus dem Schuppen. Dann sah sie ein kleines Licht und schließlich eine Gestalt, die geräuschvoll aus dem Holzverschlag heraustrat. Ira erschrak.

»Hallo!«, antwortete die Gestalt und kam auf die Kommissarin zu, die nun erkannte, dass es sich um Karina Halvorsen handelte.

»Ach, da sind Sie ja«, sagte Ira und atmete erleichtert aus.

»Ja, entschuldigen Sie, ich war beschäftigt. Sie haben sicher gerufen, aber ich höre beim Arbeiten immer Musik.« Karina Halvorsen hielt ein paar Kopfhörer in die Höhe.

»Ganz im Dunkeln?«, fragte Ira verwundert und hielt sich einen Arm schützend vor die Augen, da sie die Stirnlampe ihres Gegenübers blendete.

»Ja, hier hinten habe ich keinen Strom. Ich arbeite an meinen Holzfiguren. Möchten Sie die mal sehen?«

Ira schüttelte den Kopf. »Nein, danke. Ich habe leider keine Zeit. Ich hätte da aber ein paar Fragen an Sie.«

Die blonde Frau drehte die Kopflampe ein Stück nach unten. »Verstehe. Dann lassen Sie uns doch reingehen. Ich mache uns einen Tee. Oder lieber Kaffee?«

»Ach, machen Sie sich keine Umstände, es wird nicht lange dauern.«

Karina bedeutete Ira, ihr zu folgen, und schloss die Tür auf. Drinnen war es angenehm warm, ein Ofen bollerte in der Ecke.

»Nett haben Sie es hier«, bemerkte Ira und zog sich ihre Jacke aus. Unter ihren Füßen knarzten die Holzdielen.

»Danke. Hagebutte oder Fenchel?«

»Ach, wenn Sie drauf bestehen, dann gerne Hagebutte.«

Es dauerte eine Weile, bis Karina Halvorsen den Tee zubereitet hatte. Sie kam mit einer Kanne zum Wohnzimmertisch, an den Ira sich gesetzt hatte, und stellte auch eine Schale mit Keksen dazu. »Hier, die sind von meiner Nachbarin. Ich kann nicht backen, leider. Aber in der Marmelade sind zum Teil meine Himbeeren drin, immerhin«, sagte Karina Halvorsen lachend und schob Ira den Teller hinüber. Sie selbst nahm sich auch einen.

Ira fiel auf, dass sie außer einem kleinen Frühstück noch nichts zu sich genommen hatte, und nahm dankbar einen Keks.

»Also, womit kann ich Ihnen helfen?«

»Ich würde gerne wissen, ob Sie einen Sebastian Henschler kennen.«

Die blonde Frau kniff die Augen zusammen, und ihre Miene wurde finster. »Ja, den kenne ich. Wieso wollen Sie das denn wissen? Geht es noch immer um den Mord an der Studentin?«

»Reine Routine, keine Sorge«, sagte Ira und trank einen Schluck von ihrem noch heißen Tee.

Karina Halvorsen seufzte. »Er ist mein Bruder. Oder soll ich lieber sagen, er war mein Bruder? Für mich ist er eigentlich gestorben. Wir haben uns vor Jahren zerstritten.« Sie schaute traurig auf den Keksteller. »Was ist mit ihm?«

»Wir sind auf der Suche nach ihm, da er uns sicherlich einige Fragen beantworten könnte.«

»Ich fürchte, da kann ich Ihnen nicht helfen. Ich habe nicht mal seine aktuelle Handynummer. Wohnt er noch in Altenpleen?«

Ira nickte. »Darf ich?«, fragte sie und griff nach den Keksen.

»Jaja, nur zu, ich freue mich, wenn die wegkommen«, sagte Karina Halvorsen.

»Wir waren bei ihm, aber er war nicht da. Die Nachbarn sagten auch, dass sein Auto seit einer Woche fehlt.«

Die Frau nickte wissend. »Ja, kann ich mir denken. Wahrscheinlich ist er wieder in der Psychiatrie. Da hat er schon seine ganze Jugend verbracht.«

»Ach ja?«, fragte Ira interessiert und schaute die Frau mit zusammengezogenen Augenbrauen an.

»Ja, leider. Damals haben wir uns noch gut verstanden. Er ist ein paar Jahre jünger als ich. Aber irgendwann konnte ich es nicht mehr, dieses ständige Geschrei und die Lügen. Als ich geheiratet habe, habe ich ihn das letzte Mal gesehen. Danach habe ich den Kontakt abgebrochen.«

»Verstehe. Und wo ist Ihr Mann, wenn ich fragen darf?«

»Bei der Arbeit. Der kommt erst gegen Abend wieder. Wollen Sie ein Foto von Sebastian sehen? Warten Sie, bin gleich wieder da.«

Ohne dass Ira die Möglichkeit hatte, etwas zu erwidern, verschwand Karina Halvorsen über die Treppe in der ersten Etage. Ira hörte sie kramen und leise fluchen. Nach einer gefühlten Ewigkeit kam die Frau wieder herunter. Sie strich sich eine Strähne aus den wirren Haaren und präsentierte Ira ein angestaubtes Fotoalbum.

»Da sind Fotos drin, bis wir etwa fünfzehn waren. Ab da war Sebastian regelmäßig in der Psychiatrie.«

Ira blätterte in den Fotos und erkannte Karina Halvorsen, mal als Kind neben ihrem Bruder als Säugling, mal als Teenager und als junge Frau, den Arm um ihren jüngeren Bruder gelegt.

»Ein hübscher Junge, nicht wahr?«, fragte die Frau verträumt und strich über die Fotos.

Ira nickte verlegen. Da erinnerte sie sich, dass sie noch eine Frage stellen musste.

»Und was ist mit Katrin Simonis, der toten Studentin? Wussten Sie, dass sie mal ein Verhältnis mit Sebastian hatte?«

Karina Halvorsen, die sich wieder auf ihren Stuhl gesetzt hatte, starrte ins Ofenfeuer und schwieg. Dann kratzte sie sich hektisch hinterm Ohr und schüttelte den Kopf. »Nein. Das würde mich auch sehr wundern.« Sie stand auf, trank ihren Tee in wenigen Zügen leer und brachte die noch halb volle Kanne zurück in die Küche.

Lächelnd kam sie zurück zu Ira. »Kann ich sonst noch etwas für Sie tun?«

»Ich bräuchte Kontakt zu Leuten, die Sebastian nahestehen. Ihre Eltern beispielsweise oder Freunde? Man sagte mir, dass er regelmäßig Einkäufe von einer Frau gebracht bekommt. Wissen Sie etwas darüber?«

»Ich habe Ihnen doch schon gesagt, dass ich keine Ahnung habe, was Sebastian so treibt. Und unsere Eltern sind tot.« Karina Halvorsen wischte hektisch mit einem Tuch über die Küchenarbeitsplatte. »Ich muss dann auch weiterarbeiten. Ich bringe Sie noch zur Tür.«

»Okay«, sagte Ira ein wenig enttäuscht, nahm sich noch einen Keks und fügte hinzu: »Bitte melden Sie sich, wenn Ihnen noch etwas einfällt.« Dann erhob sie sich. Doch kaum war sie auf den Beinen, da überkam sie ein Schwindel, der so heftig war, dass sie sich an der Stuhllehne festklammern musste. Ein leichtes Zittern ergriff ihre Hände. »Huch, ich … bin wohl zu schnell aufgestanden«, murmelte sie und schloss die Augen, als wollte sie dem Schwindel entkommen.

Als sie sie wieder öffnete, war ihr, als hätte sich ein Schleier über ihr Sichtfeld gelegt. Sie machte ein paar vorsichtige Schritte in Richtung Haustür und versuchte, ihre Benommenheit zu verbergen.

»Hier«, sagte Karina Halvorsen plötzlich mit flacher Stimme.
»Vergessen Sie die nicht.« Sie hielt Ira ihre Jacke entgegen, die
Arme steif ausgestreckt. Aber Karina öffnete die Tür nicht. Sie
stand nur mit einem starren Blick da.

Ein kaltes Gefühl kroch Ira über den Rücken. Sie spürte den
heftigen Widerstand ihrer Beine, als sie versuchte, die letzten
Meter zur Tür zurückzulegen. Dann, urplötzlich, knickten ihre
Beine weg. »Was ist mit mir?«, fragte sie leise und versuchte,
sich an der Türklinke hochzuziehen. Doch es wollte ihr nicht
gelingen. Sie versuchte abermals mit aller Kraft, wieder auf die
Beine zu kommen, doch vergebens. Auf dem Boden kauernd
fühlte sie die warmen Dielen unter sich, und noch bevor das
Dunkel sie gänzlich umfing, hörte sie Karinas leise, geflüsterte
Worte: »Sie gehen heute nirgendwo mehr hin.« Dann legte sich
die Stille über Ira wie ein dunkles Tuch.

24

Iras Augenlider waren schwer wie Blei, als sie wieder zu sich kam, und es kostete sie unendliche Kraft, sie einen Spaltbreit zu öffnen. Ein dumpfer Schmerz pochte in ihrem Kopf, begleitet von einem Gefühl der Leere, als wäre ihr jegliche Kraft entzogen worden. Ihre Hände tasteten den Boden neben sich ab. Rauer Beton. Mit einer flackernden Erinnerung sah sie sich wieder vor Karina stehen, spürte die Starre in den Beinen und die plötzliche Dunkelheit, die über sie hereingebrochen war.

Sie fror, der Boden strahlte, anders als der Holzboden, auf dem sie zusammengesackt war, eine durchdringende Kälte aus. Sofort fragte Ira sich, wo sie war.

Langsam gewöhnten sich ihre Augen an die Dunkelheit, und sie schaute sich um. Sie erkannte ein schmales rechteckiges Fenster. Auch draußen war es dunkel, sie musste also eine Weile hier gelegen haben. Sie konnte nicht sagen, ob es Nachmittag oder bereits abends oder gar nachts war. Der Art des Fensters nach zu urteilen befand sie sich in einem Kellerraum. Auch die spärliche Einrichtung deutete darauf hin.

Unter dem Fenster stand eine gewaltige Tiefkühltruhe, die leise ratterte. Daneben, in einem wackelig ausschauenden mannshohen Holzregal, standen akkurat aufgereiht einige Dutzend Einmachgläser mit Marmelade und etwas, das so aussah wie graue, etwas zu alte Soleier.

Ira strich sich eine Strähne aus dem Gesicht und kniete sich langsam auf den eiskalten Boden.

Was hatte Karina Halvorsen mit ihr gemacht? Was war geschehen? Befand sie sich noch immer in dem alten Holzhaus am Ende des Plattenweges in Altefähr?

Noch bevor sie weiter nachdenken konnte, hörte sie weit entfernt dumpfe Schritte. Panik überkam sie, und sie zwang sich mit aller Kraft aufzustehen. Sie tappte zum kleinen Fenster, um es zu öffnen. Von draußen wehten ein eisiger Wind und Schneeflocken herein. Das Fenster lag wohl auf der Rückseite des Hauses, denn sie erkannte den Schuppen, in dem sie Karina Halvorsen begegnet war.

Sollte sie rufen? Doch wer würde sie hören? Der Wind rauschte durch die Tannen, und Ira fürchtete, dass jegliche Geräusche, die sie von sich geben würde, an der dicken Schneeflockenwand abprallen würden.

Die Schritte wurden lauter und klarer. Hektisch drehte Ira sich um und stand nun mit dem Rücken zur rauen kahlen Wand. Ihr gegenüber sah sie eine schwere graue Metalltür. War sie verschlossen? Ira machte ein paar Schritte in die Raummitte, doch ehe sie überprüfen konnte, ob sie durch die Tür entkommen konnte, hörte sie einen Schlüsselbund klimpern. Als dieser zu Boden fiel, vernahm sie das Fluchen einer Frauenstimme, dann hörte sie, wie sich ein Schlüssel im Schloss der Metalltür drehte.

Die Tür ging auf. Auf der Schwelle stand Karina Halvorsen, die blonden Haare akkurat zu einem Dutt gedreht und in einen dicken Wollpullover gehüllt. In der Hand hielt sie einen Holzstuhl.

Die beiden Frauen schauten sich für ein paar Sekunden in die Augen, dann fiel Karina Halvorsens Blick auf das offene Fenster hinter Ira. Sie ließ den Stuhl mit einem durchdringenden Geräusch auf den Betonboden fallen und ging mit großen Schritten und ohne Ira zu beachten auf das Fenster zu.

Ira sah die offene Tür vor sich und wollte gerade die Chance zur Flucht ergreifen, da spürte sie eine kraftvolle Hand auf ihrer Schulter, die sie zu Boden drückte.

Ira ächzte und wand sich, doch sie war noch zu schwach, um sich ernsthaft gegen die Frau zu wehren.

»Sie sind also doch schon auf den Beinen«, stellte die ohne eine besondere Gefühlsregung fest, nachdem sie die Tür wieder geschlossen hatte und Ira dabei zusah, wie sie sich mühsam aufrappelte.

»Was haben Sie mit mir gemacht?«

Die Frau grinste. »Setzen Sie sich erst mal auf den Stuhl. Sie holen sich da unten auf dem Boden noch den Tod. Na los!«

Ira weigerte sich, versuchte, der Frau auszuweichen, doch Karina Halvorsen zerrte sie an ihrer Jacke auf den alten Holzstuhl, den sie mitten im Raum abgestellt hatte. Dann zückte sie eine Kordel und begann, Ira damit an der Lehne festzubinden. Auch ihre Hände verschnürte sie, sodass Ira keine Handlungsmöglichkeiten mehr hatte. All das passierte so schnell, dass Iras Versuche, dagegenzuhalten, scheiterten.

»Was soll das?«, schrie Ira jetzt und war selbst erschrocken über die Verzweiflung, die in ihrer Stimme lag.

»Was das soll?« Karina Halvorsen lachte und schüttelte wirr den Kopf.

Ira schauderte. Wo war ihr Handy? Wieso war Tobler noch nicht hier? Er wusste doch, dass sie zu der Jugendherbergsangestellten fahren wollte.

»Was ist Ihr Plan? Sie wissen doch wohl, dass bald meine Kollegen nach mir suchen werden?«

Karina Halvorsen starrte Ira an. »Ihr netter Kollege hat schon eine Nachricht von Ihnen bekommen. Er weiß Bescheid, dass Sie noch länger unterwegs sind und sich später melden. Der wird nicht nach Ihnen suchen.«

Die Frau griff in ihre Hosentasche und legte Ira ihr Handy vor die Füße. »Ich habe es aufgeladen, Sie sollten nicht mit einem so schwachen Akku durch die Gegend fahren«, sagte sie mit gespielter Empörung. »Jetzt ist es übrigens ausgeschaltet, damit wir nicht gestört werden.«

»Was wollen Sie?«, fragte Ira erneut und ließ dabei Karina Halvorsen nicht aus den Augen, die unruhig durch den Raum ging.

»Ich wusste, dass Sie oder Ihr Kollege irgendwann kommen würden. Die Frage ist nur, wieso jetzt schon? Warum sind Sie heute zu mir gekommen?«

Iras Kopf schmerzte. Sie versuchte, sich zu erinnern. Der

Besuch bei Sebastian Henschler. Der Balkon. Die Bananen-
staude. »Gut, ich erkläre es Ihnen«, sagte sie schließlich und
atmete tief ein. »Wir waren bei Ihrem Bruder. Wir haben die
Information erhalten, dass er etwas mit der toten Studentin
gehabt haben soll. Er war nicht zu Hause, aber wir haben bei
ihm eine Pflanze entdeckt, die ich hier noch nie gesehen habe,
außer in der Jugendherberge. Das wollte ich überprüfen und bin
noch einmal dorthin. Ich habe mit Frau Müller gesprochen, und
die hat nebenbei erwähnt, dass Sie bis zu Ihrer Heirat ebenfalls
Henschler hießen.«

Karina Halvorsen blieb neben Ira stehen. Für einen Moment
herrschte Stille. »Ich habe ihm noch gesagt, dass er die Pflanze
reinstellen soll«, murmelte sie schließlich.

»Sie haben also doch noch Kontakt zu Ihrem Bruder?«, fragte
Ira und drehte ihren Kopf weit nach rechts, um die Frau im
Blick zu behalten, die sich nun hinter sie gestellt hatte.

Karina Halvorsen gab keine Antwort.

»Ich frage Sie noch mal, was haben Sie mit mir vor? Was
versprechen Sie sich von dieser Aktion?«

Schweigen.

»Was haben Sie mir gegeben, dass ich bewusstlos geworden
bin?« Noch immer kämpfte Ira mit dem Schwindel, und ihre
Stimme klang verzweifelt, obwohl sie sich anstrengte, dies nicht
zu zeigen.

»Sie haben ja richtig Angst«, bemerkte die Frau und schien
amüsiert über die sedierte Kommissarin, die kraftlos mitten
im Raum auf dem wackeligen Holzstuhl saß. Sie hockte sich
vor Ira und begann mit vernehmlichem Stolz in der Stimme zu
sprechen. »Ich hätte nie gedacht, dass das so einfach sein würde.
Was meinen Sie, waren es die Kekse oder der Tee?«

Ira schloss die Augen. Sie meinte sich zu erinnern, dass die
Frau ebenfalls beides zu sich genommen hatte.

»Ich weiß es nicht«, sagte sie genervt und begann, an der
Kordel zu zerren, die um ihre Handgelenke gewickelt war. Ihre
Haut schmerzte, und sie sah, dass sich rote Striemen gebildet

hatten und die Haut an manchen Stellen bereits stark aufgeraut war. »Könnten Sie die bitte etwas lockerer machen?«, fragte sie, doch ihr war klar, dass die Frau ihr diesen Gefallen nicht tun würde.

Anstatt auf Iras Bitte einzugehen, beugte sich Karina Halvorsen vor, und Ira spürte ihren heißen Atem direkt an ihrem Ohr. »Es waren die Kekse«, flüsterte sie und verharrte noch einen Augenblick in dieser Position. Dann stand sie abrupt auf und begann, wieder Runden um den Stuhl zu gehen. »Ich habe Sebastians Tabletten eingekocht. Er hat fast täglich Tavor genommen, er war süchtig danach. Wenn man erst mal eine Toleranz entwickelt hat, dann muss die Dosis stetig erhöht werden. Bei Ihnen haben anscheinend schon drei Kekse gereicht. Ich habe seinen gesamten Vorrat in die Marmelade eingekocht.«

»Das mit der Nachbarin war also gelogen?«, fragte Ira, ohne die Frau aus den Augen zu lassen.

Karina Halvorsen nickte.

»Und die Kekse, die Sie gegessen haben, waren ohne Tavor, stimmt's?«

Die Frau nickte erneut.

»Na, großartig«, murmelte Ira. Es fiel ihr schwer, einen klaren Kopf zu bewahren, sie fühlte sich noch immer benebelt. Ihr Herz pochte dennoch wie wild, und sie musste sich anstrengen, wachsam zu bleiben. Das ist doch wie im Film, dachte sie ungläubig und sah sich um. Ihr war, als sei sie in einem bösen Traum gefangen. Der Raum schien von Sekunde zu Sekunde enger zu werden, so als ob die Wände näher kämen, und die Angst kroch wieder in ihr hoch.

Atmen, Ira, wiederholte sie im Kopf und zählte langsam bis zehn. Jetzt nur nicht die Nerven verlieren.

»Wollen Sie wissen, was passiert ist?« Karina Halvorsen strich mit dem Finger über die angestaubten Einmachgläser im Regal.

»Ja, bitte. Vielleicht kann ich Ihnen helfen, es ist noch nicht zu spät«, sagte Ira und bereute augenblicklich diese leere Floskel, die sie zuhauf in irgendwelchen Filmen gehört hatte.

»Halt den Mund, verdammt«, zischte die Frau, und Ira zuckte zusammen. »Dieses Geseier brauche ich nicht. Ich habe zwei Menschen auf dem Gewissen, da können Sie gar nichts machen. Sie sagen das nur, um Zeit zu schinden. Um verschont zu bleiben. Sie waren mir eigentlich sympathisch, Frau Würfel. Aber hören Sie auf, so albern theatralische Sätze von sich zu geben. Sie wirken dadurch völlig unglaubwürdig und unprofessionell. Und jetzt setzen Sie sich endlich mal gerade hin und hören Sie mir zu.«

Tobler, wo ist nur Tobler, schoss es Ira durch den Kopf. Ihr wurde klar, dass er der einzige Mensch in Stralsund war, der ihr jetzt helfen konnte. Niemand anderes würde sie vermissen. Ihre Cousine würde ihr frühestens in ein paar Tagen schreiben, sie sahen sich sporadisch alle paar Wochen. Auch zu Carmen hatte sie nicht täglich Kontakt, und ihr Bruder schien aktuell nur Augen für seine neue Freundin zu haben. Sie schloss die Augen, um gegen die Tränen zu kämpfen.

Plötzlich kam ihr der Abend auf Toblers Couch in den Sinn und erfüllte sie mit Wärme und gleichzeitiger Wehmut. Wie sehr wünschte sie sich jetzt in seine warme Wohnung, die Knie unter der Decke an den Körper gezogen, mit einer Tasse Salbeitee und ihrem Kollegen neben sich, der eine solche Ruhe ausstrahlte, dass sie das Gefühl hatte, dass ihr für diesen Moment nichts Böses widerfahren konnte.

»Wo ist eigentlich Ihr Mann?«, fragte sie und schaute die Frau dabei mit verschwommenem Blick an.

»Verdammt noch mal! Halt endlich die Klappe!«, schrie Karina Halvorsen mit rotem Gesicht. »Mein Mann ist weg, hat mich verlassen, schon vor einiger Zeit. So, bist du jetzt zufrieden?«

Ira nickte und sackte ein wenig in sich zusammen. »Fahren Sie fort. Ich höre zu.«

Die Frau brauchte ein paar Momente, um sich zu fangen,

dann begann sie zu erzählen. »Mein Bruder ist ein kranker Mann. Schon seit seiner Kindheit wussten wir, dass etwas mit ihm nicht stimmt. Es wurde immer schlimmer, er hat Stimmen gehört und Dinge gesehen und war als Jugendlicher mehrfach in Behandlung. Ich habe mich immer um ihn gekümmert. Er war immer mein Baby, mein kleiner Bruder.« Ihre Stimme war jetzt ruhiger und dünner als noch vor wenigen Minuten.

»Er hat es später geschafft, sich eine eigene Wohnung zu finanzieren, er ist dafür sogar eine Zeit lang arbeiten gegangen. Aber er hatte ständig Rückfälle. Er war bei Tausenden Ärzten, die ihn alle wegsperren wollten. Niemand konnte ihm helfen. Aber ich wusste, was er brauchte, ich wusste, was er wollte, auch wenn er es nicht aussprach.«

»Sie hassen Ihren Bruder nicht«, sagte Ira und versuchte, Blickkontakt mit der Frau aufzunehmen.

Die schüttelte den Kopf. »Nein, natürlich nicht! Er ist mein Baby«, wiederholte sie, und ihre Augen füllten sich mit Tränen. »Irgendwann hat er begonnen, Frauen zu daten. Das waren alles dumme Gänse, die ihn nach kurzer Zeit verlassen haben, weil er zu kompliziert für sie war. Ich habe sie alle kommen und gehen sehen. Das war zu einer Zeit, als es ihm besser ging und er in Stralsund in Kneipen unterwegs war mit den wenigen Freunden, die er hatte. Ich habe ihm immer gesagt, dass ihm das nicht guttut, aber er wollte nicht hören und war sogar wütend auf mich. Aber ich wusste immer, dass er eigentlich weiß, was und wer wichtig in seinem Leben ist. Deswegen kam er auch zurück zu mir und hat sich mir anvertraut, als diese Person in sein Leben trat.« Ihre Gesichtszüge verhärteten sich.

»Diese Person?«, fragte Ira vorsichtig und bemerkte, wie Karina Halvorsen zu zittern begann.

»Die Studentin aus Bochum. Sie hat ihn zerstört«, sagte die Frau mit eisiger Miene. Ira sah, wie sie eine Hand zur Faust ballte.

»Sie meinen Katrin Simonis?«

»Ich will diesen Namen nicht hören! Er war besessen von

ihr. Sie hat ihm das Herz gebrochen, nachdem sie ihn von sich abhängig gemacht hatte. Für sie war das alles nur ein Spiel. Doch er war ihr verfallen und kam nicht von ihr los. Es war schrecklich, das mit anzusehen.«

»Er hat ihr E-Mails geschrieben und sie gestalkt«, erwiderte Ira und sah, wie Karina Halvorsen plötzlich auf sie zustürmte.

»Nein!« Sie stieß Ira mit einer solchen Kraft gegen die Schulter, dass diese mit dem Stuhl seitlich auf den kalten Betonboden donnerte. Ihr Kopf schlug auf, und Ira schrie vor Schmerz.

»Er war kein Stalker! Er war verliebt und hat nicht mehr klar gesehen!« Die Stimme der Frau überschlug sich regelrecht.

Ira lag auf dem Boden, noch immer an den Stuhl gebunden, und atmete heftig, während sie versuchte, ihre Gegenspielerin nicht aus den Augen zu verlieren. Sie hob angestrengt den Kopf und fixierte Karina Halvorsen, die jetzt mit bebendem Körper vor der grauen Metalltür stand.

»Ich war jeden Tag bei ihm und musste zusehen, wie er immer mehr zum Schatten seiner selbst wurde. Ich habe begonnen, diese Person zu hassen. Er hat einige Wochen bei mir gelebt, ich habe ihn zu mir geholt. Und wissen Sie, was dann passiert ist?«

Ira hustete und legte ihren Kopf auf den Boden. »Er musste wieder in die Psychiatrie?«

Die Frau begann heftig zu schluchzen. »Ich konnte es nicht verhindern. Sie hat ihn zerstört.«

»Was konnten Sie nicht verhindern, Frau Halvorsen?« Ira hatte Mühe, laut und deutlich zu sprechen.

»Es war an einem Sonntag vor etwa drei Wochen. Ich hatte ihm seinen Lieblingskuchen beim Bäcker geholt. Bienenstich.« Die Frau ließ die Arme sinken. »Und als ich in die Wohnung kam, da sah ich ihn im Badezimmer. Er baumelte von der Decke. Einfach so. Als wenn man ihn zum Trocknen aufgehängt hätte wie ein Stück Wäsche.«

Ira schluckte und bemerkte, dass ihr Mund trocken war. Sie hatte mit einem Male entsetzlichen Durst. »Ihr Bruder ist tot?«, fragte sie und versuchte erneut, sich aufzubäumen, doch es gelang ihr nicht, deshalb legte sie sich wieder auf die Seite.

»Manche würden es vielleicht so nennen. Aber für mich lebt er. Für immer. Und sie werden ihn mir nicht mehr wegnehmen.«

Ira traute ihren Ohren nicht. Als sie nach Sebastian Henschler gesucht hatten, hatte nichts in der Datenbank darauf hingewiesen, dass er verstorben war. »Wo ist Ihr Bruder jetzt? Was haben Sie mit ihm gemacht, nachdem Sie ihn gefunden haben?«

Doch anstatt zu antworten, fuhr Karina Halvorsen mit ihrer Schilderung der Ereignisse fort. »Wenige Tage später, nachdem ich ihn gefunden habe, kam die Gruppe aus Bochum in die Jugendherberge. Ich habe nichts ahnend das Frühstück zubereitet, als plötzlich diese Person vor mir steht und mich angrinst. Stellen Sie sich das mal vor! Sie steht da und grinst mich an und fragt nach einer sauberen Tasse für ihren Kaffee. Wir haben uns damals kurz getroffen, als Sebastian noch mit ihr zusammen war. Sie schien mich gar nicht zu erkennen. Oder sie hat nur so getan, um sich erhaben zu fühlen. Jedenfalls kam sie jeden Morgen mit erhobenem Kopf in den Speisesaal und hat mich umhergescheucht, so etwas Herablassendes! Sie, die für den Tod meines Bruders verantwortlich war.«

Ira versuchte nach wie vor, klar zu denken. Wenn sie nur lange genug mit der Halvorsen hier unten ausharren würde, würde Tobler sie vielleicht finden.

»Hätten Sie vielleicht einen Schluck Wasser für mich?«, fragte sie ohne große Hoffnung, dass Karina Halvorsen sich ihrer erbarmen würde. Doch zu ihrer Überraschung nickte die Frau und drehte quietschend den Wasserhahn auf, der mit einem alten verrosteten Waschbecken neben der Metalltür an der Wand angebracht war. Sie sah sich um, nahm nach einiger Überlegung eines der Soleier-Gläser aus dem Regal und kippte den Inhalt ins Waschbecken. Ein säuerlicher Schwefelgeruch erfüllte den Raum, und Ira rümpfte die Nase.

Karina Halvorsen ließ das Glas mit Wasser volllaufen und brachte es Ira. Als sie bemerkte, dass die Kommissarin nicht in der Lage war, das Glas allein zu halten und zum Mund zu führen, stützte sie ihren Kopf und hielt ihr das Glas an die Lippen. Ira trank gierig und versuchte dabei so gut es ging, den fauligen Eiergeschmack des Wassers zu ignorieren. Als das Glas leer war, machte die Frau Anstalten, Iras Kopf wieder auf den Boden zu legen. Sie schien in diesem Moment zum ersten Mal zu bemerken, dass Ira mitsamt dem Stuhl auf dem Boden lag. Wortlos packte sie die Kommissarin unter den Achseln und zog sie hoch, sodass sie wieder aufrecht auf dem Stuhl saß.

»Ich denke, ich verstehe, wieso Sie Katrin Simonis getötet haben«, nahm Ira langsam das Gespräch wieder auf. »Ich frage mich nur, wie Sie es gemacht haben.«

Karina Halvorsen lehnte an der Wand, ihre Gesichtszüge wirkten entspannter. »Ich habe sie abends zur Rede gestellt. Sie wusste ja nicht, dass Sebastian sich ihretwegen das Leben genommen hatte. Daraufhin hat sie gesagt, wie froh sie wäre, dass die Mails von ihm endlich aufgehört hatten. Sie war froh! Stellen Sie sich das mal vor. Ich habe sie gebeten, mit mir auf eines der Boote zu steigen. Sie wissen schon, die Ruderboote aus Holz an der Jugendherberge.«

»Und sie ist einfach mitgekommen?«

»Na ja. Ich habe ihr gesagt, wenn sie nicht mitkommt, dann gehe ich zur Polizei und erzähle denen, wieso sie wirklich in Stralsund ist.«

»Sie wussten von dem Drogenschmuggel.«

»Natürlich. Sie hatte ja versucht, Sebastian da mit reinzuziehen.« Karina Halvorsen seufzte. »Ich hatte nicht vor, sie zu töten. Wirklich nicht. Ich wollte ihr nur Angst machen, in der Dunkelheit auf dem Boot, und ihr zeigen, zu was ich fähig sein könnte. Ich wollte eine Entschuldigung. Sie sollte mir in die Augen blicken und sich glaubhaft entschuldigen.«

»Lassen Sie mich raten: Das hat sie nicht getan«, sagte Ira, die immer noch gegen den unangenehmen Geschmack im Mund kämpfte. Immerhin war ihr Durst weg.

»Sie hat mich ausgelacht. Wir waren kurz davor, auf der Halbinsel anzulegen, und sie saß im Boot und meinte, ich wäre genauso gestört wie mein Bruder und dass sie froh wäre, dass er tot ist. Ich habe noch nie so eine bösartige Person kennengelernt wie sie. Dann wollte sie, dass ich sie zurückfahre. Sie hat damit gedroht, die Polizei zu rufen. Ich habe das Boot ans Ufer gefahren, und wir sind ausgestiegen. Da ist sie auf mich los, hat mich geschubst und aufs Schlimmste beleidigt. Dann wollte sie abhauen.«

»Was Sie zu verhindern wussten«, schlussfolgerte Ira und schaute in Karina Halvorsens dunkle Augen.

»Da lagen zig schwere Steine, ich habe mir einen genommen und ihn nach ihr geworfen. Ein Glückswurf, sage ich jetzt. Sie ist sofort umgefallen und hat nicht mehr reagiert.«

»Den Stein haben Sie vermutlich ins Wasser geworfen«, mutmaßte Ira.

»Na klar, denken Sie, ich bin blöd? Ich bin sofort zurückgefahren, niemand hat etwas bemerkt. Dachte ich zumindest.«

Förster, schoss es Ira durch den Kopf. Na klar.

»Hat Georg Förster Sie gesehen?«

»Ja, das war ein dummer Fehler. Ich hätte vorsichtiger sein sollen. Er hat beobachtet, wie ich mit dem Boot zurückkam, und hat mich darauf angesprochen, nachdem ihr bei uns rumgeschnüffelt hattet.«

»Wieso hat er Sie nicht einfach an uns verraten, als wir ihn befragt haben?«

»Ich wusste von seinen zahlreichen Affären. Auch, dass er was mit der Schlampe hatte. Seine Frau ist stinkreich, und eine Scheidung wäre sein Ruin gewesen. Davor hatte er Angst. Das ist zumindest meine Theorie. Wir hatten uns gegenseitig sozusagen in der Hand. Ich wusste aber, dass er eine Gefahr für mich werden könnte, und da habe ich mir überlegt, wie ich ihn, ohne Spuren zu hinterlassen, unschädlich machen könnte.«

»Wussten Sie, dass er kokst?«

Karina Halvorsen lachte laut auf. »Das wussten alle! Er hat

versucht, das zu verstecken, aber das war ein lächerliches Spiel. Einmal ist er sogar mit weißer Nase ins Büro gekommen, und wir mussten ihn darauf hinweisen, sie zu säubern. Jeder wusste, wo sein Koks versteckt war. Im Handschuhfach in einer leeren Corny-Packung. Irre, oder? Den Pen habe ich übrigens aus seiner Jackentasche geholt, als er auf der Toilette war. Das hat er natürlich nicht gemerkt, weil er den seit Jahren nicht benutzen musste. Er war immer so vorsichtig mit den Erdnüssen.«

Ira ließ das soeben Gehörte sacken. Sie wusste immer noch nicht, wie lange sie jetzt schon bei Karina Halvorsen im Haus eingesperrt war.

Sie setzte sich gerade hin und atmete tief ein und aus. »Wo ist Sebastian?«, fragte sie, um noch mehr Zeit zu gewinnen. Dass die Frau nichts Gutes mit ihr im Sinn hatte, war ihr nach ihrer umfassenden Beichte klar. Und der Verbleib des Bruders war ein letztes Puzzleteil, das ihr fehlte, um den Fall in seiner Gänze zu begreifen.

Karina Halvorsen schürzte die Lippen und fixierte die Kommissarin. »Er ist bei mir. Für immer. Ich lasse ihn nicht gehen, bei mir ist er sicher«, sagte sie kryptisch, löste ihren Blick von Ira und ließ ihn langsam zur Kühltruhe wandern, die schräg hinter Ira stand und leise vor sich hin brummte.

Ira folgte dem Blick der Frau, und als sie begriff, was hier vor sich ging, überkam sie eine solche Übelkeit, dass sie Mühe hatte, weiterhin klar zu denken.

Mit langsamen Schritten ging die Frau zur Truhe und legte behutsam ihre Hand auf den schweren Deckel. »Er ist bei mir. Endlich ist er in Sicherheit«, flüsterte sie und schloss die Augen. Ihre Lippen formten ein seliges Lächeln, und Ira wurde mit einem Male eiskalt. Sie begann zu zittern und sah, wie Karina den Deckel der Kühltruhe öffnete. Dann bewegte sie sich auf die Kommissarin zu und schob ächzend den Stuhl vor sich her, auf dem diese noch immer festgebunden war. Ira wandte den Kopf zur Seite, weg von der Truhe, und begann sich zu wehren.

»Schauen Sie nur, es ist nicht schlimm. Sie wollten doch wissen, wo mein Bruder ist.«

Damit drückte sie Iras Oberkörper gegen die Truhe und drehte ihren Kopf so, dass sie in das Innere schauen konnte. Neben ein paar Tiefkühlprodukten, eingefrorenen Hähnchenschenkeln und Himbeeren lag etwas zusammengekrümmt ein Mann mit aufgerissenen Augen und einem zu einer bizarren Fratze verzogenen Mund. Er trug ein kariertes Hemd, blaue Jeans und war barfuß. Seine Haare waren so vereist, dass Ira nicht genau sagen konnte, welche Haarfarbe er einst gehabt hatte.

»Sie sind völlig krank«, kam es aus Ira hervor, und sie riss sich mit einem Ruck aus dem Griff der Frau los. Diese machte ein paar Schritte von der Kühltruhe weg und drehte Ira den Rücken zu.

»Nein«, sagte Karina Halvorsen und lachte leise vor sich hin. »Sie verstehen mich nicht. Sie werden mich nie verstehen. Weil Sie nicht wissen, wie es ist, jemanden zu lieben. Ich werde meinen Bruder nicht weggeben, ich kümmere mich um ihn, bis auch ich gehen muss.«

»Meinen Sie nicht, Ihr Bruder hat das Recht auf Ruhe und ein anständiges Begräbnis?«, fragte Ira mit Verachtung in der Stimme.

»Ich weiß, was gut für ihn ist, dafür brauche ich Sie nicht. Sie kannten ihn nicht.«

»Sie meinen, in einer Kühltruhe zwischen Essensvorräten zu liegen, hat er sich gewünscht?«

Karina Halvorsen drehte sich wieder um. Ihr Gesicht hatte sich abermals verfinstert. »Seien Sie still! Sie sind eine furchtbare Person, ich bin froh, dass Sie hergekommen sind und nicht Ihr Kollege. Bei ihm würde es mir schwerer fallen, zu tun, was ich jetzt tun werde.« Sie griff in ihre Jackentasche und zückte ein Messer. Die Klinge maß mindestens zehn Zentimeter, schätzte Ira, als die Frau sich damit auf sie zubewegte.

»Ihr Plan ist nicht ausgreift, Frau Halvorsen«, sagte Ira und war überrascht über die Ruhe, die jetzt in ihrer Stimme lag. »Meine Kollegen kommen bald, Sie können sich nicht lange verstecken. Noch haben Sie nur zwei Menschen auf dem Gewissen, bei Katrin Simonis kommen Sie sicherlich mit Totschlag davon. Aber gleich zwei Morde obendrauf, das wird schwierig für Sie, da wieder rauszukommen. Nein, es wird unmöglich.«

Die Frau stand jetzt so nahe bei Ira, dass sie ihren Atem hören konnte.

»Was würden Sie denn an meiner Stelle tun?«, fragte Karina Halvorsen, beugte sich nach vorne und hielt Ira das Messer an die Kehle. »Ich dachte schon nach dem ersten Mal, dass ich bald gefasst werde, dann habe ich Förster aus dem Weg geräumt, und wieder ist keiner auf die Idee gekommen, dass ich etwas damit zu tun haben könnte. Wieso sollte ich nicht auch ein drittes Mal Glück haben? Es fühlt sich mit jedem Mal leichter an. Jetzt wird es ein bisschen unschöner, wegen dem ganzen Blut, da haben Sie schon recht, dass ich das nicht bedacht habe.« Sie hielt inne und betrachtete die Waffe in ihrer Hand. Iras Körper war steif und angespannt, und sie fixierte ebenfalls das Messer, das Karina Halvorsen nun wieder gegen ihren Hals drückte.

»Sie können das nicht«, sagte sie und versuchte, mit einem Blick nach oben in das Gesicht ihrer Widersacherin zu schauen.

»Halt die Klappe!«, rief Karina Halvorsen und drückte das Messer so fest an Iras Kehle, dass sie die kalte, scharfe Klinge jetzt noch deutlicher auf ihrer Haut spürte. Iras Atem stockte, doch sie versuchte, ruhig zu bleiben. Etwas Warmes rann ihren Hals herunter und in ihr T-Shirt hinein. Mit Schrecken stellte sie fest, dass das Messer bereits in die oberste Hautschicht geschnitten hatte.

Plötzlich erklang ein kaum wahrnehmbares Geräusch von draußen – ein leises Knirschen.

Karina Halvorsen zuckte zusammen, die Härte in ihren Augen wich für einen Moment einem Anflug von Unsicherheit. Ihre Hand zitterte leicht, und das Messer senkte sich ein wenig.

Ira nutzte die Gelegenheit und fragte leise: »Sie hören das auch, oder?«

Karina Halvorsen schüttelte den Kopf, schien mit sich selbst zu ringen und lockerte den Griff um das Messer. Kurz überlegte Ira, die unaufmerksame Frau mit einer kräftigen Schulterbewegung zu schubsen oder sie anderweitig zu Fall zu bringen. Doch sie entschied sich dagegen. Selbst wenn sie es schaffen sollte, Karina Halvorsen das Messer aus der Hand zu schlagen, so bliebe sie selbst danach doch weiterhin handlungsunfähig, so fest, wie sie an den Stuhl gefesselt war. Eine solche Aktion würde lediglich ihre Angreiferin noch aggressiver machen, sodass sie noch weniger Hemmungen hätte, Ira zu töten. Nein, sie würde abwarten und darauf hoffen, dass die Geräusche, die sie vernommen hatten, von Tobler und seinen Kollegen kamen. Und tatsächlich. Es folgte ein gedämpfter Schlag gegen die Haustür, gefolgt von einer ruhigen, bestimmten Stimme.

»Frau Halvorsen? Polizei. Öffnen Sie bitte die Tür.«

Karina Halvorsen stellte sich panisch hinter Ira, zwischen den Stuhl und die Kühltruhe, und umfasste mit der linken Hand Iras Oberkörper, mit der rechten drückte sie das Messer an ihre Kehle. Ira schloss die Augen.

»Verschwindet!«, rief die Frau gellend und begann zu schluchzen. Tränen rannen ihr über das Gesicht und benetzten Iras Haare. Ira versuchte, ruhig zu atmen, und starrte auf die graue Metalltür. Sie hörte, wie im oberen Stockwerk eine Tür aufgebrochen wurde. Dann vernahm sie Schritte im Haus, die immer näher kamen. In ihr keimte Hoffnung auf.

Doch urplötzlich verstummten die Schritte, und es wurde mucksmäuschenstill. Ira hielt die Luft an und horchte. Auch Karina Halvorsen bewegte sich nicht mehr, nur die Hand, die das Messer hielt, zitterte an Iras Hals.

In ihrer Verzweiflung erinnerte sich Ira an eine Achtsamkeitsübung, die sie bisher erfolglos trainiert hatte, und begann, im Kopf zu zählen.

Einatmen, eins, zwei, drei, vier …

Luft anhalten, eins, zwei, drei, vier ...
Ausatmen, eins, zwei, drei, vier ...
Die Augen geschlossen, konzentrierte sie sich ganz auf ihren Atem und merkte, wie dieser von allein ruhiger wurde. Sie hörte für einige Momente nichts als ihren eigenen Puls.

Dann plötzlich vernahm sie, wie sich jemand an der Metalltür zu schaffen machte. Ira riss die Augen auf, als Karina Halvorsen zu schreien begann.

»Ich bring sie um!«, rief sie mit gellender Stimme.

In diesem Moment wurde die Tür aufgestoßen, und Tobler, gefolgt von mehreren Polizisten, stand im Raum.

»Karina Halvorsen, legen Sie das Messer weg und heben Sie die Hände.«

Die Frau schaute verzweifelt von einem Polizisten zum anderen, dann zu Tobler und Ira. Im Bruchteil einer Sekunde hob sie die Hand und legte sich selbst das Messer an die Kehle.

»Hören Sie auf, Karina. Lassen Sie das Messer fallen«, rief Tobler mit ruhiger, aber eindringlicher Stimme.

Karina atmete schnell und unregelmäßig. Es klang, als sei sie in einem inneren Kampf gefangen. Ihr Blick huschte zu Ira, die regungslos dasaß, zur Kühltruhe und dann wieder zu den Polizisten. »Sie verstehen das nicht!« Ihre Stimme klang gebrochen, während sie das Messer fester an ihren Hals drückte.

»Karina«, sagte Ira und drehte sich zu der verzweifelten Frau. Ihre Stimme war jetzt sanft, beinahe beruhigend. Sie bemerkte, dass sie plötzlich wie ferngesteuert reagierte und keine Angst mehr verspürte. Ihr einziges Ziel war, Karina davon abzuhalten, sich selbst etwas anzutun. »Legen Sie das Messer weg. Denken Sie an Ihren Bruder.«

Einen Moment lang schien es, als würde Karina Halvorsen in ihrer Verzweiflung erstarren. Doch dann zitterte ihre Hand, und langsam, als ob jeder Muskel in ihrem Körper sich gegen die Bewegung sträubte, ließ sie das Messer sinken. Es fiel zu Boden, und mit einem letzten Blick auf Ira und Tobler, der sowohl Wut als auch Schmerz ausdrückte, ließ sie sich auf die

Kühltruhe fallen und rief laut schluchzend: »Es tut mir leid, Sebastian, ich bin zu schwach!« Damit fiel sie auf die Knie und ließ sich von den Polizisten überwältigen.

Ira blickte auf das Messer, das nun auf dem Boden lag. Dann spürte sie, wie Tobler begann, sie von den rauen Kordeln zu befreien.

Als er fertig war, half er Ira hoch und stützte sie. Ohne lange zu überlegen, warf sie sich um seinen Hals und umarmte ihn lange. Sie spürte seine Wärme, als er die Umarmung erwiderte. Er strich ihr über den Kopf.

»Es ist alles gut, du hast es geschafft.«

Ira atmete den Duft ihres Kollegen ein und fühlte sich in der Umarmung so sicher wie lange nicht. »Danke«, flüsterte sie.

25

Ira blinzelte und ließ ihren Blick durch den Raum schweifen. Es war immer noch das gleiche sterile Krankenhauszimmer, in dem sie vor ein paar Stunden gewesen war, doch jetzt war es ruhiger. Keine Ärzte und Krankenschwestern schwirrten mehr um sie herum. Ihr Kopf fühlte sich schwer an, als ob sie den ganzen Tag in einer dichten Wolke verbracht hätte. Sie war nicht ohnmächtig gewesen, aber das Blut, der Schock, die Erschöpfung – all das hatte sie auf eine Art mitgenommen, die sie nicht gewohnt war.

»Ira«, sagte eine vertraute, beruhigende Stimme. Es war Tobler. Er saß neben ihrem Bett und schaute sie freundlich an. Ihre Augen versuchten, sich auf ihn zu fokussieren, während ihr Kopf wie in Watte lag.

»Wie lange habe ich geschlafen?«, fragte sie leicht geniert und setzte sich auf.

»Ein paar Stunden. Die Beruhigungstabletten aus den Keksen haben dich wohl nachhaltig weggehauen«, antwortete Tobler und musste lächeln.

Ira tastete an ihren Hals, wo ein dicker Wundverband angelegt war und ihre Kopfbewegungen erheblich einschränkte.

»Der Schnitt ist nur oberflächlich, es ist nichts weiter passiert. Aber du solltest dich ausruhen, du hast echt was durchgemacht«, sagte Tobler und strich ungelenk die Decke glatt.

»Was ist mit Halvorsen?«, fragte Ira mit leicht kratziger Stimme.

»Die wurde verhaftet. Es ist vorbei, Ira. Du hast es geschafft.«

Ira schloss für einen Moment die Augen. »Es fühlt sich surreal an, alles ist so schnell passiert.«

Tobler nickte verständnisvoll. »Ja. Es tut mir leid, dass ich das mit den Bananenstauden nicht sofort ernst genommen habe.

Wir hätten zusammen nach Altefähr fahren können, dann wäre alles anders verlaufen.«

»Ach«, sagte sie mit einer wegwerfenden Handbewegung.

»Und ich hätte dir Bescheid geben sollen, wo ich bin und was ich vorhabe. Nächstes Mal lade ich auch meinen Akku auf, bevor ich so einen Alleingang starte.« Sie lächelte.

»Ich habe, nachdem du losgefahren bist, nach Bananenstauden recherchiert, und da fiel mir mal wieder auf, dass du wirklich eine sehr gute Ermittlerin bist, Ira. Ich wäre da niemals drauf gekommen, mir sind die Dinger ja nicht mal aufgefallen.«

»Ich wusste, dass du kommen würdest. Auch wenn sie dir diese Nachricht in meinem Namen geschickt hat, wusste ich, dass du mich nicht alleine lässt. Danke.«

Tobler schaute verlegen auf den Boden. »Keine Ursache. Ich werde immer da sein, also so gut ich es eben hinkriege, und manchmal mit etwas Verspätung«, sagte er leise und nahm Iras Hand. »Du warst echt stark.«

Ihre Blicke trafen sich für einen kurzen Moment, dann wandte Ira sich lächelnd ab und genoss die angenehme Wärme, die in ihr aufstieg.

Eine Woche später ging Ira wieder ins Büro. Sie musste mit Toblers Unterstützung den Bericht zu den Mordfällen abtippen, und Carl und Linda waren schon mit einem neuen Fall beschäftigt, bei dem sie Hilfe benötigten.

Tobler war wie gewohnt schon da und freute sich, als seine Kollegin das gemeinsame Büro betrat.

Ira hängte ihren Mantel an die Garderobe und setzte sich an ihren Schreibtisch. Auf ihrer Tastatur lag eine Ausgabe der WAZ. Fragend drehte sie sich um und suchte Toblers Blick. Der sah von seinem Bildschirm auf und lächelte nur geheimnisvoll. Ira schüttelte grinsend den Kopf und schlug die Zeitung auf. Tobler hatte ihr im Ressort »Lokales« einen Artikel markiert, den sie nun aufmerksam las. Er war von Wafa Mejri verfasst und handelte von der geglückten Wiederaufnahme eines Integrationsprojektes in der Dortmunder Nordstadt.

Ira lehnte sich zurück.

»Sie schreibt wieder. Vielleicht hilft dir das ja, mit der Sache in Köln abzuschließen und deine Füße auf vorpommerschem Boden ankommen zu lassen«, sagte Tobler und nickte ihr aufmunternd zu.

»Wie kommst du denn jetzt an die Westdeutsche Allgemeine?«, lachte Ira und schaute ihren Kollegen überrascht an.

»Ich habe da so meine Quellen. Na ja, ich muss mal weitermachen«, antwortete Tobler und verschwand wieder hinter seinem Bildschirm.

Ira faltete die Zeitung zusammen und schraubte den Deckel ihrer Teekanne auf. Sie kippte den dampfenden Grüntee in ihre Tasse. Der Gedanke, dass die Dortmunder Journalistin wieder Artikel schrieb, gab ihr tatsächlich ein warmes Gefühl der Erfüllung.

Nachdem sie noch einige Momente ihren Gedanken nachgehangen hatte, gab sie sich einen Ruck und begann, den Bericht der letzten Wochen zu verfassen.

In der Mittagspause bekamen sie Besuch von Carl und Linda.

»Heute Abend ist wieder Happy Hour im ›Alten Schimmel‹. Kommt ihr mit?«, fragte Carl, während er in der Tür lehnte.

Ira schaute in die Runde und lächelte. »Klar, wieso nicht?«

Auch Tobler nickte freudig. »Endlich wieder ein bisschen Normalität. Ich gebe die erste Runde aus!«

»Sehr schön. Dann bis später!«, sagte Linda und verließ mit Carl das Büro.

Der Tag verlief ereignislos, doch das war genau das, was Ira jetzt nach all den Strapazen brauchte. Sie räumte gegen siebzehn Uhr ihre Sachen zusammen und verabschiedete sich von Tobler.

Zu Hause aß sie ein leichtes Abendessen, und um zwanzig Uhr traf sie ihre Kollegen in der Kneipe. Es war ein ausgelassener Abend, bei dem sich Ira frei und leicht fühlte und die Gesellschaft der anderen genoss.

»Na, ist doch nicht so schlimm hier bei uns, oder?«, fragte Carl bei der Verabschiedung und knuffte sie in die Seite.

»Nee, lasst uns das gern öfters machen, es war schön mit euch!«, sagte Ira und ging müde, aber glücklich nach Hause.

Im Treppenhaus begegnete sie ihrem Nachbarn Witt, der mit zwei vorbereiteten Kümmelschnäpsen auf sie wartete. Es sei sein Geburtstag, verkündete er, und diesmal käme Ira nicht einfach so davon. Also gab Ira nach und kippte den klebrig-würzigen Rostocker Schnaps hinunter, was den Nachbarn sichtlich freute. Sie schaffte es, sich von ihm zu verabschieden, bevor er nachschenken konnte, und schloss ihre Wohnungstür auf.

Als sie sich bettfertig gemacht hatte und mit der Zahnbürste im Mund ins Schlafzimmer ging, sah sie den Bildschirm ihres Handys aufblinken. Sie zögerte einen Moment, trat dann aber näher, um zu sehen, wer ihr geschrieben hatte.

Es war eine Nachricht von Tanja. Ira griff nach dem Smartphone und nahm die Zahnbürste aus dem Mund. Ihre Kollegin fragte, ob sie Lust auf ein Treffen habe. Ira atmete tief ein und tippte dann eine Antwort. Sie habe keine Zeit, schrieb sie, und dass sie sich sicherlich demnächst bei einem ihrer gemeinsamen Fälle über den Weg laufen würden. Sie drückte auf »Absenden«, und bevor sie ihr Handy wieder auf das Nachttischchen legte, ging sie noch einmal in die Kontakte und tippte auf Tanjas Namen. Sie wählte »Bearbeiten« und schrieb »Frau Prümmer, ED«. Erleichtert legte sie das Handy zurück und ging ins Badezimmer, um sich den Mund auszuspülen.

Als sie nach wenigen Minuten wieder einmal vom Poltern ihrer Nachbarn aus dem Halbschlaf geweckt wurde, zog sie ihren Bademantel an und stieg die Treppen hinauf. Vor der Tür sammelte sie sich kurz und klopfte. Der Nachbar öffnete die Tür und hörte sich brav an, was Ira ihm zu sagen hatte. Dass sie einen anstrengenden Job habe und sie ab zweiundzwanzig

Uhr gerne schlafen würde und ob es möglich wäre, die Waschmaschine tagsüber laufen zu lassen und weniger zu trampeln. Der Mann reagierte zwar mürrisch, doch als seine Frau hinter ihm erschien und versicherte, dass sie in Zukunft darauf achten wollten, bedankte sich Ira, ging zufrieden zurück ins Bett und fiel in einen tiefen Schlaf.

Der nächste Tag war ein Samstag. Ira schlief für ihre Verhältnisse lange und wurde von hellen Sonnenstrahlen geweckt, die ihr ins Gesicht fielen.

Sie stand auf, kochte sich einen Tee und setzte sich in die Küche. Sie schaute hinaus in den blauen Himmel und auf die Stralsunder Altstadt und fragte sich, was sie mit ihrem freien Tag anfangen würde. In dem Moment klingelte ihr Handy. Es war Tobler.

»Ira, was machst du heute?«

»Nichts, wieso?«

»Hast du Lust auf einen Ausflug? Wir könnten nach Rügen fahren. Also, wenn du magst.«

Ira musste lächeln. »Klar, gerne. Aber bitte nicht nach Altefähr.«

Tobler lachte auf. »Schön, dass du schon Witze darüber machen kannst. Nee, wir könnten an die Kreidefelsen fahren. Warst du da schon mal?«

Ira verneinte.

»Na denn wird es ja höchste Zeit für dich. Ich hole dich in einer Stunde ab.«

»Prima, bis gleich.« Ira legte auf und schaute zufrieden in ihre Teetasse.

Beschwingt vom guten Wetter und von der Aussicht auf einen Ausflug begann sie, sich anzuziehen.

Kurz bevor Tobler sie abholte, machte sich Nervosität in ihr breit. Sie prüfte ihr Outfit, wechselte noch einmal die Hose und stand dann überpünktlich vor der Haustür. Tobler war bereits da.

In seinem Golf machten sich die Kommissare auf den Weg, doch obwohl Ira sich noch nicht sehr gut in Stralsund auskannte, bemerkte sie, dass ihr Kollege Richtung Süden fuhr, anstatt zur Rügenbrücke.

»Was machst du?«, fragte sie verwundert.

»Wir machen einen kleinen Umweg«, sagte Tobler auf seine geheimnisvolle Art, und Ira beschloss, sich diesmal nicht darüber zu ärgern, sondern ihn gewähren zu lassen.

Nach zehn Minuten und etlichen roten Ampeln verließen sie die Stadt durch das Industriegebiet, und Tobler bog schließlich an einem Schild mit der Aufschrift »Tierheim« ab.

Ira schaute ihn ungläubig von der Seite an.

»Ein ehemaliger Klassenkamerad arbeitet hier. Ich habe einen Termin für dich ausgemacht«, sagte er trocken und parkte das Auto vor dem Gebäude, aus dem lautes Bellen zu vernehmen war. »Ich finde die Idee gar nicht so schlecht, einen Bürohund zu haben. Solange du dich kümmerst!«

Ira lachte verdutzt auf. Aufgeregt stieg sie aus und ging mit Tobler zum Eingang. Sie klingelten, und wenig später erschien ein Mann in ihrem Alter und begrüßte die beiden freundlich.

»Konstantin, toll, dass ihr da seid!«, sagte der Mann, und zu Ira gewandt: »Ich bin Erik, du musst Ira sein.«

Sie nickte und erwiderte die Begrüßung, dann folgten sie Erik in das Gebäude.

»Das sind also unsere Hunde. Schau dich ruhig um, ich mache euch einen Kaffee oder Tee, wenn ihr wollt?«

»Tee, danke«, sagte Ira und schaute gebannt in die Zwinger, an deren Gitter große und kleine, alte und junge Hunde hochsprangen und bellten.

Erik kam zurück und brachte den Kommissaren jeweils eine Tasse Tee. »Heute ist Ausgang, das heißt, ihr könnt euch einen der Hunde ausleihen und spazieren gehen.«

»Was meinst du? Wir können Rügen auch verschieben«, sagte Tobler und zwinkerte Ira zu.

Nach einer halben Stunde standen Ira und Tobler mit einem gefleckten Hund auf dem Parkplatz. Er reichte Ira bis zum Knie, hatte zotteliges Fell und dazu etwas krumme Beine und hörte auf den Namen Odin.

»Ich komme mir echt blöd vor, ihn so zu rufen«, sagte Tobler und zog den Hund etwas umständlich an der Leine, um ihm zu signalisieren, ihm zu folgen. Odin verharrte kurz, dann setzte er sich in Bewegung.

»Er zieht schon mal nicht«, stellte Tobler fachmännisch fest und überreichte Ira die Leine.

Eine weitere halbe Stunde später erreichten sie den Ostseestrand.

Ein kalter Wind wehte ihnen ins Gesicht, doch der Himmel zeigte sich in klarem Blau, und das Meer krachte imposant, aber friedlich auf den Strand. Tobler griff mit der einen Hand nach Odins Leine, mit der anderen nach einem Stock und setzte sich in Bewegung.

Lächelnd stand Ira auf der Düne und sah zu, wie ihr Kollege in der Ferne mit dem Hund auf dem nassen Sand tollte.

Sie hatte ihren ersten Fall in Stralsund gelöst. Ein Blick nach unten zeigte ihr, dass sie fest im Sand stand, und sie spürte den Boden unter ihren Füßen. Sie schaute zu Tobler und Odin und zog die Schultern zurück, um gerade zu stehen.

Dann holte sie tief Luft und formte die Hände zu einem Trichter.

»Konstantin!«, rief sie lachend und lief los.

Dank

Ich danke von Herzen dem wunderbaren Emons Verlag und meinem Lektor Lothar Strüh für die professionelle und zugewandte Begleitung beim Entstehen dieses Buches.

Mein Dank gilt auch dem Kieler Lektor Olaf Krohn, der als Erster die Anfänge meines Krimis um Ira Würfel gelesen und mich darin bestärkt hat weiterzuschreiben.

Hjördis, Yossi, Jonas, Judith und Annika – ohne eure Ideen und euer Insider-Wissen wäre ich in der einen oder anderen Sackgasse hängen geblieben – danke!

Grace, danke für den Schwedisch-Input, den kein noch so professionelles Übersetzungsprogramm je so hinbekommen hätte.

Ein besonderer Dank gilt außerdem Konrad für die Inspiration zu Ira Würfels Namen.

Ich danke zudem Albert, Milena, Ilse, Rieke, Rikarda und Kelly. Ihr wisst sicher, warum – ihr seid die Besten.

Und nicht zuletzt danke ich allen Leserinnen und Lesern, die Ira Würfel bei der Aufklärung der Strelasund-Morde begleiten.